सागर सरहदी

सागर सरहदी का जन्म 11 मई, 1933 को अविभाजित हिन्दुस्तान के पश्चिमोत्तर सीमाप्रान्त के ज़िला हज़ारा के बफ़ा गाँव में हुआ था।

उन्होंने प्रारम्भिक शिक्षा दिल्ली में हासिल की थी और मुम्बई के खालसा कॉलेज से अंग्रेज़ी साहित्य में स्नातक किया था।

उनकी प्रमुख कृतियाँ हैं—'राजदरबार', 'भूखे भजन न होई गोपाला', 'तनहाई', 'दूसरा आदमी', 'भगत सिंह की वापसी', 'इंटरनेशनल क्लब' (नाटक); 'गुरु और बीस एकांकी' (एकांकी-संग्रह); 'आवाज़ों का म्यूज़ियम', 'जीव जनावर' (कहानी-संग्रह)।

उन्होंने 'कभी-कभी', 'सिलसिला', 'दीवाना', 'नूरी', 'अनुभव', 'ज़िन्दगी', 'चाँदनी', 'फ़ासले', 'रंग', 'कहो ना...प्यार है' आदि फ़िल्मों का लेखन किया। 'तेरे शहर में', 'बाज़ार', 'चौसर' जैसी बहुप्रशंसित फ़िल्मों के साथ-साथ कई धारावाहिकों, टेलीफ़िल्मों का निर्देशन भी किया। सामाजिक कार्यकर्ता के रूप में सक्रिय रहे।

21 मार्च, 2021 को मुम्बई में उनका निधन हो गया।

सागर यारा

सागर सरहदी

सम्पादक
रमेश तलवार

राजकमल पेपरबैक्स

राजकमल पेपरबैक्स में
पहला संस्करण : 2022

राजकमल पेपरबैक्स : उत्कृष्ट साहित्य के जनसुलभ संस्करण

राजकमल प्रकाशन प्रा.लि.
1-बी, नेताजी सुभाष मार्ग, दरियागंज
नई दिल्ली-110 002
द्वारा प्रकाशित

शाखाएँ : अशोक राजपथ, साइंस कॉलेज के सामने, पटना-800 006
पहली मंजिल, दरबारी बिल्डिंग, महात्मा गांधी मार्ग, प्रयागराज-211 001
36-ए, शेक्सपियर सरणी, कोलकाता-700 017
वेबसाइट : www.rajkamalprakashan.com
ई-मेल : info@rajkamalprakashan.com

बी.के. ऑफसेट
नवीन शाहदरा, दिल्ली-110 032
द्वारा मुद्रित

मूल्य : ₹299

SAGAR YARAA
Stories by Sagar Sarhadi
Edited by Ramesh Talwar

ISBN : 978-93-93768-47-6

भूमिका

'सागर यारा'—बस ऐसे बुलाते हुए अच्छा लगता है। 'दोस्त' बड़ा ग्रामर से निकाला हुआ लफ़्ज़ लगता है। 'यारा' में एक सरहदी पुकार है। पठान ऐसे ही बुलाते हैं, उस पर पंजाबी लहजा। बातों में गालियाँ यूँ पिरते हैं, जैसे गेंदे के फूल पहना रहे हों। ये दोनों ख़ूबियाँ 'सागर' में बाकमाल थीं।

सन् '51-'52, में हम खालसा कॉलेज में मिले थे। उसे अफ़साने और ड्रामों का शौक़ था। मुझे कुछ शायरी और अफ़सानों की लत हुई थी। कॉलेज में पढ़ाई कम करते थे और लिटरेचर के बहस-मुबाहसों में ज़्यादा वक़्त कटता था। PWA और पंजाबी साहित्य सभा, दो अहम अड्डे थे हमारे। मुसलसल लिखते रहना एक मशग़ला था। एक बार सागर से पूछा मैंने। "किस तरफ़ ज़्यादा ध्यान दूँ मैं—अफ़साने या शायरी?"

मूँगफली फाँक के बोला : "तुम शायरी किया करो!"

मैंने पूछा : "तुमने नज़्में पढ़ी हैं मेरी?"

बोला : नहीं...अफ़साने पढ़े हैं।"

ये लतीफ़ा हमेशा हमारे बीच क़ायम रहा।

जब फ़िल्मों में गए तो वे डायलॉग लिखने लगे।

मैं गाने लिखने लगा।

एक थे, 'श्री झुनझुनवाला'। उन्हें फ़िल्मों के मनसूबे बनाने का बहुत शौक़ था। एक थे, 'पी.डी. शीनोय', मंज़रनामे लिखते थे। एक थे, 'वेदपाल', हारमोनियम पर धुनें बनाया करते थे। एक

'सागर' था, एक मैं था। बेकारी के दिनों में हमें सौ-सौ रुपए की एक नौकरी मिल गई बालकेश्वर रोड पर शाम को एक-दो घंटे के लिए झुनझुनवाला के मकान पर जाते। कुछ ख़याल आराई करते और महीने के आख़िर में सौ रुपए लेकर चौपाटी के पास क्रीम सेंटर नामी एक रेस्टोरेंट में जाकर दावत उड़ाते। पहले सागर लड़कियों से शरमाता था। बाद में लड़कियाँ उससे शरमाने लगीं।

ये वो ज़माना था जब हम तय कर चुके थे कि लिखाई-पढ़ाई ही हमारा कैरियर है। और कुछ नहीं करेंगे। आहिस्ता-आहिस्ता पढ़ाई कम होती गई...और लिखाई बढ़ती गई। याद ही नहीं कि कॉलेज में हम पास हुए कि नहीं। मैं नहीं हुआ...मुझे याद है। 'सागर' का 'रोमियो' जानता होगा। रमेश, सागर का भतीजा है—बचपन से उसे 'रोमियो' ही बुलाता था। बड़ा होकर रमेश 'तलवार' के नाम से थिएटर करने लगा। अच्छी बाज़ौक फ़िल्में भी बनाई। उसी ने 'सागर' की सारी सामग्री जमा की है और 25 अफ़सानों की ये किताब तैयार कर ली है। 'सागर' कई सदियाँ याद रहेगा लोगों को। मुझे और थोड़े से सालों तक, जब तक हूँ।

—गुलज़ार

क्रम

कुछ अपने बारे में

मैंने जब भी अपने बारे में कुछ लिखने या कहने की कोशिश की, या तो वह बात ग़लत साबित हुई या एकतरफ़ा या अधूरी रह गई। फिर इंसान की फ़ितरत भी तो यही है कि अपनी ग़लतियों और कमज़ोरियों को ढका-छुपा रखे और अच्छाइयों और ख़ूबियों की चर्चा करता फिरे। इसलिए इन तमाम कमज़ोरियों का शिकार हूँ।

आज जब मैं अपनी स्टेज की ज़िन्दगी के बारे में लिखने लगा हूँ तो थोड़ी सी दुश्वारी पेश आ रही है। क्योंकि जब मैंने लिखना शुरू किया तो इब्तिदा कहानियों से की थी। स्टेज के क़रीब कैसे आया मैं ठीक से नहीं कह सकता। मेरे दोस्तों का कहना कि मैंने कुछ अच्छी कहानियाँ लिखी हैं। दोस्तों का, जिनकी मैं बहुत क़दर करता हूँ, आज भी यह ख़याल है कि मैं ड्रामों से बेहतर कहानियाँ लिखता हूँ। लेकिन ज्यों-ज्यों ड्रामे लिखता गया, मेरा लगाव स्टेज से बढ़ता गया। लगाव बुख़ार हो गया। धीरे-धीरे मैंने कहानियाँ लिखना कम कर दिया, या बन्द ही कर दिया। हाँ, साल-छह महीने में एक-आध कहानी जो ज़ेहन में आ जाने और जाने का नाम ही न ले तो रोते-रोते उसे लिख देता हूँ।

फिर स्टेज की ज़िन्दगी—मैं समझता हूँ कि दुनिया के किसी नाटककार की इतनी दुर्गत नहीं होगी जितनी कि साहब हमारी हुई। आपने टमाटर, पत्थर और जूते पड़ने की बातें तो सुनी ही होंगी। हमने तो साहब खाए हैं—एक बार तो हमारा एकांकी इतना हूट हुआ कि हम बीमार हो गए। क़सम खाई कि सागर सरहदी अगर ज़िन्दगी की ख़ैरियत चाहते हो तो बेटा नाटक मत लिखना। क़ैफ़ी आज़मी साहब को पता चला कि सागर जूते खाकर बीमार हो गया है।

उन्होंने दो-तीन प्यार भरे सन्देश भेजे। शुरुआती इश्क़ है। फिर उन्हें कम्यूनिस्ट होने का फ़ायदा है। इकोनॉमी के बारे में बहुत कुछ जानते हैं। उन्हें विश्वास था कि कुछ सालों के बाद जूते बहुत महँगे हो जाएँगे, टमाटर शहरों से ग़ायब हो जाएँगे और पत्थर भी किसी तहज़ीबयाफ़्ता शहर की सड़कों पर मिलने नहीं चाहिए। इसलिए घबराने की कोई बात नहीं। फिर उन्होंने यह भी कहा कि मैं ड्रामे प्रोड्यूस करना छोड़ दूँ। इसकी ज़िम्मेदारी वह अपने सिर लेते हैं, लेकिन कुत्ते की दुम कहाँ सीधी होती है।

ख़ैर, मर्ज़ बढ़ता गया ज्यों-ज्यों दवा की। जब चालीस रुपए महीना कमाने लगे तो ड्रामे प्रोड्यूस करना शुरू कर दिए। सालहा-साल क़र्ज़ चुकाते रहे। एक मज़ेदार बात याद आई। मेरे एक मिलने वाले, अब नाम भूल गया हूँ, बहुत अच्छे सेट लगाते थे। उन्होंने मुझे एक थीम सुनाई और उस पर एकांकी का नाम मैंने 'दायरा' रखा। उन साहब ने एक और तजवीज़ रखी कि मेरा नाटक 'ख़याल की दस्तक' और 'दायरा' वह प्रोड्यूस करना चाहते हैं। हम बहुत ख़ुश हुए कि ख़र्च की झंझट से आज़ाद हुए।

वी.के. शर्मा ने (जिन्होंने 'सवेरा' नामी फ़िल्म डायरेक्ट की है) दोनों एकांकी डायरेक्ट किए। वार्डन रोड की टेरिस पर हमारा शो हुआ। हम बहुत ख़ुश थे कि हम लोगों में बैठकर अपना नाटक देखेंगे। बस शो के कुछ मिनटों पहले पता चला कि प्रोड्यूसर साहब ने किराये के 35 रुपए अदा नहीं किए, इसलिए शो नहीं हो सकता। बस फिर क्या था। हमने अपनी जेब से तीन रुपए ग्यारह आने निकाले, जिन दोस्तों को इनवाइट किया था, उनकी जेबों पर हमले किए। बड़ी मुश्किल से किराया अदा किया। ख़ैर, ख़ुदा-ख़ुदा करके शो हुआ और अच्छा हुआ। लोग ख़ुशी-ख़ुशी हमको मुबारकबाद की टॉफियाँ देकर घर चले गए।

रात के ग्यारह बजे थे। मैं और वी.के. शर्मा, ग्रांट रोड स्टेशन के बाहर फुटपाथ पर बैठे थे और हम दोनों की जेब में फूटी कौड़ी भी नहीं थी। चंद एक बचे-खुचे लोग खाना खाकर शराब पीकर लौट रहे थे। जाते-जाते हमारी पीठ ठोंककर गए कि शो बहुत कामयाब रहा। हम लोगों ने नए तर्ज के एक्सपेरिमेंटल नाटक किए हैं, और हम लोग सोच रहे थे कि हम घर कैसे पहुँचेंगे? आख़िर हम दोनों ने तय किया बिना टिकट चलते हैं। अगर कहीं टी.टी. ने पकड़ लिया तो हम उसे अच्छा-ख़ासा भाषण देंगे कि हम इस देश

के मशहूर नाटककार और डायरेक्टर हैं और अगर वह फिर भी मुतास्सिर नहीं हुआ उसकी बदक़िस्मती।

किंग सर्कल पहुँचे तो हमारे चेहरों के अलावा रात के भी बारह बज रहे थे। खाना नहीं खाया था। अजीब तल्ख़ी और उदासी थी दिलों में। घर कौन जाएगा? नींद कैसे आएगी—क्या हम ही रह गए हैं एक आर्ट और कला की सेवा के लिए? अगर हमने लिखना बन्द कर दिया तो क्या कमी रह जाएगी नाट्यकला में? फिर शो की थकन, महीने भर की रिहर्सल के बाद शो की टेंशन और शो अच्छा हो जाने की ज़रा सी ख़ुशी—अजीब-सी ख़ुशी। एक इसके लिए ही सारी मेहनत की गई थी। हमने अपने सभी दोस्तों के दरवाज़े खटखटाने शुरू किए। वे हैरत से हमें खिड़कियों, दरवाज़ों और बालकनियों से झाँककर देखने लगे कि रात को बारह बजे ये दो आदमी शहर की सड़कों पर लोगों को आवाज़ देकर, उठाकर परेशान कर रहे हैं। तो साहब हमने दोस्तों से चंदा जमा किया और आठ-दस रुपए की पूँजी लेकर दारू के अड्डे की तरफ़ बढ़े तो मैंने ऐलान किया कि अब मैं कभी नाटक नहीं लिखूँगा, लानत हो मुझ पर, लानत हो नाटक पर। सबने इस फ़ैसले की ताईद की और इस ख़ुशी में हमने ठर्रा मँगाया। सुबह चार बजे तक पीते रहे। और इस वक़्त जब मैंने नाटक न लिखने की क़सम खाई तो एक और नाटक सूझा और तीसरे ही दिन वह एकांकी पढ़कर सुनाया जिसका नाम था 'एक शाम और गुज़र गई।' अब आप ही मेरे शानदार भविष्य का अन्दाज़ा लगाइए।

इस वाक़िये से कुछ तो साबित होता होगा। अगर कुछ साबित नहीं होता तो मुझे माफ़ कर दें। लिखते वक़्त यह वाक़िया याद आ गया तो लिख डाला। दरअसल मेरी याददाश्त बहुत कमज़ोर है। मेरी याददाश्त के बारे में कई लतीफ़े मशहूर हैं। एक आप को सुनाता हूँ—हम कई दोस्त पूना में फ़िल्म कर रहे थे। यह उन फक्कड़ दिनों की बात है जब हम दिल खोलकर हँस सकते थे। सनीचर की शाम थी। हम सब एक क़तार में थे। सारी सड़क घेर रखी थी। एक चौराहे पर एक हवलदार ने हमें रोक लिया। ख़ूब डाँटा। जानते नहीं हो, सनीचर का दिन है। रेस खेली जाती है। ट्रैफ़िक होती है और आप ट्रैफ़िक रोक रहे हैं। मैंने आगे बढ़कर ऐलान किया कि श्रीमान हवलदार साहब, आप इस निजाम में रहते हैं जहाँ आपकी ख़िदमात की कोई क़दर नहीं करता। आपको तनख़्वाह बहुत कम मिलती है। रोज़ बीवी

से झगड़ा होता है और बच्चे पीठ पीछे आपको बुरा-भला कहते हैं। दो-एक बार आपने गालियाँ देते भी सुना होगा। पड़ोस वाले और जनता आपका मज़ाक़ उड़ाती है कि आप दुअन्नी-चवन्नी की रिश्वत भी क़बूल कर लेते हैं। इसलिए हालात की रंगा-रंगी से या बैरंगी से या नारंगी से इसकी तस्वीर कभी-कभी आप अख़बार में देखते हैं, चिढ़े रहते हैं—कोई आपका दर्द नहीं समझता। मेरे अदीब होने और शायद आपको मालूम न हो, मैं ताज़ा-ताज़ा नाटककार भी बन गया हूँ इसलिए किरदार निगारी मेरे हिस्से में आई है। आपका दर्द समझता हूँ। ग़लती हमारी है, लेकिन इतनी नहीं जितनी आप समझते हैं क्योंकि हम पूना के रहने वाले नहीं हैं। काश हम पूना के रहने वाले होते और रोज़ सेहतमंद ख़ूबसूरत लड़कियाँ देखने को मिलतीं। ताज़ा सब्ज़ियाँ खाने को मिलतीं। ख़ुशबूदार आबो-हवा से हमारे चेहरे भी चमकते लेकिन बदक़िस्मती हमारी कि हम बम्बई से आए हैं। मैं बी.ए. का विद्यार्थी हूँ और यह लीजिए मेरा आईडी कार्ड। बस ट्रेजडी हो गई साहब। एक तो वह आईडी कार्ड नहीं था। कॉलेज का लाइब्रेरी कार्ड था। दूसरे, जब उसने मेरा नाम पूछा तो मैं अपना नाम भूल गया। आप तो जानते हैं कि ख़ाकसार सागर सरहदी के नाम से मशहूर है। असली नाम तो मैं ख़ुद भी भूलता जा रहा हूँ और अगर वह नाम आपको बता दूँ तो आप भी हँसने लगेंगे। साहब वह गालियाँ सुनने को मिलीं कि नाम याद आ गया।

कॉलेज के दिनों में कुछ मज़ेदार बातें हुईं। उन दिनों ज़िया सरहदी की फ़िल्म 'हम लोग' लगी थी जिसने मुझे बहुत प्रभावित किया था। इसके डायलॉग हम गली-कूचों में गाते थे। इसी से प्रभावित होकर मैंने एक ड्रामा लिखा 'ज़माना' जिसमें एक बेकार आदमी की ज़िन्दगी की तरफ़ इशारा था। ड्रामा कॉलेज से पढ़ा गया और हम रातोरात स्टार बन गए। कॉलेज की सबसे मशहूर हीरोइन 'इब्रावालिया' रोल करने के लिए राज़ी हो गई। एक और साहब जो कॉलेज के मशहूर एक्टर समझे जाते थे, वह साइड रोल करने लगे। हमारे डायलॉग की बहुत तारीफ़ हुई। सिर्फ़ इतनी कसर रह गई कि डायलॉग हाज़रीन न सुन सके। क्योंकि हमारी ज़िद से हीरो नए चुने गए थे जो आज डॉक्यूमेंट्री फ़िल्मों से बहुत नाम कमा चुके हैं। मिस्टर एस. सुखदेव रिहर्सल में वह बड़े ज़ोर-शोर से डायलॉग बोलते थे लेकिन शो वाले दिन उनके डायलॉग या तो वे ख़ुद सुन सके या फिर मैं, क्योंकि

मुझे अपने डायलॉग ज़ुबानी याद हो चुके थे। साइड एक्टर क्योंकि बेहतर एक्टर था, तजुर्बा था उसे, कुछ कॉमेडी भी शामिल थी उसके रोल में, वह चमक गया और हम रातोरात ग़ायब हो गए।

इस तरह एक और ड्रामे का सीन था, जिसमें एक एक्टर को टिफ़िन से खाना खाते हुए दिखाना था। जनाब या तो अपना रोल भूल गए या खाना इतना लज़ीज़ था कि पूरे ड्रामे में खाना खाते रहे।

एक और वाक़िया याद आया है। मैं अपनी खोली में सो रहा था। मेरे दोस्त ने आकर मुझे जगाया कि वह लड़की जो ड्रामे में काम करने वाली थी, वह इनकार कर रही है। उन दिनों मुझे बहुत ग़ुस्सा आता था। मैं उठकर बैठ गया। मैंने कहा,

"उसकी यह हिम्मत। मेरे ड्रामे में काम करने से इनकार करे। मैं उसका रोल ड्रामे से काट देता हूँ।"

"लेकिन करोगे कैसे, क्योंकि ड्रामा दूसरे ही दिन है।"

मैंने जवाब दिया,

"अभी और इसी वक़्त।"

मैंने पाजामा ऊपर किया, क़मीज़ ढूँढ़-ढाँढ़ कर पहनी और चल निकला। सड़क पर लड़की का रोल काटकर फेंक दिया। इसके बजाय क्या लिखा, कुछ याद नहीं। रात भर सड़कों और बग़ीचों में रिहर्सल करते रहे। दूसरे दिन ड्रामा खेला गया। ख़ासा फ़्लॉप हुआ था।

इसके बाद किसी लड़की ने मेरे ड्रामे में काम करने से इनकार तो नहीं किया, लेकिन दोस्तों ने एक मज़ाक़ गढ़ लिया कि क्या हुआ जो मेरा ड्रामा फ़्लॉप हुआ, मेरी हीरोइन तो ख़ूबसूरत थी।

आज मैं सोचता हूँ मेरे ड्रामे की लगन बहुत पुरानी बहुत गहरी है। जब मैं छोटा था, शायद छह-सात साल की उम्र होगी—मेरे भाई थे। हम लोग अपने गाँव में नाटक करते थे। मैं नहीं, मेरे बड़े भाई करते थे। वह मुझसे चार-पाँच साल बड़े थे। यह तक़सीम से पहले की बात है। सरहद के हज़ारा ज़िला में हमारा एक बेहद ख़ूबसूरत गाँव था। दरिया गाँव में बहता था। आँखें आसमान की तरफ़ उठाएँ तो रंग नीला और उफ़ुक़ की जानिब पहाड़ों की क़तारें, पहाड़ों में झरने गुनगुनाते थे। सर्दियों में हम झरनों की सरगोशी और तरन्नुम सुनते थे। दशहरे के दिनों से हर साल एक मंडवा बाँधते थे। बड़े-बड़े शहतीर अपने

सिरों पर उठाकर महीनों प्लेटफॉर्म खड़ा करते थे। जिस्म पसीना-पसीना हो जाता था। हमारा काम सिर्फ़ शहतीर ढोना था। यानी जिस्म की मेहनत तक ही ताल्लुक़ था। और मेरे भाई अर्जुन और अभिमन्यु की अदाकारी करते थे। उन दिनों टैक्स भी नहीं हुआ करते थे। शो में सैकड़ों आदमी ज़मीन पर बैठकर, कोठे की छतों पर बैठकर नाटक देखते थे। मेरे भाई ग्रुप के माने हुए और मक़बूल कलाकार समझे जाते थे। कलाकार होने के साथ-साथ वह बेहद अच्छे ऑर्गनाइजर भी थे। ये बातें मैं इसलिए बता रहा हूँ कि थियेटर चलाने में मेरी कोशिश सिर्फ़ लिखने तक ही सीमित नहीं रही, बल्कि उसे तकमील तक पहुँचाने में जितनी कोशिशें दरकार हैं, मैंने सब की हैं। जिस्मानी मेहनत, भाग-दौड़, पैसे जमा करना, एक्टरों को जमा करना, हॉल बुक करना, पैसे की सारी ज़िम्मेदारी अपने ऊपर लेना। यह सब शायद इसलिए मुमकिन हुआ कि बचपन में मैं अपने भाई को देखा करता था। थियेटर में उनका साया बनकर रहता था। उनकी आख़िरी फ़रमाइश मुझे आज भी याद है। एक-एक लफ़्ज़, एक-एक फ़िक़रे पर तालियाँ, दाद, लोग उनको सिर पर बैठाते थे। शायद अभिमन्यु की अदाकारी कर रहे थे। बस इसके बाद वह बीमार पड़ गए। कई लोगों का कहना था कि उन्हें नज़र लग गई है। वह बिस्तर से नहीं उठ सके और एक तवील बीमारी के बाद चल बसे।

दूसरे साल उनकी ज़िम्मेदारी मैंने निभाने की कोशिश की। शहतीर ढूँढ़े गए, पर्दे इकट्ठे किए गए। पैसे जमा किए गए। मँड़वा तैयार हुआ। मैंने कहा, यह रिवायत बरक़रार रहनी चाहिए। मैंने रोल भी लिया, याद किया, रिहर्सल की। अगर भाई साहब क्लाइमेक्स थे तो मैं एंटी क्लाइमेक्स था। वह उरूज पर थे और मेरी आवाज़ मैं ख़ुद भी न सुन सका था। सामने लोगों को बैठा देखकर होशो-हवास खो बैठा, सिट्टी-पिट्टी गुम हो गई। भागने के लिए कोने ढूँढ़ने लगा। पर्दों के साये में, मुँह दूसरी तरफ़ किए, पसीना-पसीना आसमान की तरफ़ नज़र उठाए दुआ पढ़ रहा था और सोच रहा था कि मैं कहाँ, किस जगह, क्यों आ गया हूँ। दूसरे दिन जब लोगों ने पूछा कि मैं भी ड्रामे में काम कर रहा था तो मैंने सिरे से इनकार कर दिया कि मैं तो था ही नहीं स्टेज पर।

उस दिन से मैं स्टेज पर जाने के ख़याल से काँपता हूँ। एक्टरों को हैरत से देखता हूँ। हालाँकि सारी ज़िन्दगी एक्टरों के साथ गुज़ारी है लेकिन यह

राज़ आज तक नहीं समझ सका कि वे इतने लोगों के सामने कैसे आराम से बोलते रहते हैं। लम्बे-लम्बे डायलॉग सुनाते हैं। ये एक्टर तो मेरे किए मौजज़ा है। बिलकुल समझ के बाहर।

मेरे पहले फुल लेंथ ड्रामे 'मेरे देश के गाँव' को जिसे मैंने बाद में रद्द कर दिया था, हुकूमते महाराष्ट्र के सालाना इनामी मुक़ाबले में सात अवार्ड मिले थे। जिसमें साल के बेहतरीन ड्रामे का अवार्ड भी शामिल था। यह ड्रामा हमने इंडियन नेशनल थियेटर की तरफ़ से किया था। बी. के. शर्मा ने इसकी हिदायत दी थी। उन दिनों हम सब कॉलेज में पढ़ते थे। इंडियन नेशनल थियेटर के कारकुनों ने हमारे एजाज़ में एक फंक्शन किया था। इस शो के हर अवॉर्डयाफ़्ता को स्टेज पर बुलाकर उसका तआरुफ़ हाज़रीन से कराया गया था। जब मुझे इस बात का इल्म हुआ कि मुझे भी स्टेज पर जाना होगा तो दो-एक मिनट पहले ही हॉल से निकलकर कैंटीन में चला गया। जब मेरा नाम पुकारा गया तो सागर सरहदी नदारद था। मुझे ढूँढ़ा गया। लोगों के भी सबर की इंतहा होती है। बहरहाल मुझे कैंटीन में घेर लिया गया। इसमें मेरे दोस्तों की शरारत भी थी। वे जानते थे कि मैं स्टेज पर जाने से कतराता हूँ। मैंने बहुत मिन्नत-समाजत की, हाथ जोड़े और जब ऊपर पहुँचने से बिलकुल इनकार कर दिया तो मुझे घसीटकर उठाकर स्टेज पर ले आए। मेरी हालत ग़ैर थी। कैसे खड़ा था, हाथों को क्या करना चाहिए, उन्हें कैसे इस्तेमाल करना चाहिए, लोगों को कैसे नमस्कार करना चाहिए। बस शोरोगुल, तालियाँ और कहकहे गूँज रहे थे। जैसे मैं कोई कॉमेडी रोल अदा कर रहा हूँ।

मेरी इस अनोखी सलाहियत का एक ओर ऑर्गनाइजेशन ने बहुत फ़ायदा उठाया। एक शाम मैं मुँह उठाए हॉल में चला गया कि अहमदी बेगम चोपड़ा की ग़ज़लें सुनूँगा—हॉल में पहुँचते ही एक साहब मेरे इस्तकबाल के लिए बढ़े और कहा,

"अच्छा हुआ तुम आ गए।"

मैं बाक़ायदा मुस्कराता रहा और क़तई न समझ सका कि कैसे अच्छा हुआ, वह भी मेरे आने से। फिर उन्होंने मुझे चाय पिलाई तो मुझे अपने आप पर शक हुआ कि कहीं ग़लत आदमी तो नहीं समझ रहा है। मैंने कहा,

"भाई साहब! मैं आपकी क्या ख़िदमत कर सकता हूँ?"

मैंने अपने हाथों की तरफ़ देखा, फिर उनकी तरफ़ और अपने को ढूँढ़ने लगा।

उन्होंने फ़ौरन मेरे शक को दूर करने के लिए कहा,

"आज हमारा प्रोग्राम है। आप एनाउंस कर दीजिए। आपको ज़हमत होगी।"

मैंने उनका दिल रखने के लिए कहा,

"मुझे बड़ी ख़ुशी होगी। आप परेशान न हों। मेरी आवाज़ भी अच्छी है और मैं आपका सारा प्रोग्राम कम्पेयर कर दूँगा। आप ज़िन्दगी भर याद करेंगे।"

हुआ भी वही, मेरा ख़याल है ज़िन्दगी भर वह मुझे याद करेंगे अगर उनकी सोसाइटी बन्द न हुई हो तो। मैं झट स्टेज पर गया। मुझे बताया गया कि अहमदी बेगम चोपड़ा फ़लाँ ग़ज़ल गाकर सुनाएँगी। मैंने बड़ी स्टाइल से माइक ऑन कर दिया। बस यही सबसे बड़ी गड़बड़ हो गई। मुझे माइक ऑन न करना चाहिए था। मैं बेहद नर्वस हो गया। मैंने पहले चोपड़ा कहा या अहमदी और ग़ज़ल के बोल पता नहीं क्या कहा—बेगम ने मेरी तरफ़ देखा जो स्टेज पर बैठी थीं। मैं और घबरा गया। आख़िर मैं अपना ग़लत नाम एनाउंस करके जो भागा तो आज तक उस हॉल पर वापस नहीं गया। उन साहब पर क्या गुज़री होगी जिन्होंने मुझे चाय पिलाई थी और यह फ़िक़रा कहकर नवाज़ा था,

"अच्छा हुआ तुम आ गए।"

शायद यही बात दिल के किसी गोशे में बैठ गई थी। एक्टर न सही, राइटर ही सही। ख़ुद नहीं बोल सकते तो दूसरों से बुलवाएँगे। बहरहाल वह दौर शुरू हुआ कि ड्रामे मक़बूल होने लगे। एक-एक लफ़्ज़ पर तालियाँ और दाद मिलने लगी। अच्छे ड्रामानवीसों में नाम शुमार किया जाने लगा तो रोज़ी कमाने का ख़याल आया। कॉलेज के दिन निकल गए थे। सुबह उठता तो पहला सवाल यह होता कि करूँ क्या? नौकरी से इस्तीफ़ा दे दिया। दस काम और शुरू किए। कहीं कामयाबी नहीं मिली। थियेटर से पैसा कमाना तो रेगिस्तान में पानी तलाश करना है। फ़िल्मों से सख़्त नफ़रत थी। फ़िल्मी माहौल से दूर भागता था। लेकिन अच्छी फ़िल्में देखने का बेहद शौक़ था। पढ़ता भी था। दुनिया भर के अच्छे डायरेक्टरों की किताबें पढ़ी थीं, फ़िल्में देखी थीं। उनके बारे में पढ़ा था। आख़िर फ़िल्म बनाने की सूझी। कहानी लिखी, नौ दिन शूटिंग की,

डायरेक्ट की और किसी वजह से फ़िल्म बन्द हो गई। बीस-पच्चीस हज़ार का क़र्ज़ा सिर पर लेकर बैठ गया।

इसके सिवा कोई चारा न था कि डायलॉग लिखना शुरू करूँ। किसी तरह दो वक़्त की रोटी तो मिले। अपना क़र्ज़ा चुका सकूँ और शायद इस क़ाबिल हो जाऊँ कि फिर फ़िल्म बना सकूँ। फ़िल्म 'अनुभव' के डायलॉग लिखे। फिर 'सवेरा' आख़िर में 'कभी-कभी'—अब हम मक़बूल हो गए। शोहरत, नाम, मसरूफ़ियत सब कुछ है।

उन्हीं दिनों का वाक़िया है, दिसम्बर का महीना था। मैं 'सवेरा' लिखने के लिए बंगलौर गया था। पहला आधा हिस्सा महाबलेश्वर में लिखा था, दूसरा आधा हिस्सा बंगलौर में लिख रहा था।

उस दिन डायलॉग ख़त्म किए। गुरनाम जो उस फ़िल्म का प्रोड्यूसर और मेरा दोस्त था, उसके फ़ोन का इन्तज़ार कर रहा था। काम ख़त्म करने की ख़ुशी भी थी, कुछ हल्का-फुल्का महसूस कर रहा था। इसलिए फ़िल्म देखने चला गया। रात को नौ-दस बजे के बाद पैदल चलता हुआ होटल की तरफ़ आ रहा था। सन्नाटा था। अच्छी-ख़ासी तनहाई थी। ख़ुद से बातें करने को जी चाह रहा था। दिमाग़ सोच की तरफ़ पागल था।

छोटी-छोटी अच्छी-बुरी बातें, जानी बातें, अपने बारे में लिखने के बारे में। ठंड बहुत थी। दिसम्बर की ख़ुनकी जो धीरे-धीरे बड़ी तेज़ी से बढ़ती जा रही थी और अचानक एक पार्क से गुज़रते हुए मैं दहाड़ें मारकर रो पड़ा। क्या मैंने सारी ज़िन्दगी इसलिए मेहनत की है, पढ़ा है, सोचा है, चंद उसूलों और क़दरों को माना है कि आख़िर में डायलॉग राइटर बन जाऊँ?

'सवेरा' के मुकालमे मैं लिखूँ? पता नहीं कितनी देर रोता रहा। तय हो गया कि मैं लिखना भूल गया हूँ। कहानियाँ लिखनी कम हो गई हैं और अब नाटक लिखना भूल चुका हूँ। होटल पहुँचा तो क़लम हाथ में लिया। अपने आप से कहा—देखो तुम्हें लिखना आता है। कोशिश तो करो—इसी रात मैंने एक कहानी 'मुतवाज़ी लकीरें' लिखनी शुरू की और दूसरे दिन कहानी ख़त्म कर दी। अब डायलॉग लिखना भी कम होता है—वही दो रोटी जुटाने की कोशिश करता हूँ। रुपया कमाना कभी नहीं सोचा। इतना कमाना चाहता हूँ कि जितना जीने के लिए ज़रूरी है। फ़िल्म बनाने का फिर इरादा कर रहा हूँ—कहानी भी तय कर ली है। कहानी से फ़ासला तय करके नाटक तक पहुँचा था, अब

फ़िल्म बनाने तक आ गया हूँ। कितना हक़ अदा कर सकूँगा नहीं जानता। सिर्फ़ इतना कह सकता हूँ,

है जुस्तजू कि ख़ूब से है ख़ूबतर कहाँ
अब देखिए ठहरती है जा कर नज़र कहाँ।

आख़िरी कहानी

मैं क्लास में सिविक्स पढ़ा रहा था कि प्रिंसिपल ने कहलवा भेजा कि सफ़दर मुझसे मिलने आया है।

हम दोनों सीढ़ियाँ उतरने लगे। मुझे देखते ही उसने बोलना शुरू कर दिया था—"तुम...तुम मुझे पच्चीस रुपए महीने दे दिया करो। सुबह का नाश्ता मुझे माँ खिला देती है। दोपहर को क़ीमा पाव खा लूँगा। रात का प्रबन्ध मेरे एक बिज़नेसमैन दोस्त के हवाले है। उसको अक्सर कॉकटेल पार्टियों के दावतनामे मिलते रहते हैं। वह मुझे अपने साथ ले जाता है। इस अवसर के लिए उसने मुझे एक सूट भी सिलवा दिया है। और एक-आध दिन आदमी रात का खाना न भी खाए तो मरता नहीं है। भूख सोच की धार को तेज़ कर देती है। आदमी बहुत-सी बातें तय कर लेता है और लेखक के लिए तो ऐसी घड़ियाँ बहुत बड़ा सरमाया होती हैं।"

सफ़दर के बोलने में एक बहाव था। किसी तरह कोई रुकावट न उसके ख़याल में थी और न ही ज़बान में। ऐसा लगता था कि वह हर बात शब्दों के साथ सोच कर आया है। उसे इस बात का डर था कि कहीं वह यह ख़याल भूल न जाए और उस धुएँ में विलीन न हो जाए जो अक्सर उसकी आँखों के सामने छा जाता है और कभी-कभी दिमाग़ में भी अँधेरे का रूप धारण कर लेता है। इसलिए मुझे देखते ही वह स्विच ऑन कर चुका था।

ईरानी होटल तक पहुँचते हुए मैंने रास्ते में सफ़दर को अच्छी तरह समझा दिया था कि मैं वे पच्चीस रुपए जिनकी फ़रमाइश उसने मुझसे हर महीने के लिए की थी, उसे नहीं दे सकता। मेरी तनख़्वाह दो सौ रुपए महीना है। यह एक प्राइवेट स्कूल है जिसका प्रिंसिपल एक सिंधी बिज़नेसमैन है। वह ख़ुद

मैट्रिक पास भी नहीं है। बेकार पढ़े-लिखे नौजवानों को सस्ती तनख़्वाह पर नौकर रखता है। मुनाफ़े के लिए स्कूल चलाता है। मैं सुबह दो घंटे पढ़ाता हूँ ताकि ज़िन्दा रहने के संघर्ष को जारी रख सकूँ।

मुझे पूरा यक़ीन था कि वह मेरी बात नहीं सुन रहा है। वह बड़ी तनदिही से, गम्भीरता से, सारी कोशिशों से सिगरेट पीने के कार्य को एक स्थायी 'जेस्चर' बनाने की फ़िक्र में था। चारमीनार सिगरेट का धुआँ बहुत धीरे-धीरे हवा में छोड़ रहा था। अपने दोनों होंठों में सिगरेट दबाकर हल्का-सा कश लेता था। इसके बाद भरपूर मज़ा लेकर वह धुआँ छोड़ता था। उठता हुआ धुआँ उसकी आँखों को कभी-कभी मिस करता। वह उन्हें ज़रा-सा चुँधिया देता और उसकी आँखें भी रंग बदल देतीं। उनमें उसकी इस गर्म स्थिति को साबित करती एक हल्की-सी चमक आ जाती।

हम दोनों ईरानी होटल में बैठे थे। दोनों के बीच एक मेज़ थी। दोनों आमने-सामने बैठे हुए थे। दोनों के दाएँ-बाएँ दो कुर्सियाँ आमने-सामने रखी थीं। वह बार-बार उन ख़ाली कुर्सियों को देख रहा था जैसे मेरी कुर्सी ख़ाली हो, और दोनों कुर्सियों पर दो अजनबी बैठे हों। अब वह आख़िरी कश ले चुका था। उसके पाँव के अँगूठे से एक लहर उठी और उसके दिमाग़ तक पहुँच गई। फिर उसकी आँखों ने उसके दिमाग़ में उभरे हुए किसी अनजाने ख़याल का साथ दिया। तराशे हुए ख़ूबसूरत होंठों में जुम्बिश हुई। तीखे चिह्न स्पष्ट होने लगे। धीरे-धीरे उसके नथुने फड़फड़ाने लगे जैसे आदमी ख़ुशबू सूँघ रहा हो। जंगल में अचानक किसी जंगली जानवर के आ जाने का ख़तरा हो।

होटल का छोकरा इस बीच दो चाय के कप संगमरमर-सी सफ़ेद मेज़ पर रख गया था।

उसने उसी भावना, उसी गर्मी, उसी लहर के अनुसार, पहले अपने सामने रखे हुए चाय के प्याले को देखा, जिसमें हल्की-हल्की भाप उठ रही थी फिर सहसा मेरी तरफ़ देखा और बोल उठा, "तुम मुझे ज़हर देना चाहते हो।" मैंने अपनी मीठी ज़बान और नर्म स्वर से काम लिया और कहा कि यह ईरानी होटल मेरा नहीं है और न ही चाय लाकर रखने वाला छोकरा मेरा ग़ुलाम है। मेरे पास इतने पैसे नहीं हैं कि मैं आज के दिन कोई नौकर रख सकूँ।"

"सब मुझे मार डालने की कोशिश कर रहे हैं।" वह ऐसे कह रहा था जैसे किसी उस्ताद का शेर सुना रहा हो। मैंने और स्पष्ट किया कि वह इतना

मशहूर नहीं हुआ, इतना अमीर भी नहीं, इतना अहम भी नहीं कि कोई उसका ख़ून कर दे। उसे इस जगह जानता भी कोई नहीं और आख़िर मैं उसको क्यों मारने लगा? उसके मर जाने से मुझे क्या मिलेगा? अचानक उसका चेहरा लाल हो गया। उसके नथुने फूलने लगे। नर्म आँखों में आँच भरने लगी और उसकी आवाज़ भारी होती चली गई। ऐसा लगता था कि कोई महापंडित काव्य का पाठ कर रहा हो या सूफ़ी अपने ख़ुदा के हुज़ूर में उससे बातचीत कर रहा हो। या कोई मज़हबी मुल्ला मिम्बर पर खड़ा दरस दे रहा हो।

"सबको पता चल गया है कि मैं क्रिएटिव आदमी हूँ। लेखक हूँ। मेरी तीन कहानियों ने लोगों को डिस्टर्ब कर दिया है। बेचैन कर दिया है। उनको यक़ीन हो गया है कि आगे चलकर मैं क़यामत ढाने वाला हूँ। इसलिए मेरे पीछे जासूस छोड़ रखे हैं। मैं क्या पढ़ता हूँ, क्या लिखता हूँ, क्या खाता हूँ, क्या पीता हूँ, सब पर नज़र रखी जाती है। मेरे छोटे से छोटे इशारे को नोट किया जा रहा है। जब मैं चलता हूँ तो लोग मेरा पीछा करते हैं। कोई न कोई आदमी बस में, ट्राम में, मेरी सीट पर बैठा रहता है और मेरी छोटी-छोटी हरकत का प्रेक्षण करता है।

"और तुम मध्यवर्ग के आदमी हो। वर्ग घटिया है इसलिए आदमी घटिया हो। सच तक पहुँचने के लिए सौ झूठ छोड़ने पड़ेंगे। रस्मो-रिवाज की पकड़, आचार-विचार की पकड़, परम्परा, रवायत की जकड़, ख़याल, फ़लसफ़े, दर्शन, सोच के जाल से छुटकारा हासिल करते-करते बूढ़े हो जाओगे। बूढ़े हो जाओगे तो एक-आध कहानी लिख पाओगे। इतनी हिम्मत, इतना हौसला नहीं कि तब तक जी सको क्योंकि जीने के लिए तुम्हें बहुत कुछ झेलना होगा। हार जाओगे, थक जाओगे, बीच में ही दम तोड़ दोगे। जो लिखोगे झूठ होगा, फ़रेब होगा। मैं मज़दूर वर्ग में पैदा हुआ हूँ। गोदी में मज़दूरी की है। पसीने से मेरा शरीर सराबोर हुआ है। वजन से मेरे कंधों पर, पीठ पर निशान पड़े हैं। मिट्टी मेरे हाथ-पाँव के नाख़ूनों में मौजूद है। धूल मेरे नथुनों, मेरे फेफड़ों तक पहुँच गई है। धुआँ मेरे पेट तक जाता है और घर बना लेता है। ज़िन्दा रहने की इस महान कोशिश से मैं रोज़ दो-चार होता हूँ और ज़िन्दगी मेरी साँस में है। मेरे दिल के साथ धड़कती है। इसलिए क्रिएटिव प्रोसेस मेरे अन्दर साँस की तरह चलता है और मेरी कहानियों में ज़िन्दगी की सच्चाई जन्म लेती है। और तुम उन लोगों के साथ इस साजिश में शामिल हो कि मुझे ज़हर दे दिया जाए।"

वह चाय का भरा प्याला छोड़कर देखते ही देखते बाहर चला गया। और फलाँग कर चलती हुई ट्राम में सवार हो गया।

ट्राम की रफ़्तार और पहियों की घड़घड़ाहट से उस पर प्रमीला छाने लगी। खिड़की के साथ सर टिकाकर वह ऊँघ-सा गया। हल्की हवा का झोंका आता और उसे अपनी माँ का ख़याल दिला जाता, जो उसे अपने सामने बैठाकर खाना खिलाती थी और पंखा झलती थी। वह कैसे रोटी तोड़ता है, सब्ज़ी के साथ निवाला बनाता है, हरी मिर्च दाँतों से काटता है। यह बहुत दिनों पहले की बात थी, जब वह गोदी में काम करता था। बाद में वह लेखक बन गया था। माँ की नज़रों में बेकार हो गया था और माँ से दूर भागा करता था। और अब भी वह ज़िन्दगी से निगाहें मिलाने से घबरा जाता। कोई जवाब न सूझता। अच्छी-बुरी सोच की पहचान न होती तो वह घर चला जाता और खाट पर बाज़ू का तकिया बनाकर सो जाता। उसकी माँ उससे सवालात करती। बुरा-भला कहती और वे आवाज़ें शबनम की तरह उसके गर्म शरीर पर गिरतीं। वह बिलकुल बुरा न मानता। मन ही मन मुस्कराता। माँ के आस-पास रहने से उसका डर कम हो जाता। वह ख़ुद को थोड़ी देर के लिए सुरक्षित पाता और गहरी नींद सो जाता।

उसकी जब आँख खुली तो देखा उसके साथ चौदह-पन्द्रह साल की साँवली-सी लड़की बैठी है। उसने दस बार आँखें खोलीं और बन्द कर लीं ताकि लड़की छवि मन में बसा सके। आँखों के झरोखों में बन्द कर सके और जब बहुत अकेला हो तो यह अनछुआ बदन, कुँवारी आवाज़ और कोरी मिट्टी की ख़ुशबू याद कर सके। हल्के-हल्के क़दमों से उस के मन के किसी कोने में एक मुस्कराहट दाख़िल हुई। घूमती हुई उसकी आँखों में आई और फिसलती हुई उसके चेहरे से गुज़री और उसके होंठों के कोने पर किसी शोख़ रंग तितली की तरह बैठ गई। लड़की ने अपने जादू को महसूस किया और वह भी हल्के से मुस्करा दी। कई बार उसने सफ़दर की तरफ़ देखा। कई बार उसने अपना पल्लू सँभाला। अपनी छातियों को ढका, सिमटकर बैठी। कई बार सफ़दर से छू भी गई। धीरे-धीरे सफ़दर की आँखों के सामने सफ़ेद धुआँ छा गया। धुंध-सी फैल गई। दुनिया की हर चीज़, ठोस से ठोस चीज़ पिघल गई। यहाँ तक कि उसके सारे ग़म, सारी नाकामियाँ पिघल गईं और इस सफ़ेद धुंध में यह चौदह-पन्द्रह साल की लड़की चोर-सिपाही खेलने

लगी। आँख-मिचौली खेलने लगी। कभी दुपट्टा अपनी आँखों पर बाँध लेती। कभी हवा में उड़ा देती। और फिर उसके पीछे हिरनी की तरह भागती-दौड़ती। उड़ानें भरती। उसकी साँस फूल जाती, छातियाँ ज़ोर-ज़ोर से धड़कतीं, बाल बिखर जाते और उसके सलोने होंठों का नमक सफ़दर के होंठों को छू जाता।

जब वह लड़की धीरे से सुबह की हवा की तरह उसके पास से उठी तो उसकी समझ में नहीं आया कि आख़िर वह क्यों जा रही है। वह तो उसके सपनों का एक हिस्सा बन चुकी है। अब तो उसे होंठों का मज़ा भी याद है जो उसने लेखक होने के नाते छू लिए हैं। शरीर के क़ौस जिन पर वह हाथ फेर चुका है। आँखें जिनका वह साँसों से रंग बदल चुका है। हाथों के सहवास से इस शरीर को गर्मा चुका है और जिसकी साँसों की बढ़ती-घटती निरन्तरता को अपने दिल की धड़कन के साथ बाँध चुका है। वह अचानक फिर डर गया। सहसा ट्राम की घड़घड़ाहट उसके दिमाग़ में बजने लगी और वह लड़की के पीछे हो लिया।

अब वह कई सड़कें पार कर चुका था। अनगिनत क़दम चल चुका था। धीरे-धीरे उसके शरीर की हर हरकत से परिचित होता जा रहा था। वह कैसे पाँव रखती है, कैसे चलती है, कैसे मुड़कर उसकी ओर देखती है, धीरे से मुस्कराती है, हिरनी की तरह दाएँ-बाएँ देखती है, आगे बढ़ती है। सफ़दर के लिए अब इस ज़िन्दगी में कोई चीज़ अर्थपूर्ण न थी। वह टिकटिकी बाँधे, साँस रोके, जिस्म, जान आत्मा को एक साथ, एक लगन, एक कोशिश, एक लहर में बसाए उसे देख रहा था। चलते-फिरते लोग, भागती-दौड़ती गाड़ियाँ, चीख़ती-चिल्लाती आवाज़ें सब ग़ायब हो गई थीं। विलीन हो गई थीं। उसके सारे शरीर पर धूप बिखर गई थी। उसने प्रकृति का यह चमत्कार, यह अदा, यह मेहरबानी देखी, महसूस की और ज़िन्दगी पर निछावर हो गया। कितनी मनमोहक है यह ज़िन्दगी। कितना जादू है इसमें, कितनी रंगीन है यह। चार ऐसे पलों के सहारे आदमी जीने का साहस कर सकता है। मरने तक जी सकता है। उसके होंठों पर कई गीत आए, शेर आए जिन्हें वह धीरे-धीरे गुनगुनाने लगा।

फिर वह एक गली में मुड़ी। एक दरवाज़े पर रुकी, दस्तक दी। दरवाज़ा खुला। वह दाख़िल हुई। मुड़कर उसकी ओर देखा, मुस्कराई और फिर दरवाज़ा बन्द हो गया। वह बड़ी देर उसी जगह मौन खड़ा रहा। इन्तज़ार करता रहा और धीरे-धीरे वास्तविकता उस पर खुलने लगी कि वह पतली-सी धूल में

लिपटी गली में खड़ा है। उसके सामने एक दरवाज़ा ज़रूर है लेकिन वह उस पर कभी नहीं खुलेगा। सारी ज़िन्दगी इस तरह अपनी दो टाँगों पर खड़ा रहे फिर भी वह दरवाज़ा बन्द रहेगा।

आसमान का वजन उसके सिर पर भारी हो गया। उसकी टाँगें कमज़ोर हो गईं। वह थका-हारा-सा लौटा और चौराहे पर खड़ा होकर जगह पहचानने लगा। पिछले महीनों की कुछ बातें उसे याद आने लगीं। छह महीने जो वह हस्पताल में काट चुका है। उसका एक फेफड़ा निकाल दिया गया है। उसे टीबी थी। उसके बाद वह बिलकुल बेकार हो गया था। जिस्मानी काम वह नहीं कर सकता था और दिमाग़ी काम उससे नहीं हो पा रहा था। उसे ज़िन्दगी की इस बेइंसाफ़ी पर ग़ुस्सा आता। ग़ुस्सा ज़हर की तरह उसके बदन में समा जाता। फिर वह ठर्रा पीने लगा। उसके बाद चरस। रोटी कभी-कभार खाता या न खाता। अब उसका कुछ मतलब न था। ज़रूरत न थी। कभी-कभी शराब पीते हुए एक लहर-सी उसके सीने में दौड़ जाती। कोई ख़याल उस चौदह-पन्द्रह साल की लड़की की तरह उसके मन से छू जाता तो एक प्रकार की मुस्कराहट उसके सख़्त, तीखे चेहरे पर फैल जाती। वह सोचता इस बार वह कोशिश करेगा और एक कहानी लिख डालेगा। लेकिन जैसे ही वह पेन खोलता, चंद लाइनें घसीटता, जादू टूट जाता और ख़ाली-खूली पीपे की तरह उसका दिमाग़ धाँय-धाँय करता। फिर शराब का सिलसिला। इसके लिए उसने दोस्तों से उधार लेना शुरू किया। जब यह सिलसिला भी टूट गया तो किताबें पढ़ने के बहाने लाता और बेच देता। हफ़्तों घर न लौटता। माँ से वह बहुत डरता था। आदर भी करता। ख़ाली हाथ वह कैसे लौटे, माँ से क्या कहे?

उसने बग़ल में उठाई हुई तीन किताबें बाज़ार में जाकर बेच दीं। रुपए मुट्ठी में दबाए बहुत देर वह सोचता रहा। ज़िन्दगी के शोर से घबरा गया। अलसा गया। लोग उसके चारों ओर घूम रहे थे। आख़िर क्या चाहते हैं? अब कौन-सा अफ़साना सुनने के इन्तज़ार में बैठे हैं? कौन-सी बात रह गई है अब? यूँ घूर-घूर कर उसे क्यों देख रहे हैं? पैरों की आवाज़ पैदा करके उसे क्यों डरा रहे हैं? कहाँ जाए वह? कहाँ जा सकता है वह?

रोशनियों की पूरी गली पार करके वह गुलाबी के अड्डे पर चला गया। गुलाबी देखकर हैरान हो गई। शायद साल भर के बाद लौटा था। इस मोहल्ले में उसके इश्क़ के क़िस्से मशहूर थे। गुलाबी उस पर जान देती थी। अपना

शरीर उपहार की तरह पेश करती थी बल्कि कई बार उसे खाना खिलाती। जब वह धंधा बन्द कर देती, दरवाज़े पर चटखनी चढ़ा देती तो उस कोठे की सब औरतें कमरे में जमा हो जातीं। सबका खाना एक ही जगह पकता। सफ़दर इन सब औरतों का मेहमान होता। यह एक मर्द था जो बैठकर, घर के आदमी की तरह उनके साथ खाना खाता। उनमें कई उससे मज़ाक़ करतीं जैसे वे सफ़दर की सालियाँ हों। सफ़दर उनसे छेड़छाड़ करता। लतीफ़े सुनाता। गुलाबी बच-बच कर उसे देखती। उसके तीखे नाक-नक़्श पर फ़िदा होती। उसकी बातों पर मर मिटती और कभी वह शराब पीकर धुआँधार बातें करता तो गर्व से फूली न समाती।

गुलाबी ने दरवाज़ा बन्द कर दिया। एक बिस्तर पर उसे लिटा दिया। सफ़दर ने मुट्ठी खोल दी। रुपए गुलाबी के हवाले कर दिए। फिर उसने शराब मँगवाई। उसके बाद चरस। फिर वह क़िस्सा पूरा कर चुका तो गुलाबी ने देखा कि वह बुख़ार से तप रहा है। बहुत दिनों बाद उसने गुलाबी से कहा, “मैं मरना चाहता हूँ।”

गुलाबी दहाड़ें मारकर रो पड़ी। कोठे की सब औरतें जमा हो गईं। किसी ने उसके माथे पर ठंडे पानी की पट्टियाँ रखीं। किसी ने उसके हाथ-पाँव दबाने शुरू किए। अधिकतर आँसू पोंछ रही थीं। गुलाबी का चेहरा उसके बहुत क़रीब आया तो वह चिल्लाया, “कितनी कठोर ज़िन्दगी है। कहाँ तक उसका पीछा कर रही है। औरतों की शक्ल में जासूस भेज दिए हैं उसके पास—जैसे मरने से पहले वह किसी तिजोरी का पता बता देगा।” फिर वह बेहोश हो गया।

सुबह जब उसकी आँख खुली तो उसने प्राइवेट स्कूल का फ़ोन नम्बर दिया। मैं क्लास में सिविक्स पढ़ा रहा था कि प्रिंसिपल ने आकर बताया कि सफ़दर की तरफ़ से कोई फ़ोन आया है। मैं सारे विद्यार्थियों के सामने शर्मिन्दा हो गया। मुझे सिविक्स में कोई रुचि न थी। विद्यार्थियों को भी कोई रुचि न थी। मैं इसलिए पढ़ाने का बहाना करता था कि दो रोटी कमा सकूँ। वह इसलिए पढ़ने की कोशिश में थे कि आगे चलकर दो रोटी कमा सकें। और सफ़दर का नाम एक ऐसी चाबी था जो मेरे इस दोग़लेपन का पर्दाफ़ाश कर देता था।

हर बात पर समझौता करने वाला मैं भी लेखक, हर आदर्श, हर आइडियल को सीने में छुपाकर, ज़िन्दगी से मुँह मोड़कर, शर्मिन्दा रहकर, कायरता को धर्म समझकर माँ-बाप, स्कूल, उस्ताद, समाज, सरकार की सारी बातें सिर

झुकाकर मानने वाला लेखक। मैं इस मुल्क के लिए कुछ कहानियाँ लिखूँगा। किताबें छपेंगी। कुछ मेडल, कुछ सर्टिफ़िकेट गले में लटकाकर आख़िर में अपनी आत्मकथा लिखूँगा। सफ़दर ने ज़िन्दगी पर यह उपकार करना छोड़ दिया था। बहुत पहले ही यह कोशिश छोड़ दी थी।

मैंने सफ़दर का सन्देश सुना जो गुलाबी ने रोते हुए बम्बई की टूटी-फूटी भाषा में समझाया।

अब वह तकिये पर सिर रखे हम सब की ओर देख रहा था। ज़िन्दगी का डर बिलकुल कम हो गया था, क्योंकि मौन के राज़ से परिचित हो गया था। उसके सब दोस्त, सारे दुश्मन, उसकी तारीफ़ करने वाले, उसको गालियाँ देने वाले। वह दोस्त जिनसे उसने उधार लिया था, वह आदमी जिनसे वह किताबें माँगकर बेच देता था, सब मौजूद थे। उसकी माँ चौकड़ी मारे एक कोने में बैठी थी और धीरे-धीरे रो रही थी लेकिन उसकी आवाज़ किसी को न सुनाई दे रही थी। बार-बार अपने आँसू अपने पल्लू से पोंछ डालती। नूरे इलाही होटल से बेगम अख़्तर की ग़ज़ल सुनाई दे रही थी,

'उम्र की भी बेक़रारी को क़रार आ ही गया।'

अब वह मुस्करा रहा था। कोई कड़वाहट न थी उसकी बातों में।

मैंने पूछा, "सफ़दर, तुम्हारी कोई आख़िरी ख़्वाहिश है?"

उसने कहा कि वह मरने से पहले एक भाषण देना चाहता है।

मैंने कहा, "ज़िन्दगी भर तुम क्या करते रहे हो?"

वह शरारत से मुस्कराया और फिर कहा,

"जाने दो भाषण कैंसिल।"

फिर थोड़ी देर ख़ामोश रहा। अब उसकी आवाज़ कमज़ोर होती गई। दिल की धड़कन दूर होती गई। चेहरा पीला पड़ता गया। आँखों की रोशनी कम हो गई। वह धुंध, सफ़ेद-सफ़ेद धुआँ जो हमेशा से उसका साथी था, चरस के नशे में जो चारों ओर उसके आस-पास छाया रहता, उसको गर्म रखता, सुरक्षित रखता, उसके क़रीब रहता, साथ देता।

फिर उसने धीरे से आँखें खोलीं और बहुत सपाट स्वर में बोला,

"दोस्त, मैं जीने की तकलीफ़ बर्दाश्त नहीं कर सकता था। दो रोटी के लिए पहले गोदी में काम करो। फिर ट्यूशन पढ़ाओ, अख़बार बेचो। इस मुल्क में हर आदमी, हर पेशे वाला अपना काम कर सकता है। सिर्फ़ लेखक, लेखक

नहीं रह सकता। उसे या तो तुम्हारी तरह टीचर बनना पड़ता है या क्लर्क या मैकेनिक। और यह सारी तकलीफ़ झेलकर एक-दो कहानियाँ और लिख देता तो कहानियाँ क्या होतीं? और सुनता कौन?"

वह बोलता रहा। इसी तरह बोलता रहा। लेकिन उसकी आवाज़ कमज़ोर होती गई। हमेशा की तरह उसने भाषण दिया, देता जा रहा था। लेकिन वह हमें सुनाई नहीं दे रहा था।

इस बाज़ार में, मैं तो ख़रीदार नहीं?

मैंने कहीं लिखा था, "इस देश में पति प्रेमी नहीं होता!"

बहुत पहले कच्ची उम्र में यह एहसास कैसे आया? कैसे जन्म लिया इस फ़िक़रे ने? क्या मैं पूरी तरह समझ पाया उस वक़्त?

अब गहरी झील में गोता खाता हूँ तो साँस रुकने लगी है।

और एहसास धुँधलाने लगा। कई साल बदमज़गी के गुज़ारे हैं। सियासी हालात ऐसे हैं कि कुछ होने की उम्मीद नहीं रही। ऐसे में कुछ सोचना, कुछ करना बेमानी लगता है। और जब मेरा लेखक ही मेरे अन्दर मरने जा रहा है, दम घुट गया है उसका, इतनी सियासी सूझ-बूझ रखने के बाद तो इस देश के एक आम आदमी पर क्या गुज़रती होगी? अन्दर एक धुआँ फैला हुआ है। चिल्लाना चाहता हूँ। चिल्ला भी नहीं पाता। और कुछ रास्ता ढूँढ़ना होगा—नहीं तो अन्तिम संस्कार करने होंगे अपने।

इन्हीं दिनों में एक दोस्त ने बताया कि पंजाब में जब से बहन-भाइयों के साथ जायदाद में हिस्सेदार बनी है, नए क़ानून के मुताबिक़ तो बहुत से क़त्ल हुए हैं। मेरे उस दोस्त ने कहानी भी लिखी थी। छोटी-सी जो बेनाम से पर्चे में छपी थी। फिर रोज़ सुर्खियाँ पढ़ने को मिलती हैं। सुबह की चाय अच्छी लगने लगी। शेख़ों की टोलियाँ दर टोलियाँ हैदराबाद शहर में जाने लगीं और दुल्हनें खरीदने लगीं। और हम शर्मिन्दा होते रहे। कभी-कभी दिल भी भर आया। बस, इसके आगे सोचना, कर गुज़रना तुम्हारा-हमारा काम नहीं। सब छोड़ देना चाहिए अपनी सरकार पर।

कुछ और पूछताछ करने पर पता चला कि बिहार में भी यही कुछ हो रहा है। पंजाब और हरियाणा का ग़रीब किसान शादी नहीं कर पाता। पैसे नहीं हैं ना। फिर सारी उम्र मेहनत-मशक्क़त करता है। लड़कियाँ भी इन इलाकों में

कम हैं। जब उम्र ढलने लगती है तो रोटियाँ सेंकने के लिए एक औरत की ज़रूरत पड़ती है। बस चल निकलता है हज़ार-दो हज़ार रुपए लेकर बिहार की तरफ़। वहाँ तो मार्केट लगी है। बाज़ार सजा है। अपनी हैसियत के मुताबिक़ बोली लगाकर सौदा करके ख़रीद लेता है औरत को। उस परदेसी औरत को 'कुदेसन' कहते हैं पंजाब में। कुदेसन बनकर जीती है वो सारी उम्र। अपने गाँव में एक चीज़, एक पदार्थ और पराए गाँव में कुदेसन। रोज़ ही तो पढ़ते हैं हम। नॉवेल, कहानियाँ। कविताएँ भी लिखी जाती हैं। पढ़ते हैं हम सब। विद्यार्थी कॉलेजों में और यूनिवर्सिटी में। सरकार इन किताबों पर इनाम भी देती है। बहुत बुरी दशा है औरत की देश में। ऐसा सब महसूस करते हैं।

फिर जहेज़ की रस्म आज भी जारी है। बेटी घर में पैदा होती है तो बाप आज भी रोता है। रक़म कम होती है तो दुल्हन अपने ऊपर मिट्टी का तेल गंगाजल की तरह छिड़कती है और आग लगाकर इस कम्बख़्त ज़िन्दगी से छुटकारा पा लेती है।

और मैं मीनार एक्सप्रेस पर सवार तमाशाई बनकर अपने दोस्तों के साथ एक 'मुस्लिम मैरिज' अटेंड करने जा रहा हूँ। मैं ज़िन्दगी की सारी तल्ख़ी भूल गया हूँ। इस कम्बख़्त शहर से, जो आदमी को मफ़लूक कर देता है, भागकर हैदराबाद जा रहा हूँ। ज़ेहन में एक रूमानियत तारी है। शादी की रस्में—दुल्हन को मेहँदी लग रही है। ढोलक पर सखियाँ मिलन के गीत गा रही हैं। कहकहे गूँज रहे हैं। दावतें भी हैं। दुल्हन को सजाया जा रहा है। बरात आती है। बाजे बजते हैं। फूलों की महक है। इस मुल्क की अज़ीम क़द्रें, ऊदाहटें, जो रोज़मर्रा की ज़िन्दगी से निजात दिलाती हैं। घुटन, कमज़र्फ़ी से छुटकारा दिलाती हैं। ज़िन्दगी से करीबतर करती हैं। हज़ारों साल से पुरखों की बनाई हुईं। मिट्टी की ख़ुशबू में बसी हुई हमारी ये रस्में जो हमारे महान अतीत का बिरसा हैं। मैं खिड़की से बाहर देख रहा हूँ। हैदराबाद क़रीब आ रहा है। सनसनी दौड़ रही है मेरे ख़ून में।

बस वैसा ही हुआ जिसकी आरज़ू लिए हुए मैं हैदराबाद आया था। वैसी ही रस्में हैं। बरात में मैं भी शामिल हूँ। दुल्हन को मेहँदी लग रही है। मंडप सज रहा है। एक कव्वाल आया है। दुल्हन के घर से उसकी बहुत सी सखियाँ दूल्हा देखने आई हैं। शरमा रही हैं, हँस रही हैं और धीरे-धीरे कोहरा छँट रहा है। मेरी रगों में अब ख़ून की जगह पिघलता हुआ सीसा बह रहा है। तल्ख़ी तेज़ाब की तरह रूह को छू रही है। मेरे सीने में धुआँ भर गया है और मैं एक

अख़बार की सुर्खी पढ़ रहा हूँ। वही पुरानी कहानी है। दूल्हे की उम्र पचास साल के क़रीब है। बदसूरत, बदनुमा एक 'साइकोपैथ' जो शराब पीकर हैवान बन जाता है। किसी भेड़िये की तरह कमरे में घूमता रहता है। अपने शिकार की तलाश में, और दुल्हन की उम्र पन्द्रह-सोलह बरस है। भूख की वजह से निढाल है। हड्डियाँ गिनी जा सकती हैं और ये मंडप न होकर क़ुरबानगाह है, और दुल्हन की शादी न होकर उसकी बलि हो रही है। क़ुरबानी की जा रही है—एक मासूम ज़िन्दगी।

ऐसी शादी के बारे में बर्नाड शॉ ने लिखा था :

'Marriage is a Legal Prostitution!!'

यही आदमी किसी बाप के पास जाकर कहे कि वह उसकी पन्द्रह बरस की लड़की ख़रीदना चाहता है तो बाप शायद उसका ख़ून कर दे। और यही शख़्स जब रस्मो-रिवाज का सहारा लेकर पन्द्रह बरस की लड़की से शादी करना चाहता है तो बाप अपनी ग़ुरबत से लाचार होकर अपने हाथों से अपनी बेटी को डोली में बैठा देता है। क़िस्मत के नाम पर।

और मुझे यूँ लग रहा है कि इस गुनाह, इस जुर्म, इस नाइंसाफ़ी में मैं भी शरीक हूँ। मैं किसी मुजरिम की तरह अपने जुर्म को सीने में छुपाए (अपनी नज़रों से भी) जीने की कोशिश कर रहा हूँ। उस वक़्त मेरा लेखक, जिसके अन्तिम संस्कार मैं बहुत पहले कर चुका हूँ। अपनी मिडल-क्लास की ज़हनियत की वजह से हर मुकाम पर समझौता कर चुका हूँ। अपनी हर कमज़ोरी, कोताही का जवाज़ ढूँढ़ चुका हूँ। इस महाजनी समाज में जहाँ इंसान बिकते हैं, मैं भी कई बार बिक चुका हूँ। और इन सड़ी-गली क़द्रों को मानकर सिर्फ़ इस बात पर ख़ुश हूँ कि 'बस मैं ज़िन्दा हूँ।' इस बात से सन्तुष्ट हूँ कि यह हादसा मुझ पर नहीं गुज़रा। एक लिच्च-लिच्ची, बेमक़सद ज़िन्दगी गुज़ार रहा हूँ। अपने भोंडेपन के सहारे। और अल्फ़ाज़ अपने मानी खो चुके हैं।

मुझे अपने वजूद को बचाना है। थोड़े से मानी तलाश करने हैं। सच्चाई की ज़रा-सी परत को हटाना है। ज़िन्दा रहने के लिए कोई बामक़सद वजह तलाश करनी है। एक क़दम तो बढ़ाऊँ। ज़रा-सी ज़ीस्त तो लगाऊँ। 'बाज़ार' की कहानी तैयार करता हूँ। फ़िल्म बनाता हूँ। इस नासूर को लोगों के सामने लाता हूँ। 'बाज़ार' तैयार है—और ये मेरी कोशिश की पहली कड़ी है।

किताबों के दोस्त

मेरे आग्रह के बावजूद विश्नु अलग-थलग पिछली सीट पर बैठा रहता। क्लास में विद्यार्थी बहुत कम थे। वह मेरे गिर्द हाला बना लेते और मैं अपनी कमज़ोर-सी आवाज़ में उन्हें इतिहास पढ़ाया करता। कई बार तो मैं तारीख़ों में गड़बड़ कर देता। अनेकों बार तो तारीख़ भूल ही जाता। ऐसे अवसर पर विश्नु मेरी मदद को आता। वह कभी किताबें साथ न लाता था। सिर्फ़ एक कॉपी लाता, जो उसके किसी काम न आती थी। अपनी विशेष सीट पर गर्दन झुकाए बैठा रहता। ख़ामोश, दीन चेहरा—उसके तौर-तरीक़ों में कहीं भी दिखावा या ओछापन नहीं था। बड़ी नम्रता से बोलता, बल्कि लगता कि वह दबा हुआ है, घबराया हुआ है।

हमारे एक्टिंग प्रिंसिपल श्री सुन्दर जी तशरीफ़ नहीं लाए थे। सुना था कि दुश्मनों की तबीयत ख़राब है। सुन्दर जी बड़े ही मिलनसार आदमी थे। अपनी सिंधी ज़बान से इतना लगाव था कि कोई भी ज़बान बोलते, अपनी ज़बान का रंग उजागर रखते। अजीब मटके जैसी सूरत थी। उनकी अर्हता के बारे में आज तक कोई नहीं जान सका था। कुछ तो यहाँ तक कहने की हिम्मत रखते कि वह सिर्फ़ मैट्रिक पास हैं, और वह भी थर्ड क्लास। उन्होंने यह कमर्शियल स्कूल 'कॉन्ट्रैक्ट' पर श्री मोरखानी से लिया था और एक्टिंग प्रिंसिपल बन गए थे। स्कूल के प्रिंसिपल अब भी मोरखानी थे। उन्हें भी सिंधी ज़बान से बड़ा लगाव था। इसलिए और क़ोई ज़बान न जानते थे। वह ठीक डेढ़ बजे अपनी फोर्ड में तशरीफ़ लाते। छह-सात देवी-देवताओं की पूजा करते और फिर वापस तशरीफ़ ले जाते। पढ़ने-पढ़ाने का कष्ट गवारा न करते। सुन्दर जी स्कूल से आठ सौ रुपए कमा लेते और मोरखानी को डेढ़ सौ रुपए प्रिंसिपली के मिलते।

तीसरे दिन पता चला कि सुन्दर जी की तबीयत ज़रूरत से ज़्यादा ख़राब है। और उन्हें अस्पताल ले जाया गया है। मैंने सुनकर दुख का इज़हार किया। प्रार्थना की—उनकी आत्मा को शान्ति मिले। फिर पूछा,

"उन्हें तकलीफ़ क्या है?"

"अरे यह समझो कि क़िस्मत अच्छी है। पता चल गया है," मोरखानी बोले।

इस वक़्त पौने दो बजे थे और वह अपने छह-सात देवी-देवताओं की पूजा कर चुके थे।

"किसका पता चल गया है?" मैंने पूछा।

"अरे उसको प्लूरिसी है ना। थोड़े दिन और रहती तो टी.बी. हो जाती। डॉक्टर हमसे बोला कि यह रोग किसी दूसरे आदमी से लगा है।"

फिर वह बड़े ज़ोरदार स्वर में बोले,

"तुम्हारी क्लास में विश्नु नाम का कोई लड़का है ना?"

"हाँ।"

"साला हमको शक है—साला एकदम टी.बी. का मरीज है।"

"आपको कैसे मालूम?"

"साला हमने घास काटा है क्या? अरे मास्टर साहब दुनिया देखा है।"

हमारे साथ ही हिन्दी के मास्टर भी थे जो शायरी भी फ़रमाते थे। किसी तरह दो किताबों के लेखक बन बैठे थे। टी.बी. का नाम सुनकर वह बिदक पड़े और बड़े ज़ोर से 'हाय' कह उठे।

विश्नु को वहीं बुलाया गया। पहला सवाल शायर ने किया,

"तुमने हमसे नहीं कहा कि तुम्हें टी.बी. है?"

"लेकिन सर मुझे टी.बी नहीं है।"

"हमें पता चला है। क्या तुम्हारे पास कोई सबूत है?"

"सबूत?"

"हाँ, सबूत। क्या तुमने किसी डॉक्टर को दिखाया है?"

"जी हाँ। डॉक्टर कहते थे शरीर में सिर्फ़ ख़ून कम है।"

"कब दिखाया था?"

"बहुत दिन पहले।"

"क्या ऐसा नहीं हो सकता कि तुम्हें टी.बी. हो गई हो?"

"हो सकता है सर। लेकिन..."

"लेकिन यह कि तुमने बड़ी लापरवाही बरती है। हम तो कहेंगे तुम समाज के दुश्मन हो। तुम स्कूल में पढ़ते हो, जहाँ लड़के-लड़कियाँ साथ पढ़ते हैं। क्या ऐसा मुमकिन नहीं कि दो-चार विद्यार्थियों ने तुमसे ये जरासीम ले लिए हों। क्या ऐसा नहीं हो सकता कि मैं जो यहाँ बैठा हूँ, इसी भयानक रोग का शिकार हो चुका हूँ? और सिर्फ़ तुम्हारी वजह से।"

विश्नु ख़ामोश रहा। फिर मोरखानी बोले,

"सुन्दर जी को यही बीमारी लगी है। तुम क्लास में नहीं बैठ सकते। जब तक तुम डॉक्टरी रिपोर्ट न लाओ।"

विश्नु ने एक नज़र मुझे देखा। वह हमेशा की तरह गर्दन झुकाए, हाथ बाँधे ख़ामोश खड़ा था। उसका चेहरा पीला पड़ गया था। ख़ामोशी ने जैसे उसके होंठ सी दिए थे।

"विश्नु तुम्हें यक़ीन है कि तुम्हें बीमारी नहीं?" मैंने पूछा।

"हाँ, सर।"

"तो तुम किसी अस्पताल में चले जाओ। एक दिन ख़राब होगा लेकिन तुम्हें रिपोर्ट मिल जाएगी।"

वह ख़ामोशी से मुझे देखता हुआ बाहर निकल गया। अपनी कॉपी लेने भी वह अन्दर नहीं गया। शायर मुझसे आँख मारते हुए बोला,

"साला रिपोर्ट लाएगा तो भी हम दाख़िल नहीं करेंगे।"

कई दिन गुज़र गए, लेकिन विश्नु रिपोर्ट लेकर नहीं लौटा। मैंने निश्चय कर लिया कि क्लास में एक ही बुद्धिमान लड़का था जो चला गया था। उसकी विशेष सीट हमेशा ख़ाली रहती। विद्यार्थी मेरे गिर्द बैठकर इतिहास की दुर्घटनाएँ सुनते रहते। मैंने तारीख़ों का वर्णन करना ही छोड़ दिया था।

एक दिन मैं ऑफ़िस में अकेला बैठा था कि विश्नु ने प्रवेश किया। उसने झुककर मुझे प्रणाम किया। मैंने अपने साथ बैठने को कहा तो बोला,

"आप तो हमारे गुरु हैं। मैं आपके साथ कैसे बैठ सकता हूँ?"

मैंने ज़बरदस्ती उसका हाथ पकड़कर उसे अपने साथ बैठा लिया।

"यह बालों का क्या बना दिया है?"

"क्या कहें सर जी। दाढ़ी बनवाने गया तो उसने पूछा, 'मालिश भी कर दूँ?' मैंने कहा, 'कर दो।' अपने मुल्क का भैया था।" और वह मुस्कराने लगा।

उसने बालों में बहुत सा तेल लगा रखा था। नाई ने बालों को बनाने में काफ़ी-उस्तादी दिखाई थी। विश्नु जोकर लगता था। लेकिन उसका सादापन और बेपरवाही देखकर मुझे शर्मिंदगी महसूस होने लगी कि मैंने कैसा ओछा सवाल कर दिया है।

"तुम रिपोर्ट लेकर नहीं आए?"

"नहीं सर जी।"

"क्यों?"

"घर पर ही पढ़ लेता हूँ। फ़ीस की भी बचत हो जाती है।"

इसका जवाब मेरे पास नहीं था।

"एक कारण से आया हूँ।"

"कहो?"

"आप मेरी अंग्रेज़ी में ज़रा मदद कर दिया करेंगे?"

"विश्नु तुम जब चाहो बिला झिझक मेरे पास आ जाया करो।"

"क्या कहूँ सर जी। पढ़ने का बहुत शौक़ है। आत्मा में बड़ा अन्धकार है। किताबों से थोड़ा-बहुत दूर करने की कोशिश में लगा रहता हूँ। इस कारण ट्यूशन पढ़ाता हूँ। अगर आप जैसे शख़्स मेरी सहायता करें तो अवश्य ही मैं कुछ कर पाऊँगा।"

मैं उसकी नम्रता, उसका शौक़ देखकर बहुत प्रभावित हुआ। मैंने उसे विश्वास दिलाया कि मैं हमेशा उसकी मदद करने के लिए तैयार हूँ।

लेकिन विश्नु उस दिन के बाद मेरे पास कभी न आया। उसने ज्ञान की भिक्षा माँगी थी। उसके शौक़ ने कई बार उसकी बड़ी-बड़ी आँखों में मशाल जलाई थी। लेकिन मजबूरी उसके आड़े आई और मैं धीरे-धीरे अपने बुद्धिमान विद्यार्थी को भूल गया।

सुन्दर जी को मैं अक्सर अस्पताल में देखने जाता था। उन्होंने प्राइवेट अस्पताल में एक कमरा ले रखा था। हर समय दो-चार सगे-सम्बन्धी उनकी देखभाल में लगे रहते। उन्होंने मुझे बताया कि डॉक्टर रोज़ दो इंजेक्शन उन्हें देता था। इसके अलावा पौने पाँच रुपए की दवा उन्हें रोज़ खानी पड़ती थी। खाने के लिए केवल फल डॉक्टर ने बताए थे। और यह क्रम कम से कम एक महीना जारी रहेगा।

मैं जब भी जाता, सुन्दर जी फल खा रहे होते। उनके पास मेज़ पर दर्जनों

केले, मौसमियाँ, अंगूर, संतरे, चीकू और दूसरे फलों का ढेर पड़ा रहता। कोई सगा-सम्बन्धी उनसे मिलने आता तो फलों का भरा हुआ थैला लाता।

सुन्दर जी बत्तीस दिनों में घर लौट आए।

डॉक्टर ने उनसे कहा कि वह एक महीना आराम करें। लेकिन सुन्दर जी दवाओं के ज़ोर से, फलों के ज़ोर से, दस दिनों के बाद ही स्कूल आ गए। और उसी तरह पढ़ाने में व्यस्त हो गए।

उस वक़्त मैं और सुन्दर जी ऑफ़िस में बैठे थे। विश्नु डॉक्टरी रिपोर्ट लेकर दाख़िल हुआ। वह उसी तरह ख़ामोश, हाथ बाँधे खड़ा था। उसने बड़ी नम्रता से मुझे और सुन्दर जी को प्रणाम किया। उसका चेहरा उसी तरह पीला था। सुन्दर जी ने उसे बड़े ग़ौर से देखा।

"तो तुम्हें टी.बी. नहीं?"

"रिपोर्ट देख लीजिए।" उसने जवाब दिया।

मुझे शक था कि वह विश्नु को दाख़िल नहीं करेंगे। लेकिन नकद फ़ीस छोड़ देना उनकी आदत न थी। वैसे भी बीमारी में वह काफ़ी रुपया ख़र्च कर चुके थे। उन्होंने पन्द्रह रुपया महीना फ़ीस के माँगे।

"लेकिन सर जी, मैं हमेशा दस रुपए देता हूँ।"

"अब पन्द्रह होंगे," सुन्दर जी झल्लाए।

विश्नु ने मेरी तरफ़ देखा। उसकी मजबूरी सिमटकर आँखों में दर्द बन गई थी। मैंने बड़ी नम्रता से कहा।

"दस ले लीजिए।"

"नहीं मास्टर साहब। ये सब बहाने हैं।"

विश्नु ने फिर मेरी तरफ़ देखा। लेकिन मैं सुन्दर जी का तोड़ जानता था, उनकी आदत भी जानता था। मैंने कह दिया,

"पाँच मेरे वेतन में से काट लिया कीजिए।"

सुन्दर जी ने चीरती हुई नज़रों से मुझे ताका, और विश्नु की डॉक्टरी रिपोर्ट मेज़ पर पटक दी।

"जाओ, अन्दर बैठो!" वह चीख़े।

उस दिन मुझे हिन्दुस्तान की पुरानी संस्कृति के बारे में बताना था। उस दिन मेरा बहुत मन लगा। मैं बड़ी रुचि से पढ़ा रहा था। मुझे विश्वास था कि कम से कम एक विद्यार्थी मेरी बातों को समझ रहा है।

जब मैं सीढ़ियों से उतरकर नीचे सड़क पर आ गया तो देखा, विश्नु मेरे साथ ही चल रहा है। मैं खड़ा हो गया। वह काफ़ी देर ख़ामोश नज़रों से मुझे देखता रहा।

हम दोनों पर गुलमोहर के पेड़ों का साया था। उसके लाल फूल हम दोनों पर ओस की बूँदों की तरह गिर रहे थे।

"कुछ कहना है?" मैंने पूछा।

"मैं आपसे झूठ नहीं बोल सकता।"

"क्या बात है?"

"यह रिपोर्ट झूठी है। मैंने दो रुपए देकर ली है। मास्टर साहब, मुझे टी.बी. है। न मैं दवा ख़रीद सकता हूँ और न फल। मैं मन का अँधेरा दूर करना चाहता हूँ।"

लाल-लाल फूल गिर रहे थे। मैं उसे देख रहा था और महसूस कर रहा था कि आँसू शायद मेरी आँखों में मचल रहे हैं।

विश्वकर्मा

मलेरिया तो एक बहाना था। बेचारा खुशवंत सिंह ज्यूँ चारपाई पर पड़ा तो उठने का नाम न ले सका। बुख़ार था कि दिन-ब-दिन अग्निमग्न होता जा रहा था। कुछ ही दिनों में जीवन के सारे आसार मंद पड़ गए। उसकी बड़ी-बड़ी आँखों में दर्द सिमटकर रह गया। लेकिन मुस्कराहट की एक झलक कभी-कभी उजागर हो जाती। खुशवंत सिंह जानता था उसकी मौत पवित्र है।

उसके अन्तिम संस्कारों में सारा गाँव शामिल हुआ। एक़ परदेसी जो कुछ महीने पहले आया था वह मन्दिर में मूर्ति स्थापित करेगा। इस गाँव में नया मन्दिर बनेगा। पुराने खँडहर पर जहाँ कुटिया आबाद थी वहाँ ईंटों की दीवारें खड़ी होंगी। औरतों के नहाने के लिए अलग जगह बनाई जाएगी। और सर्वश्रेष्ठ यह कि नई मूर्ति स्थापित होगी। खुशवंत सिंह का बलिदान हो गया। हनुमान के बदले स्थान पर चढ़कर वह अमर हो गया। सारा गाँव जानता था कि हनुमान की मूर्ति उस आदमी पर भारी होती है जो उसे बनाता है। वह कभी नहीं बच पाता। हनुमान उसे जल्द ही उठा लेते हैं। खुशवंत सिंह अपनी श्रद्धा के बदले इसी संतोष को साथ लेकर चल बसा था।

मन्दिर की बनाई के लिए सारे गाँव में हलचल पैदा हो गई। लोगों ने कीर्तन करने शुरू कर दिए। लोगों के घरों से दान माँगे जाने लगे। मन्दिर के महंत ने चंद इज़्ज़तदार आदमियों को साथ लेकर दूसरे गाँवों में दान-दक्षिणा माँगना शुरू कर दिया। सेठ कहारीलाल ने संगमरमर की ज़मीन बनवाकर दी। और महंत ने उस ज़मीन पर उनका नाम भी खुदवा दिया। कहारीलाल के सारे परिवार के आदमी बजरंग बली के पुजारी थे। इनके धंधे, रोज़गार में हनुमान की ही माया थी। जब उन्होंने रोज़गार शुरू किया था तो उनके पास मामूली

पूँजी थी। लेकिन हनुमान की दया से उनके वे दिन फिरे कि उनकी रोटियाँ कुत्ते भी नहीं खाते थे। वह तम्बाकू और नसवार का कारोबार करते थे। रमज़ान के महीने में उनके तम्बाकू और नसवार की बड़ी खपत होती थी। वह तम्बाकू का मज़ा बदलने के लिए उसमें गुड़ मिलाते और वजन बढ़ाने के लिए पानी का छिड़काव भी करते थे। नसवार में भी वह यही ढंग अपनाते थे। और फिर रोज़ा खुलने के एक-आध घंटा पहले ग्राहकों का ताँता लग जाता। किसान लोग अपनी लम्बी जेबों से खनखनाते हुए सिक्के निकालते। चंद सालों ही में कहारीलाल हनुमान की दया से सेठ हो गए।

मन्दिर के गुम्बद को बनाने के लिए पत्थर के सीने में आरे चले। सारा दिन छेनी-हथौड़ी का गीत पास के बहते हुए दरिया के शोर में डूबता रहता। पीपल के पुराने पेड़ के आस-पास सीमेंट की एक दीवार-सी बनाई गई ताकि इस पुण्यात्मा की उम्र लम्बी हो। इसका साया मन्दिर से हटने न पाए।

लोग महंत की वाह-वाह करके दाद दे रहे थे। उसने मन्दिर के लिए जी-जान एक कर दिया। वह तन-मन से हनुमान की सेवा में व्यस्त रहता। उसने नंगे पाँव पड़ोस के गाँव छान मारे और रुपया बटोरकर लाया। यह महंत ग़रीब, लाचार और बेसहारा गढ़वाल के पहाड़ी इलाकों से भागा था। वह उस समय जीवन से भागना चाहता था। भूख और ग़रीबी ने उसका पीछा किया और वह भागकर इस बेनाम गाँव में आ पड़ा। इस सादगी और प्यार की हद से बाहर जाना अब उसके लिए दूभर हो गया था। हर वक़्त दरिया का नाच उसके शरीर में एक हलचल-सी पैदा करता। इसके गीत उसके कानों में अमृत घोलते। अब वह मेहनत करता था ताकि मन्दिर पूरा हो जाए। लोगों में भक्ति की भावना पैदा हो। वह उनके लिए एक नया भगवान, एक पक्का सीमेंट का भगवान बनाना चाहता था। पहली मूर्ति तो बस नाम की थी। हो सकता है कि भगवान उसमें भी रहते हों लेकिन नई मूर्ति में कुछ बाँकपन भी होगा, कुछ आकर्षण भी। लोगों की चाहत बढ़ेगी। फिर महंत संतोष के लिए कहीं दूर नहीं भागेगा। उसे ज़िन्दगी के लिए टुकड़े नसीब होते रहेंगे।

खुशवंत सिंह की मौत ने चंद दिनों तक मन्दिर का काम रोक दिया था। मन्दिर में अजीब उदासी और ठहराव का-सा वातावरण छाया था। पत्थरों के सीनों पर अब भी आरे चलते। मज़दूर अब भी गीत गाते लेकिन इस परदेसी की मौत इस वातावरण पर भारी थी। और फिर मन्दिर का मन मूर्ति था। लोगों

को मन्दिर से कोई खास लगाव नहीं था बल्कि मूर्ति से था। इस मूर्ति की वजह से ही मन्दिर का महत्त्व बदला था। मूर्ति की गैरहाज़िरी में मन्दिर को कोई दूसरा नाम भी दिया जा सकता था। मन्दिर तो केवल शरीर था। मूर्ति उसका दिल थी। और मूर्ति अधूरी थी। बल्कि उसकी बनवाई अभी शुरू ही हुई थी।

और जब यह काम खुशवंत सिंह के भतीजे उजागर सिंह को सौंपा गया तो उसका सीना दहल उठा। वह खुशवंत सिंह के साथ आया था। मन्दिर के दूसरे काम उसकी देखरेख में हो रहे थे। वह बड़ा मिस्त्री था। ख़ुद वह बेपरवाह, खिलंदरा, निडर और बेबाक था। शाम होते ही वह दरिया पार जाकर मुसलमान लड़कों के साथ कबड्डी खेलने लगता। जब कोई न होता तो रेत में कूदता रहता। अपने शरीर पर रेत छिड़कता। कभी-कभी सारा शरीर रेत में दफ़न कर देता और फिर एक झटके के साथ उठ बैठता। यह सब बच्चों की हरकतें करके वह फूला न समाता। दिन भर दूसरे मिस्त्रियों को साथ लेकर सिखों के लतीफ़ें सुनाता और फिर कहकहे लगाता। वह हँसमुख खिलंदरा नौजवान था। लेकिन जब यह मूर्ति का बोझ उस पर आन पड़ा तो वह ख़ामोश सा हो गया। उसे मालूम था कि उसके चाचा की मौत सिर्फ़ इस वजह से हुई थी कि वह मूर्ति बना रहा था। मलेरिया तो एक बहाना था। वह जवान था लेकिन मरना नहीं चाहता था। लेकिन इनकार? इनकार भी वह नहीं कर सकता था। वह सिख होते हुए भी हनुमान की श्रद्धा रखता था। उसका सारा परिवार इस काम में महारत रखता था। मगर वह मूर्ति स्थापित करने नहीं आया था। फिर भी खुशवंत सिंह की मौत के बाद यह बोझ उसे सँभालना पड़ा।

यह वजह भी नहीं कि उसको वह महारत हासिल नहीं थी जो खुशवंत सिंह को थी। इसके हाथ में सबसे ज़्यादा सफ़ाई थी। लेकिन वह बहुत बेपरवाह था। और पवित्र कामों में बेपरवाही की जगह नहीं होती। इसलिए खुशवंत सिंह ने वह काम ख़ुद लिया था। दूसरे काम उजागर सिंह को सौंपे थे। और फिर इस पवित्र काम से इनकार कर देने की हिम्मत उजागर सिंह में कहाँ थी? देवी-देवताओं से इस तरह छुटकारा पाना आसान नहीं। वे क्या नहीं कर सकते? इंसान किन गुफाओं में जाकर उनके क्रोध से बचेगा? इंसान तो केवल खिलौना है। देवताओं की ख़ुशी के लिए बना है। खिलौनों को तोड़ना फोड़ना उनके हाथ में है। इसलिए मंगलवार को कीर्तन शुरू हुए। प्रसाद बाँटा गया। उजागर सिंह ने हनुमान के चरणों में सिर झुकाया। उनसे शक्ति माँगी ताकि

वह काम पूरा कर सके। अपने तुच्छ और पापी हाथों से वह पवित्र काम कर सके जिसके बाद सारी दुनिया सिर झुकाएगी।

उजागर सिंह इसके बाद सुबह-सवेरे उठता। दरिया से नहाकर हनुमान के पाठ में लग जाता। उसने उन्हीं दिनों में हनुमान चालीसा ख़रीदा जो उर्दू ज़बान में था। हालाँकि वह किसी पंक्ति का मतलब नहीं समझता था लेकिन मतलब से क्या! यह तो श्रद्धा होती है, जो काम आती है। वह पाँच बार हनुमान चालीसा का पाठ करता और फिर प्रार्थना करता। अपनी ज़िन्दगी माँगता। क्योंकि वह ज़िन्दा रहना चाहता था।

उजागर सिंह ने खुशवंत सिंह के बनाए हुए में सीमेंट भरना शुरू किया। उसने सिर बनाया। अपनी हस्तकला से वह भावना लाया कि जैसे वह मूर्ति भक्तों के दुखों से पिघल रही हो। इसके बाद उसने हाथ बनाए। फिर शरीर के दूसरे अंग। एक हाथ पर उसने पहाड़ खड़ा किया। उजागर सिंह जब सीमेंट लगाता तो उसका सारा शरीर काँप रहा होता। एक भय और डर से वह सिकुड़ा रहता। जब मूर्ति बनती जाती वह अनुभव करता कि उसकी मौत क़रीब आ रही है। रात को सपने में भी वह मूर्ति जैसे तांडव नाच नाचती, लंका जल रही होती। और हनुमान अपने जबड़े खोले क़यामत मचा रहे होते। वह डर के मारे उठ बैठता। उसका शरीर पसीना-पसीना हो जाता। उसके होंठ प्रार्थना के लिए ख़ुद ही फड़कने लगते।

गाँव के कई आदमी उसके पास आते। केवल अपना प्यार और अपनाइयत जताने, उसे बहलाने की कोशिश करते। उसका ध्यान दूसरी बातों में लगाते ताकि वह भयानक साया जो उसकी आत्मा पर सवार है उसका असर कम हो। उजागर सिंह उन आदमियों में घिरा हुआ अपने आपको बेबस और अनाथ पाता। कभी-कभी उसका दिल चाहता कि वह इस क़ैद और बंदिश से भाग निकले। लेकिन कहाँ? कौन सी जगह है जो भगवान की हद से बाहर है? वह तड़पकर रह जाता। और जब वे आदमी जाते हुए दया की नज़र से उसे देखते तो वह अपनी आँखें बन्द कर लेता। वह महसूस करता जैसे उसे बुख़ार हो रहा हो।

रात की ख़ामोशी में दरिया अपने गीत बिखेर रहा था। दरिया की लहरें चट्टानों की छातियों पर नाच रही थीं। पहाड़ी दरिया ठहराव नहीं चाहता। वह चाहता है कि चट्टानें उसके रास्ते में जमी हों और वह उनसे अपना सिर

टकराए। और फिर गीत अलापे। उसे अपने बहाव पर भरोसा था। उसकी गति को कोई रोक नहीं सकता।

मन्दिर के पास की पनचक्कियाँ भी बन्द हो गई थीं। ख़ामोशी में केवल पेड़ नाच रहे थे। चारों तरफ़ टिड्डों और कीड़े-मकोड़ों की आवाज़ें आ रही थीं। पीपल के पत्ते भय से ज़बानें निकाले साँस ले रहे थे।

उजागर सिंह आज सो न सका। आज उसने सोच लिया कि वह इस कायरता से जी न सकेगा। अगर उसे मरना ही है तो मूर्ति पूरा करने के बाद क्यों, वह अभी जान दे देगा। मूर्ति पूरी होती रहेगी। भय और क्रोध से उसका पूरा शरीर काँप रहा था। आज वह इस भय का मुक़ाबला करेगा। जिस तरह बचपन में भी उसने किया था। उसके दोस्त भूतों के नाम से उसे डराया करते थे। और एक दिन वह आधी रात को निकल पड़ा था। आज वह एक और भूत का मुक़ाबला करेगा। इस आपत्ति से वह छुटकारा पाना चाहता था।

उजागर सिंह महंत को सोता छोड़कर कमरे के अन्दर दाख़िल हुआ। वह बड़ी मज़बूती से क़दम बढ़ा रहा था, क्योंकि उसका इरादा वापस मुड़ने का नहीं था। जब वह मूर्ति के कमरे में पहुँचा तो घी के दीए जल रहे थे। और इस रोशनी में उसकी अधूरी मूर्ति उसका इन्तज़ार कर रही थी कि वह उसे कब पूरा करेगा। उजागर सिंह के होंठों पर मुस्कराहट फैल गई। यह विजय की मुस्कराहट थी। उसके पास ही सीमेंट पड़ा था। पानी का एक डिब्बा भरा पड़ा था और वह औज़ार बिखरे पड़े थे जिनसे वह सीमेंट लगाता था। अगर वह मूर्ति बनाना बन्द कर दे तो मूर्ति अधूरी रह सकती है। वह हँस पड़ा। और अचानक एक ज़ोरदार कहकहा उसकी भय की सीमाओं को छूता हुआ हवाओं में बिखर गया।

उसके हाथों का कमाल देखकर सारा गाँव हैरान हो रहा था। मूर्ति को देखने के लिए दूसरे गाँव से लोग आ रहे थे। लेकिन उजागर ज्यों-ज्यों मूर्ति बना रहा था उसका भय कम हो रहा था। वह घबराहट जो उसने पहले दिन महसूस की थी अब ग़ायब हो रही थी। केवल एक हल्का-सा डर...बल्कि एक शक रह गया था। खुशवंत सिंह तो केवल ख़ाका बनाकर चला गया था। उजागर सिंह ने तो उसके अस्तित्व को पैदा किया। लम्बाई-चौड़ाई में तस्वीर का एहसास पैदा किया। उजागर सिंह के लिए गाँव के अलग-अलग घरों से पवित्र भोजन बनकर आता। पवित्र काम के लिए पवित्र भोजन चाहिए। पवित्र

विचार चाहिए। लेकिन उजागर सिंह हैरान हो रहा था। क्योंकि कल दीवार पर केवल ख़ाका था। उसके हाथों ने सीमेंट लगाकर एक तस्वीर बनाई थी। यह तस्वीर इंसान के दिमाग़ की पुरानी रीति, आचार, पुराने भय, पुरानी जहालत और भ्रम की तस्वीर थी। और आज दुनिया आकर उस तस्वीर के आगे सिर झुका रही है।

मूर्ति पूरी हो गई तो उस पर रंग चढ़ाया गया। उस दिन मन्दिर में सारे गाँव का भोज था। पुरोहितों ने आकर वहाँ पाठ करना शुरू किया। फिर कीर्तन शुरू हुआ। बाद में औरतों ने कीर्तन किया। मन्दिर में चहल-पहल थी।

और उधर बुख़ार की वजह से उजागर सिंह का शरीर लोहे की तरह तप रहा था। उसकी आँखों में सूजन हो रही थी। बुख़ार की वजह से उसकी आँखों से शोले निकल रहे थे! सारे गाँव में यह बात मशहूर हो गई थी कि उजागर सिंह भी हनुमान का बलिदान देगा। लोग उसके दर्शन को आ रहे थे। उस आदमी के दर्शन के लिए जिसने पवित्र काम किया था। ऐसी मूर्ति स्थापित की थी कि लोग हैरान हो रहे थे। हर आदमी मूर्ति को देखकर सोच में पड़ जाता। यह मूर्ति है या ख़ुद हनुमान संजीवनी बूटी का पहाड़ ले जा रहे हैं। और भक्तों की फ़रयाद सुनने खड़े हो गए हैं। हनुमान की इतनी ख़ूबसूरत नकल करने वाला आदमी कभी ज़िन्दा नहीं रह सकता। भगवान इंसान को जन्म दे सकता है और वह इंसान जो भगवान को जन्म दे, कभी नहीं बच सकता। इसलिए सारे लोग बड़ी लालसा से उजागर सिंह को देख रहे थे।

लेकिन शाम होते ही उजागर सिंह का बुख़ार ढीला हो गया। दूसरी सुबह को बुख़ार के हमले से पहले ही उजागर सिंह ने बाज़ार जाकर दवा खा ली और दोपहर को छत पर जाकर गन्ना खाने लगा। लोगों की ख़ुशी का ठिकाना न था।

उसी दिन दूसरे गाँव के लोग भी उसके पास आए कि वह उनके गाँव में भी जाकर मूर्ति स्थापित करे। उजागर सिंह उसकी श्रद्धा देखकर मुस्करा दिया। उस पानी और सीमेंट से वह एक और भगवान पैदा करे। उस भय, उस जहालत, उस भ्रम को फिर दोहराए। उसने सुन रखा था कि पुराने ज़माने में लोग जिस चीज़ से डर जाते थे उसकी पूजा करना शुरू कर देते थे। भगवान सृष्टिकर्ता नहीं है इंसान सृष्टिकर्ता है। उसने इनकार कर दिया कि वह एक नए भगवान को जन्म नहीं देगा।

ख़ुशबू का सफ़र

वीरान खेतों में जिस तरह नई फ़सल छुपी हुई होती है, उजड़े बाग़ में जिस तरह बहार छुपी होती है, उसी तरह पिछली ज़िन्दगी में गुज़रा हुआ ज़माना छुपा हुआ होता है। फ़र्क़ सिर्फ़ इतना होता है कि नई फ़सल आ भी जाती है, बहार फिर से मेहरबान हो जाती है लेकिन गुज़रा हुआ ज़माना वापस नहीं आता।

विंसेंट रोड से दाहिनी तरफ़ एक सड़क जाती है। तीस क़दमों पर ही एक छोटी-सी सड़क बाईं तरफ़ अलग हो जाती है। दोनों तरफ़ साएदार पेड़ हैं। आब दी बहुत कम है। लगभग अकेलेपन का एहसास होता है। मोड़ पर तो किसी पहाड़ी स्थान का-सा नशा होता है। हर वक़्त हवा बहती रहती है। सूरज की किरणें बहुत कम। हाँ, दस-ग्यारह बजे सुबह के समय छनकर आती है। वहीं से टावर-हाउस साफ़ दिखाई देता है। उसकी घड़ी गुज़रे हुए ज़माने की याद दिलाती है। यह ख़याल तो अक्सर आता है कि गुनाह भी ज़िन्दगी की निशानी है। जवानी में सुन्दर और मनमोहक गुनाह करने से राज़ अपने आप साफ़ हो जाते हैं। अगर आदमी गुनाह न करे तो वह अपने आप को मुर्दा पाता है और अपने पिछले दिनों में किसी याद का महल नहीं बना सकता। रात के वक़्त खिड़की के पीछे—जबकि बड़ा काँच लगा हो, एक चंचल और सुन्दर लड़की अपने बालों के साथ खेल रही हो। धीरे-धीरे पलटकर वह अपने होंठ काँच पर रख दे। यादें उसके साए की तरह ही आँख-मिचौली खेलती हैं। ज़िन्दगी का काफ़ी हिस्सा आदमी यादों के सहारे काट सकता है।

बलवंत राय सड़क के उस मोड़ पर खड़े हैं। टावर हाउस की घड़ी ग्यारह बजा रही है। धूप छन-छनकर सड़क पर मीनाकारी कर रही है। घड़ी गुज़रे हुए ज़माने की याद दिलाती है। बलवंत राय खोए हुए हैं। सामने बहुत बड़ा

काँच है। उसके पीछे कई चंचल लड़कियाँ अपने बालों से खेल रही हैं। कभी काँच पर अपने होंठ रख रही हैं।

समंदर का वह हिस्सा बिलकुल वीरान है। कोई आदमी नज़र नहीं आता। समंदर का चरित्र भी यहाँ अलग है। इसकी ताक़त का यहाँ वीराने में अन्दाज़ा होता है। वह आम तौर पर लोरियाँ नहीं गाता, बल्कि गुर्राता है। दहाड़ता है। इसके बावजूद वह ख़ूबसूरत लगता है, क्योंकि समंदर हर हाल में जीता है। बलवंत राय को समंदर बहुत पसन्द है। सिर्फ़ इसीलिए कि यह जीता रहता है। किनारों पर काली-काली चट्टानें हैं। गीली, जिन पर काई जमी है। उनमें छोटे-छोटे सूराख़ हैं। उनमें कीड़े रहते हैं। वे बार-बार सिर निकालते हैं, एक चक्कर लगाकर वापस अपने बिल में घुस जाते हैं। नन्हे-नन्हे केकड़े भी आवारा कुत्तों की तरह ऊपर-नीचे घूमते रहते हैं। बिना कारण ख़याल इस तरफ़ बहकते हैं। कोई चारा नहीं। हालाँकि दिमाग़ कई ख़ूबसूरत बातें सोचना चाहता है।

बलवंत राय रोज़ शाम को शराब पीते हैं और सुबह उठकर ऐस्पिरीन की दो गोलियाँ खाते हैं। शराब उन्हें पसन्द नहीं। अपने उन दोस्तों की तरह जो रोज़ दोपहर को अपने जाने-पहचाने चेहरों के पुराने इश्तिहार लेकर चले आते हैं और पिटे-पिटाए चुटकुले सुनाते रहते हैं। एक-दूसरे पर बातें कसते हैं और हँसने की पूरी कोशिश करते हैं। ज़िन्दगी में समानता आ गई है।

बलवंत राय सोचते हैं कि गुनाह की उमर ख़त्म हो गई है।

बस दो-तीन साल की बात है। लगता तो यूँ है, जैसे कल-परसों की बात हो। पड़ोस का वह लड़का बुद्धू-सा, बेवक़ूफ़, नेकर पहने गाली-गलौज करता था। माँ उसे गाली देती थी, पीटती थी तो वह अक्सर रो पड़ता था। अब सुबह सात बजे, बग़ल में किताबें लिए, जूतों पर पॉलिश किए, विस्लिंग करता हुआ कॉलेज जा रहा था। वापस लौटता है तो फ़िल्मी गीत गाता है। आईने के पास बार-बार जाता है और जेब से कंघी निकालकर बाल बनाता है। वे औरतें जो उसे गोद में बिठाकर काटा, नोचा करती थीं अब उसके सामने नज़रें झुका लेती हैं। उसके लिए रास्ता छोड़ देती हैं।

बलवंत राय को ज़िन्दगी पर हैरत होती है। ज़िन्दगी आँखों को चकाचौंध कर देती है।

और वीरान खेतों में फ़सल छुपी है। उजड़े बाग़ में बहार नाचने के इन्तज़ार

में है। और ज़िन्दगी के साथ नाता टूट रहा है। सम्बन्ध कम होता जा रहा है। टावर हाउस की घड़ी बहुत-सी पुरानी यादें ताज़ा करती है।

बलवंत राय ने शादी नहीं की। ज़िन्दगी घटनाओं और फ़ितनों से भरपूर थी। शोहरत तो उन्हें कॉलेज के ज़माने में ही मिल गई थी। उनकी कहानियाँ आसानी से छप जाती थीं। सेहत भी अच्छी थी और आत्मविश्वास भी काफ़ी था। बहुत जल्द ही कई लड़कियों से सम्बन्ध बन गए। वह हर लड़की की इज़्ज़त करते थे मगर साथ में रुकना न जानते थे। लड़कियाँ कभी उनकी साफ़ कहने की आदत को पसन्द करती थीं तो कभी उनकी सेहत को और कभी उनकी शोहरत को। फ़िल्मों में जब लिखने लगे तो हालात और भी अच्छे हो गए। ख़ूबसूरत निखरी लड़कियाँ, सेहतमन्द जिस्म, मनमोहन अदाएँ। ज़िन्दगी उन पर मेहरबान थी और वह ज़िन्दगी की अस्मिता को समेटना चाहते थे। शादी से, चूल्हे से, मिट्टी के तेल से, गीले कपड़ों के ख़याल से उन्हें घिन आती थी। उन्होंने शादी करने को कभी सोचा न था।

ख़ूबसूरत लड़कियाँ उनके जीवन में ख़ूबसूरत घटनाओं की तरह थीं। इन घटनाओं से उनकी ज़िन्दगी भरपूर थी। उन्हें अब ज़िन्दगी से कोई शिकायत नहीं थी। अक्सर वह विंसेंट रोड से जाते हैं जो सड़क अलग होती है या वह समंदर के किनारे उस हिस्से में जाते हैं, जहाँ कोई नहीं होता। उस समय वह घटनाओं को ताज़ा करते हैं। उनकी आँच से ख़ुश हुआ करते हैं।

पम्मी को जब उन्होंने बताया कि वह शादी करना पसन्द नहीं करते तो उसका चेहरा मुरझा-सा गया। लड़की चाहती है कि उसका पति ख़ूबसूरत हो, मशहूर हो और उसकी घरेलू ज़िन्दगी में बहार लाए। जो कुछ उसने सीखा है, जो कुछ उसने सोचा है, अपने जिस्म और आत्मा की सुन्दरता घर को बनाने में लगा दे। लड़की जब लड़के को पसन्द करती है तो फ़ौरन उसके दिल में अरमान पैदा होता है कि वह उसका पति बनकर रहे। उसके साथ घर बसाए और उसे माँ बनने में मदद करे।

पम्मी बलवंत राय को बहुत पसन्द करती थी। उन्होंने शायद एक-आध बार सोचा भी था कि अगर वह शादी कर लें तो उनके घर में बड़ा सलीक़ा आ जाएगा। निखरापन होगा। पम्मी ज़िन्दगी का भविष्य थी। हर वक़्त कहकहे लगाया करती थी। बड़ी तेज़, निडर, हँसती हुई लड़की। सिनेमा हॉल में बैठे-बैठे, कभी-कभी एकदम से हँस पड़ती। पूरे हॉल में उसका कहकहा गूँजता,

कोई भी कह सकता था कि पम्मी बैठी है। उसे बड़ी-बड़ी अजीब, ख़ूबसूरत और रोमांटिक बातें सूझती थीं। एक बार तेज़ बारिश में वह बलवंत राय को पिकनिक पर ले गई थी। गाड़ी पार्क करके वह बलवंत राय के साथ भीगती रही थी। बलवंत राय जिस बात को सोचना चाहते थे, पम्मी फ़ौरन भाँप लेती थी। उसकी अपनी कोई इच्छा न थी। बलवंत राय की इच्छाओं में पम्मी की इच्छा थी।

एक दिन पम्मी ने कहा कि वह चाँदनी रात में घूमेंगे। शहर के अलग-अलग हिस्सों में, अजीबो-ग़रीब, नई-नई सड़कों पर। बलवंत राय उस रात पम्मी से नहीं मिल सके थे। और जब वह दोबारा पम्मी से मिले तो उसने चाँदनी रात का ज़िक्र भी नहीं किया और जब बहुत दिन बाद बात निकली तो उसने बताया कि वह सारी रात अपनी छत पर घूमती रही है। वायदे की रात को सो जाना आसान बात नहीं।

जिस दिन बलवंत राय ने पम्मी से कहा कि वह शादी न कर सकेंगे तो वह मुरझा गई थी।

पम्मी एक ख़ूबसूरत घटना थी।

पम्मी के बाद भी घटनाओं का सिलसिला था।

बलवंत राय कभी-कभी शाम को कोलाबे से गुज़रते हैं। 'कुआलिटी' में चाय पीकर सड़क पर टहलते हैं। कई ख़ूबसूरत लड़कियाँ बड़ी चंचल, बड़ी शोख़, चहकती हुई गुज़रती हैं। पम्मी की तरह ही! लेकिन ज़िन्दगी के साथ रिश्ता कमज़ोर हो रहा है। सम्बन्ध टूट रहा है।

बलवंत राय सोचते हैं कि अब कोई घटना नहीं होगी। उमर काफ़ी हो गई है। पैंतीस, चालीस के बीच। लोग बुज़ुर्ग समझने लगे हैं। हालाँकि उजड़े बाग़ में बहार नाचने के लिए बेचैन है। एक ख़ूबसूरत सिलसिला है। वक़्त अपना कोई असर ज़िन्दगी पर नहीं छोड़ पाता। ज़िन्दगी हर बात में, हर हालत में आकर्षक है। रंग बदलती है और अपनी निरन्तरता में सम्पन्न है।

बलवंत राय सोचते हैं कि उनका कोई निरन्तर हो। मौत क़रीब है। मौत क़रीब आ जाएगी और बस, सब ख़त्म हो जाएगा। दूसरी दुनिया पर उन्हें विश्वास नहीं था। उनकी कोई चीज़, कोई शक्ल, कोई ख़ुशबू बाक़ी नहीं रहेगी। वह जानते हैं कि वह बहुत बड़े लेखक नहीं हैं। उनकी कहानियाँ बीस-पच्चीस सालों के बाद ही वक़्त की वादी में बह जाएँगी। कहानियों से वह रुपए कमाते

रहे हैं। कहानियों की वजह से वह ज़िन्दा हैं बस। और ज़िन्दगी अब असीमित है। उनसे तो उस सड़क की उमर लम्बी है, जिसके दोनों तरफ़ साएदार पेड़ हैं और समंदर का वह हिस्सा जहाँ कोई नहीं जाता शायद सदियों बाद भी उसी तरह रहेगा। समंदर की लहरें चट्टानों पर बिखरा करेंगी और चट्टानों से टकराकर वापस चली जाएँगी। सुराख़ों में हमेशा कीड़े होंगे। नन्हे-नन्हे केकड़े भी घूमते फिरेंगे। सिर्फ़ बलवंत राय न होंगे। उनका अस्तित्व तो क्या ख़याल तक बाक़ी न रहेगा। बड़ी दुखदायक बात है, बड़ी भयानक बात है।

काश वह पम्मी से शादी कर लेते। उनका लड़का होता या लड़की होती। वह इसी ख़ूबसूरत दुनिया में परवरिश पाता और बलवंत राय उसकी किसी अदा में ज़िन्दा रहते। ज़िन्दगी के रंग से वह कुछ और परिचित होते। और वह जानते हैं कि अब कोई घटना न होगी। ज़माना हुआ ज़िन्दगी से टकराव होना ख़त्म हो गया है। वह दिल में एक लोरी गाते हैं। उसके लिए जो उनका लड़का होता, उसके लिए जो उनकी लड़की होती।

बलवंत राय के दिल में वह लोरी रोज़ पलती है, बढ़ती है और सो जाती है। और उनके शरीर का हर हिस्सा अब ठंडा-सा होता जा रहा है। वह चलते-चलते महसूस करते हैं कि हाथ-पाँव उनके नहीं। कभी दिमाग़ उनके साथ नहीं। कभी दिल नहीं। और कभी शरीर नहीं। शरीर का वह संगीत जो वह पाँच साल पहले महसूस करते थे अब नहीं रहा।

अब कोई उम्मीद नहीं।

बलवंत राय ने सीढ़ियों पर क़दम रखा तो रुक से गए। नलिनी दरवाज़े से लगी खड़ी थी। नलिनी को दो साल पहले देखा था जब वह ब्याहकर लाई गई थी। उसके फ़ौरन बाद ही उसके पति नलिनी के साथ कानपुर चले गए थे। वहाँ उन्होंने जूतों का कारख़ाना खोला था। बलवंत राय के उस घराने से अच्छे सम्बन्ध थे। कभी-कभार यूँ ही चले जाते। कुछ बातचीत के बाद चले आते।

नलिनी उसी तरह खड़ी रही। बलवंत राय भी उसी हालत में खड़े रहे। एक पल में ही बलवंत राय ने सोच लिया कि वह कुछ ऐसा महसूस कर रहे हैं, जिस तरह उन्हें पहली बार इश्क़ हुआ हो। नलिनी ने अपनी आँखें और स्थिर कर दी और देखती रही। सब कुछ तय हो गया।

शाम ढल गई तो नलिनी टेरेस पर आ गई। बलवंत राय कुछ सोच रहे थे। नलिनी क़रीब आकर बोली,

"क्या सोच रहे हो?"

बलवंत राय एक नज़र में उसका सारा बदन देख गए। बदन था कि झील का नीला पानी। घने जंगल का साया। आबशारों का गीत। वह अपने कमरे में चले गए। उन्होंने नलिनी को अन्दर बुलाया। नलिनी बिना झिझक अन्दर चली गई। बोली,

"क्यों?"

"बैठो," बलवंत राय बोले।

नलिनी बैठ गई और उनकी तरफ़ देखने लगी। बलवंत राय ने हाथ में हाथ ले लिया। नलिनी ने हाथ वहीं रहने दिया। बलवंत राय ने हाथ चूम लिया और फिर होंठ उसकी उँगलियों की पोरों पर किस करते रहे। जैसे कह रहे हों कि मैं बहुत प्यासा हूँ। और मुझे यक़ीन भी नहीं था। अब तो मरने के दिन थे। अब मायूसी और नाकामी के दिन थे। अब मुझे ज़िन्दगी से कोई शिकायत नहीं। शिकायत तो पहले भी नहीं थी। ज़िन्दगी ने बहुत कुछ दिया है मुझे। लेकिन अब तो जैसे मुझे सब कुछ मिल गया हो। मेरी हर इच्छा पूरी हो गई है।

नलिनी ख़ुद बहुत अमीर थी। वह एक फ़र्म में पार्टनर थी। ससुराल का हर आदमी उसका क़र्ज़दार था। वह कपड़े तक उनसे न लेती थी। जब शादी हुई थी तो वह इतने कपड़े लाई थी कि दो साल के बाद भी उसकी अलमारियाँ भरी पड़ी थीं। शादी में वह अपने साथ एक पुराना नौकर भी लाई थी। वह नौकर सिर्फ़ नलिनी का काम करता था। किसी की हिम्मत नहीं थी कि कोई दूसरा आदमी उसे काम के लिए कह दे। वह नौकर अब बलवंत राय की भी देखभाल करता था।

नलिनी को देखकर, उससे मिलकर एहसास होता था कि उसने सिर्फ़ जिस्म के बारे में ही सोचा है। जिस्म उसका धर्म है। जिस्म की ख़ूबसूरती जिस्म की आराइश है। वह पूरा ख़याल रखती थी। वह सिर्फ़ ऐसी ख़ूबसूरत बातें सोचती थी जिससे उसके प्यार को तसकीन हो। रुपए-पैसे, घर-बार, शोहरत-बदनामी, वह किसी की चिन्ता न करती थी। वही करती जो वह चाहती थी। और इसके लिए वह वक़्त भी बर्बाद नहीं करती थी। बहुत ही छोटी-छोटी ख़ूबसूरत बातें। जिस तरह कोई कुँवारी लड़की पहले प्यार में करती है। उसी भावना, उसी सलीके के साथ करती थी।

बलवंत राय एक दिन स्टूडियो से आ रहे थे। इत्तफ़ाक़ से वह सफ़ेद कपड़ों में थे और वह काफ़ी ख़ूबसूरत लग रहे थे। नलिनी के आने के बाद उनके चेहरे पर ताज़गी आ गई थी। जिस्म का संगीत फिर से लहराने लगा था। दिमाग़ हमेशा ताज़ा रहता और हमेशा नई रचनाओं में व्यस्त रहते थे। नींद गहरी आती थी। दिन यूँ कट जाते थे। शाम कोई उदास न थी और सुबह हमेशा नलिनी उनके पास पहुँच जाती थी।

नलिनी ने उन्हें सड़क से आता देख लिया। वह नंगे पाँव तीसरे माले से लहकती हुई आ गई। जब वह नीचे की मंज़िल पर पहुँची तो उसकी साँस तेज़ हो गई थी और चेहरा लाल हो गया था। वह बलवंत राय के बिलकुल सामने खड़ी हो गई और बोली,

"सुन्दर लगते हो।"

बलवंत राय ने महसूस किया जैसे बहुत से गुलाब खिल गए हों।

दिन में भी अक्सर वह उनके कमरे में आ जाती। अगर वह लिख रहे होते तो वह कहती,

"अब सो जाओ।"

वह चाय पी रहे होते तो उनके नौकर को डाँट देती,

"साहब को बहुत चाय मत दिया करो।"

अगर वह खाना खाने में देर कर देते या टालने की कोशिश करते तो फ़ौरन हुक्म मिलता,

"खाना खाओ।"

बलवंत राय उसकी एक-एक बात पर चौंक पड़ते। उनका जी चाहता कि वह नलिनी की हर बात चूम लें। अब वह महसूस करते थे कि ज़िन्दगी की असीमता, ज़िन्दगी के फैलाव जैसे वह समेटना चाहते थे। अब नलिनी उन्हें मिल गई है। उनकी सारी अभिलाषाएँ पूरी हो गई हैं।

एक रात वह बलवंत राय से कहानियों और नॉवेलों के प्लॉट सुनती रही। ज़रा-सी मुस्करा देती, 'हूँ,' 'हाय रे', 'बड़े ख़ूब हो', 'च-च'। बस इस तरह के बोल। बलवंत राय एक के बाद एक हँसते हुए उसे प्लॉट सुनाते रहे। जब सुबह के चार बजे तो नलिनी ने उन्हें उठा दिया और पैर को ले गई।

सड़कें ओस से भीगी हुई थीं। चारों तरफ़ ख़ामोशी थी। रोशनियाँ मुस्करा रही थीं और अँधेरा किसी काली, मुँहज़ोर लड़की तरह उनके साथ चल

रहा था। हवा जैसे तैर रही थी। ठंडी-ठंडी गुदगुदा देने वाली हवा। आसमान साफ़-सुथरा था। सितारे हीरे की तरह चमकदार और चाँद—चाँदनी की बारिश कर रहा था। उस वक़्त सब सो रहे थे। सिर्फ़ क़ुदरत जाग रही थी और उनके साथ-साथ चल रही थी। नलिनी के गालों पर ओस की नमी थी। बाल खुल गए थे और उसके चेहरे पर लहरा रहे थे। बलवंत राय आँखों में मौसम की ठंडक महसूस कर रहे थे और जिस्म में नलिनी का ख़याल... वह नशे में बहक-से रहे थे। लम्बी-लम्बी, असीम और चौड़ी सड़कों पर वे दोनों चल रहे थे।

एक दिन नलिनी ने हँसते हुए फिर कहा,

"तुम बहुत ख़राब हो।"

"मैंने क्या किया है?"

"सब करके भी कहते हो?"

"इसमें ख़राबी की क्या बात है?"

वह उठ खड़ी हुई। बाहर चली गई। आहिस्ता से बता गई कि उसके गर्भ ठहर गया है। कोई शर्मिंदगी की बात नहीं थी। उसे कोई अफ़सोस भी न था।

और बलवंत राय के शरीर का तार-तार झनझना उठा। उन्होंने इतनी ख़ुशी कभी महसूस नहीं की थी। उन्हें महसूस हो रहा था कि वह सम्पन्न हो गए हैं, वह निकले हैं, चल निकले हैं। उनकी निरन्तरता क़ायम हो गई है। उनका बच्चा कहीं, किसी शहर में, किसी गली में, किसी गाँव में, किसी शक्ल में, किसी हालत में ज़िन्दगी...।

बलवंत राय उस वक़्त उसकी किसी अदा में ज़िन्दा होंगे। ज़िन्दगी की सारी मायूसी ग़ायब हो गई है। ज़िन्दगी की सारी नाकामियाँ घुल गई हैं। अब वह किसी पल भी मरने को तैयार थे। वह बहुत ख़ुश थे। उनका बच्चा फिर सूरज देखेगा, चाँद देखेगा, हवा का गुज़र महसूस करेगा। और अगर लड़का हुआ तो हंगामा करेगा। और अगर लड़की हुई तो फ़ितने जगाएगी।

वह बेक़ाबू हो रहे थे।

दो-तीन दिन नलिनी उनके पास नहीं आई थी। दो-तीन दिन में बलवंत राय की आँखें रोशन हो गई थीं। दो-तीन दिन से उनका दिल धड़कता रहा था। उनका दिमाग़ हर पल सोचता रहा था। वह हर पल को महसूस कर रहे थे।

उनके दिल में नलिनी के लिए सम्मान बढ़ गया था। उनके दिमाग़ में औरत का आदर बढ़ गया। औरत जो मर्द को सम्पन्न बनाती है। औरत जो मर्द को अमर बनाती है।

नलिनी जब आई तो वह जोश के मारे उससे लिपट गए।

"कहाँ मर गई थीं?"

"तुम्हारा ही बखेड़ा निपटा रही थी।"

"कैसा बखेड़ा?"

"बड़े अनजान हो। बड़ी मुश्किल से डॉक्टर से ऑपरेशन करवाकर आ रही हूँ।"

बलवंत राय का सारा शरीर जैसे ठंडा हो गया था।

बलवंत राय को चक्कर आने लगा था।

ज्ञान के मन्दिर

पूरी बिल्डिंग में उसकी आवाज़ गूँजती—मुरली...ई...ई...उतरना उसके लिए मुश्किल था। नीचे की ज़िन्दगी को अर्से से उसने छोड़ रखा था। हमेशा अपने कमरे में बैठी रहती और जब बहुत थक जाती तो अपने इकलौते बेटे को वहाँ से पुकारने लगती, "मुरली... ई... ई...।"

और मुरली की भी शख़्सियत अजब थी। उसकी उम्र आठ साल होने आई थी। लेकिन मुश्किल से पाँच साल का लगता। दिन-ब-दिन वह घट रहा था। वह कभी अपनी माँ के पास न बैठता। बिल्डिंग के पीछे किसी कोने में पड़ा—अकेला—नंगा पत्थरों से खेलता और बिल्डिंग के दूसरे बच्चों को खेलता हुआ बड़ा ध्यान से देखता रहता। तीन साल से वह स्कूल जा रहा था लेकिन अभी तक दो शब्द भी न सीख पाया था। वह अपनी माँ की चीख़ती हुई आवाज़ सुनता रहता और उसी तरह दार्शनिक की तरह खोया-सा बैठा रहता। चाय का समय टल जाता, खाने का समय निकल जाता तो वह रेंगता हुआ ऊपर आता। माँ चीख़-चीख़ कर उसे गालियाँ देतीं। वह उसी तरह ख़ामोश रहता। दो-चार तमाचे पड़ते तो हूँ-हाँ कह देता।

इसके बावजूद वह माँ की जान था। वह अपनी ग़ुरबत के बावजूद उसके लिए रेशमी कपड़े ख़रीदती। उसकी देखरेख में लगी रहती। और हर समय उसके नाम की रट लगाती रहती।

दूसरी मंज़िल पर उसके घर के अलावा पाँच और घर थे। दो घरों में बच्चा न थे। बाक़ी दो घरों के बच्चे अंग्रेज़ी स्कूल में जाते थे। वे बच्चे साफ़-सुथरे रहते तथा हमेशा अंग्रेज़ी गीत दोहराते रहते। वह उन बच्चों को ईर्ष्या और हसरत की नज़रों से देखती रहती।

मुरली उसी आबादी के एक स्कूल में पढ़ने जाता था।

उस स्कूल की बुनियाद भी अजीब तरह पेश आई थी। आबादी के क़रीब ही सिखों का अच्छा-ख़ासा स्कूल था। कई हिन्दुओं को जो मन्दिर में कीर्तन करते थे यह महसूस हुआ कि वह सिखों की ग़ुलामी कर रहे हैं, और बहुत सम्भव है, वे अपने धर्म को भी संकीर्ण समझ बैठे हों या भूल गए हों। अतः टीन-टप्पड़ डाल दिए गए। बेंच-कुर्सियाँ बिछाई गईं। और उस तरह एक सनातन धर्म का स्कूल स्थापित हो गया।

मुरली की माँ दाख़िले की तारीख़ के पहले ही एक अंग्रेज़ी स्कूल के प्रिंसिपल से मिल आई थी। वह उसके सामने गिड़गिड़ाई थी कि उसका एक ही बच्चा है। वह बर्तन रगड़कर भी अपने बच्चे को अच्छी से अच्छी तालीम दिलाना चाहती है। उसका पति कंडक्टर था और यह आमदनी बम्बई में पर्याप्त न थी। लेकिन वह अपने इकलौते बेटे के लिए सब कुछ करने के लिए तैयार थी। जो कमी उसकी ज़िन्दगी में थी, जो मायूसी और बीमारी वह अपने साथ लिए जा रही थी—जो घुटन और तकलीफ़ वह सह रही थी, वह सब एक दिलचस्पी बनकर बच्चे की भलाई के सम्बन्ध में सोचने लगी थी। सिंधी प्रिंसिपल ने कहा कि अभी दाख़िले की तारीख़ बहुत दूर है। उसके बाद जब भी उसे अस्पताल जाना होता तो वह प्रिंसिपल से मिल आती।

जब दाख़िले की तारीख़ क़रीब आई तो वह ख़ुद दूसरी मंज़िल से उतरकर बच्चे को रेशमी कपड़े पहनाकर स्कूल की ओर रवाना हुई। स्कूल में बहुत भीड़ थी। बहुत से माता-पिता इन्तज़ार में खड़े थे। वह देर तक बैठी खाँसती रही और जब उसकी बारी आई तो वह ख़ुशी-ख़ुशी अन्दर गई...।

"तुम्हारे घर में और कौन-कौन है?" प्रिंसिपल ने सवाल किया।

"मेरा घर वाला।"

"वह अंग्रेज़ी जानता है?"

"अंग्रेज़ी क्या उर्दू भी नहीं जानता।"

"तुम अंग्रेज़ी पढ़ी हो?"

ही...ही...वह हँसने लगी, "प्रिंसिपल साहब हमारे इधर छोकरी लोग नहीं पढ़ता।"

"तो तुम्हारा छोकरा यहाँ दाख़िल नहीं हो सकता।"

"क्या कहते हो प्रिंसिपल साब...मैं बहुत ग़रीब हूँ।"

"देखो, हम दुश्मनी नहीं करता...बच्चा इधर पाँच घंटे रहेगा। बाक़ी उन्नीस घंटे तुम्हारे पास रहेगा। हम उसको जितना सिखाएगा काफ़ी नहीं होगा।"

"लेकिन प्रिंसिपल साब हम ट्यूशन रखेगा। हमारा एक ही तो बच्चा है।"

"वह ठीक है। ट्यूशन भी एक घंटा ही होगा बाक़ी अट्ठारह घंटे वह तुम्हारे पास ही रहेगा और तुम अंग्रेज़ी नहीं जानता, तुम्हारा घर वाला अंग्रेज़ी नहीं जानता।"

"हम अनपढ़ हैं तो क्या हमारा बच्चा भी अनपढ़ रहे? हम मूरख हैं तो क्या हमारा बच्चा भी मूरख रहे...? हम बम्बई में पैदा नहीं हुआ। हम इधर पैदा होता तो हम भी पढ़ता।"

"ठीक है लेकिन..."

"देखो प्रिंसिपल साब हम जितना फ़ीस तुम बोलेगा देगा।"

"फ़ीस की बात नहीं है।"

"तो और क्या बात है...हम फ़ीस भी देगा ट्यूशन भी रखेगा।"

"हमको अफ़सोस है।"

"तुम कैसा प्रिंसिपल है," और वह फ़ौरन आगबबूला हो गई।

"क्या?"

"तुम बच्चे-बच्चे को अलग करता है। इसका मतलब है कोई ग़रीब का बच्चा तुम्हारे स्कूल में दाख़िल न होगा। जो अमीर है, पढ़ा-लिखा है वह ही तुम्हारे स्कूल में दाख़िल होगा। और जो अनपढ़ है उसका बच्चा कभी तालीम नहीं पाएगा।"

"ऐसा नहीं है।"

"कैसा है प्रिंसिपल साब?"

"देखो..."

"देखो ये कि मेरे बच्चे को दाख़िल कर दो। हम तुम्हारे लिए प्रार्थना करेगा।"

"वह ठीक है लेकिन..."

"तो तुम छह महीने से कायको बोला?"

"हमने कोई वादा नहीं किया।"

"प्रिंसिपल तुम चोर है। डाकू है," और वह अपने बच्चे को घसीटती हुई वापस ले आई।

वह ज़िद्दी और सनकी तो थी ही, बीमारी की वजह से और भी चिड़चिड़ी हो गई। अब उसका ज़िन्दगी में केवल एक ही मक़सद रह गया था कि उसका बच्चा साफ़-सुथरे स्कूल में पढ़े। वर्दी पहनकर जाए और लौटे तो अंग्रेज़ी गीतों को बुलंद आवाज़ में पढ़े। घर उसकी आवाज़ से गूँजता रहे। सलेट पर सवाल निकाले और चिड़िया-कबूतर बनाता रहे। और बड़ा होकर अपने बाप की तरह कंडक्टर न बनकर दफ़्तर में अच्छी-ख़ासी नौकरी करे।

वह दिन भर अपनी बस्ती में चक्कर काटती रहती, जो लड़के कॉलेज में पढ़ते उनसे मिन्नत-समाजत करती कि वे अपनी वाक़िफ़यत से मुरली को किसी स्कूल में दाख़िल करवा दें। एक लड़का उन्हें एक बड़े और मशहूर स्कूल में लेकर गया। वह स्कूल बम्बई भर में मशहूर था। बड़ी-बड़ी दो ऊँची इमारतें स्कूल की अपनी थीं। इमारतों के बीच एक ख़ूबसूरत व आलीशान और विशाल चर्च था। चर्च के ऊपर ईसा मसीह की मूर्ति लगी थी। जब वे स्कूल के प्रिंसिपल से मिले तो उसने बताया कि वह बच्चे को के.जी. कक्षा में दाख़िल कर सकते हैं। लेकिन स्कूल की फ़ीस पचास रुपया महीना है। उसके होशोहवास उड़ गए। वह ख़्वाब में भी न सोच सकती थी कि स्कूल की फ़ीस पचास रुपया महीना हो सकती है। पचास रुपया महीना तनख़्वाह तो हो सकती है पर पचास रुपया फ़ीस नहीं हो सकती। बाहर निकलते ही वह बड़बड़ाने लगी। चर्च की तरफ़ देखते हुए वह बोली,

"मुए धर्म के नाम पर लूटते हैं। भगवान उनके हाथ-पैर तोड़े...भगवान उनको नर्क दे...ग़रीबों की हाय लगे इन्हें," और वह मुरली की तरफ़ देखकर रोने लगी।

जब उसे पता चला कि आबादी के क़रीब एक नया स्कूल खुला है, इस डर से कि स्कूल जल्द ही भर जाएगा वह मुरली को वहाँ लेकर पहुँच गई। स्कूल एक ख़ूबसूरत फ़्लैट में खुला था। गोरी-गोरी ख़ूबसूरत जवान लड़कियाँ वहाँ पढ़ा रही थीं। खेल सिखा रही थीं और बच्चों के साथ अंग्रेज़ी गीत गा रही थीं। वहाँ की प्रिंसिपल भी एक औरत थी। जब मुरली की माँ ने अपना दुखड़ा रोया तो वह बहुत प्रभावित हुई। उसने बच्चे की पीठ थपकी और फिर फ़ौरन रूमाल से हाथ साफ़ किए। चेहरे के भाव बदलते हुए उसने कहा,

"फ़ीस।"

मुरली की माँ ने फट रूमाल खोल लिया। 15-20 रुपए के नोट और कुछ रेज़गारी उसने मेज़ पर रख दी।

“ये क्या है?” प्रिंसिपल की आवाज़ नफ़रत उगल रही थी।

“फ़ीस है। सनातन धर्म की पहली कक्षा की फ़ीस डेढ़ रुपया है। सिंधी स्कूल की फ़ीस पाँच रुपया है लेकिन मैं बीस रुपए लाई हूँ। मेरा एक ही बच्चा है।”

“लेकिन यहाँ की फ़ीस तीन सौ रुपया है।”

“तीन सौ रुपया।”

“डेढ़ सौ रुपया छह महीने की फ़ीस और डेढ़ सौ रुपया बिल्डिंग फंड।”

“कौन सा बिल्डिंग फंड?”

“स्कूल की नई बिल्डिंग बन रही है।”

“तुम स्कूल की नई बिल्डिंग बनाना छोड़ दो।”

“तो?”

“अपना श्मशान बनाओ।”

“ऐं...”

“डायन, चुड़ैल, प्रिंसिपल बनती है। लूटती है।”

वह मुरली को घसीटती हुई घर चल पड़ी और सारे रास्ते बड़बड़ाती रही। स्कूल बनाते हैं कि श्मशान बनाते हैं—क़ब्रिस्तान बनाते हैं। ग़रीबों के रहने का ठिकाना नहीं, इनको तीन सौ रुपए दो।

मुरली की माँ ने नए स्कूल की तलाश छोड़ दी थी। उसे विश्वास था कि इस देश में ऐसा कोई स्कूल नहीं है जो साफ़-सुथरा हो। गोरी-गोरी, ख़ूबसूरत जवान लड़कियाँ बच्चियों-बच्चों को पढ़ाएँ। उसका इकलौता बेटा मुरली अपने बाप की तरह शायद कंडक्टर भी न बनेगा। दिन-ब-दिन वह गुमसुम बैठी अपने आप से बातें करती रहती।

बारिश ने सनातन धर्म के स्कूल के साथ कुछ अच्छा बर्ताव न किया। टीन उड़ गए। टप्पड़ रह गए। कमरों में पानी भर गया। छोटे-छोटे नाज़ुक-नाज़ुक बच्चे एक कोने में दुबके बैठे थे। क्लास के टीचर ने सामने की बिल्डिंग में पनाह ले ली थी। मुरली किसी दार्शनिक की तरह बाहर पत्थर पर बैठा भीग रहा था। बिल्डिंग में मुरली की माँ की आवाज़ गूँज रही थी...मुरली...ई...ई...।

लेकिन बारिश की वजह से आवाज़ मुरली तक नहीं पहुँच रही थी।

डायलॉग लिखवा लो

फ़िल्म इंडस्ट्री में हर चीज़ को 'माल' कहते हैं। आपको सुनकर हैरानी होगी कि लड़की को भी 'माल' कहते हैं। लड़की जब तक हीरोइन नहीं बनती माल कहलाती है और जब हीरोइन बन जाती है तो सेट पर 'मैडम' कहलाती है (मैं कॉफ़ी हाउसों और शराब के अड्डों का ज़िक्र नहीं करूँगा)। बाक़ी सब चीज़ें, जिसमें आर्ट और कला भी शामिल है—'माल' तो कहलाती है लेकिन सस्ती और ग़ैर-ज़रूरी।

अब अन्दाज़ा लगाइए कि जैसे गलियों में आवाज़ आती है, 'कलई करा लो।'

'भाजीवाला।' बिलकुल उसी तरह आपको स्टूडियो में डायलॉग राइटर, बग़ल में फ़ाइल दबाए—मारा-मारा फिरता नज़र आएगा।

फ़िल्म इंडस्ट्री में डायलॉग राइटर के बारे में एक लतीफ़ा मशहूर है, जिससे आपको मालूम होगा कि डायलॉग को भी भाई लोग कितनी अहमियत देते हैं।

कहते हैं कि किसी स्टूडियो में एक आलीशान सेट लगा था। हर आदमी फ़ोकस में आने की कोशिश कर रहा था, या फ़ोकस में लाने की कोशिश कर रहा था। कैमरामैन लाइटिंग कर चुका था और 'मैडम' अपने दिलनवाज़ जिस्म की नुमाइश करती हुई शॉट देने के लिए तैयार हुईं। अचानक उनको सूझा कि डायलॉग जो वह बोलने जा रही थीं, ठीक नहीं है। उसमें क्या ख़राबी है या ग़लती है, यह तो उनको भी मालूम न था, बस इतना काफ़ी था कि उनकी ज़बाने मुबारक से निकला हुआ शब्द ज़्यादा सही था। फ़ौरन डायलॉग राइटर को ढूँढ़कर निकाला गया, जो समझ बैठे थे कि शायद वह अपना काम कर चुके हैं। वह हकलाते हुए डायरेक्टर साहब के पास पहुँचे। हुक्म हुआ,

"यह डायलॉग बदलो।"

"क्यों?"

"मैडम को पसन्द नहीं है।"

मैडम से पूछा गया तो उन्होंने पलकें झपकाकर, नाक चढ़ाकर फ़रमाया,

"बदल दीजिए ना।"

"लेकिन कोई वजह?" डायलॉग राइटर तड़पकर बोला।

मैडम ने जवाब न दिया। वह उसी तरह मचलती हुई मेकअप रूम में चली गईं। देखते-देखते सेट पर एक हंगामा खड़ा हो गया। प्रोड्यूसर चिल्लाने लगा,

"मेरी एक शिफ़्ट पच्चीस हज़ार की है। डिस्ट्रिब्यूटर और रुपया एडवांस नहीं करेगा।"

कैमरामैन ने अपना फैल्ट हैट नीचे किया और दबी आवाज़ में बोला,

"लाइट्स ऑफ़।"

हीरो अचानक अन्दर आया। उसने बड़े प्यार से राइटर के कंधे पर हाथ रखा,

"बदल दीजिए ना, एक ही तो डायलॉग है।"

डायरेक्टर बड़ी देर से यह तमाशा देख रहा था। फ़ौरन आगे बढ़ा और चिल्लाया,

"यार बड़े ज़िद्दी आदमी हो, एक डायलॉग बदलने को कह रहे हैं और तुम पोज़ मार रहे हो।"

डायलॉग राइटर बेचारा रो पड़ा। बड़ी आजिज़ी, नम्रता और यतीमाना ढंग से बोला, "हुज़ूर एक ही डायलॉग तो रह गया है अपना। उसे रहने दीजिए।" आपका क्या ख़याल है कि उसके गिड़गिड़ाने का कोई असर हुआ होगा? जी नहीं, हुज़ूर यह फ़िल्म इंडस्ट्री है।

अब मैं आपको एक और बात बताऊँ तो आप ज़ार-ओ-क़तार रोने लगेंगे। सुन लीजिए कि फ़िल्म इंडस्ट्री में हर आदमी, जिसमें असिस्टेंट डायरेक्टर, कैमरामैन, एक्स्ट्रा शामिल हैं, सबके सब डायलॉग राइटर हैं। हीरो, हीरोइन का तो कहना ही क्या, कॉमेडियन आपका डायलॉग कभी नहीं बोलेगा। हर कॉमेडियन अपना डायलॉग ख़ुद लिखता है। अगर आपकी यह हसरत है कि मरने से पहले कॉमेडियन एक डायलॉग, जिसमें सच्चाई और हक़ीक़त का निचोड़ है, वह अदा करे तो यक़ीन मानिए आपकी यह हसरत पूरी नहीं होगी।

इसके अलावा डायलॉग राइटर की जो हालत होती है, वह ज़रा सुन

लीजिए। मैंने अभी एक फ़िल्म साइन की। जब मैंने छह-सात सीन लिखकर डायरेक्टर को सुनाए तो वह बहुत ख़ुश हुए। दूसरे दिन जब मैं उनसे मिलने के लिए गया तो वह डायलॉग अपने नौकर को सुना रहे थे। मुझे देखकर बोले,

"सागर, यह हमारी असली ऑडियेंस है। अगर यह तुम्हारे डायलॉग पास करे तो तुम बड़े डायलॉग राइटर हो और हमारी पिक्चर 'हिट' है।"

एक डिस्ट्रिब्यूटर के ऑफ़िस में मेरी मुलाक़ात एक बुज़ुर्ग अदीब से हुई। वह अपने ख़ूबसूरत मिज़ाज के लिए सारी इंडस्ट्री में मशहूर हैं और कई अच्छी और 'हिट' फ़िल्मों के संवाद लिख चुके हैं। उन्होंने बड़ा नाज़ुक सवाल किया,

"आप भी फ़िल्में लिखते हैं?"

और मैं अब भी यही सोच रहा हूँ कि फ़िल्में लिखना शर्मनाक बात है क्या? क्या संवाद लेखक और कहानीकार फ़िल्म उद्योग में कोई रचनात्मक काम नहीं कर सकते? क्या बीस साल के बाद (अगर ज़िन्दा रहा) मैं भी इसी नतीजे पर पहुँचूँगा?

यह सवाल मेरा निजी सवाल नहीं है। इससे इंडस्ट्री का पूरा रवैया प्रकट होता है। अगर प्रोड्यूसर, डायरेक्टर, कहानी और संवाद को महत्त्व नहीं देते तो साहित्यकार भी इस रवैये का शिकार होगा।

मुझे एक बार स्टोरी कॉन्फ्रेंस में भाग लेने का अवसर मिला। डायरेक्टर और प्रोड्यूसर ने सोचा कि यदि डायलॉग राइटर भी साथ हो तो कहानी और फ़िल्म के लिए बहुत मुफ़ीद होगा और उसको डायलॉग लिखने में आसानी होगी।

हम लोग प्लाईमाउथ में बैठे। दोपहर को खंडाला के बेहतरीन होटल में पहुँचे। नहा-धोकर जब हम बाहर चले, तो मुझे पता चला कि प्लाईमाउथ में डिग्गी भी थी और डिग्गी शराब की बोलतों से भरी हुई थी। चुनांचे हम दोपहर को बियर पीते और शाम को रात गए तक स्कॉच। चार दिन के बाद मुझे महसूस हुआ कि मुझे सोचने और काम करने को जो आदत थी वह भी चंद रोज़ के लिए जाती रही।

पिछले दिनों एक प्रोड्यूसर से गहरी छन रही थी। यह मेरे बहुत क़ायल थे। फ़ोन पर बात हुई तो फ़रमाने लगे कि वह एक उद्देश्यपूर्ण फ़िल्म बनाना चाहते हैं। उनके फ़्लैट पर मुलाक़ात हुई। हल्की, नरम, मीठी बातें, मौसम में ठंडक, मिज़ाज में हल्की-हल्की बढ़ती हुई गर्मी। मैंने कहा,

"आप कहानी तो सुना दीजिए।"

फ़रमाने लगे,

"कहानी की क्या ज़रूरत है। जब आप डायलॉग लिखेंगे तो लोग भूल जाएँगे कि फ़िल्म में कहानी की भी ज़रूरत है।"

मैं आज तक सोच रहा हूँ...ख़ुदाया इतनी रहमत, इतनी बख़्शिश के लिए तो मैंने दुआ नहीं की थी।

सहयोग

सबने उसे सहयोग किया।

जे.एन. शाह सिर्फ़ फ़ौजदारी वकील ही न था, एक बहुत बड़ी संस्था था। उसके बारे में मशहूर था कि वह मुजरिम को मौत के मुँह से बचा लाता है। क़ानून के सारे दाँव-पेच, सारे हथकंडे न वो जानता है बल्कि उन्हें इस्तेमाल करने से भी नहीं कतराता। जिस केस को वह हाथ में ले लेता है उसे जीतना अपना फ़र्ज़ समझता है। मुश्किल से मुश्किल केस को वह पहली बार सुनते ही मुस्करा पड़ता है। आँखों में बेपनाह अय्यारी, चालाकी है और जब वह मुस्करा देता है तो बड़े-बड़े जज ख़ौफ़ज़दा हो जाते हैं। सबको घेर-घार कर अपने चक्रव्यूह में ले आता है, और फिर एक-एक हथियार इस्तेमाल करके बेमौत मारता है। चाहे वह मुख़ालिफ़ का वकील हो, गवाह हो या फिर जज ही क्यों न हो। और उसे हासिल करने के लिए मुल्क के सारे मुजरिम क़तार में खड़े रहते हैं। सुना गया है कि एक पेशी के लिए वह कम अज़ कम पच्चीस हज़ार रुपए लेता है। न सिर्फ़ इतनी मोटी रक़म ही काफ़ी थी उसकी ख़िदमत हासिल करने के लिए; बल्कि बहुत बड़े रुसूख़, बहुत बड़े नामों की भी ज़रूरत पड़ती है।

गुलाटी अपने वालिद, अपने एक दोस्त, वालिद के एक ख़ैरख़्वाह के साथ वक़्त पर बाहर वेटिंग रूम में बैठा था। उसका दिल धड़क रहा था, उससे एक औरत का एक्सिडेंट हो गया था और अब उस औरत की मौत ने उसके चेहरे से ख़ून निचोड़ दिया था। बस एक ही उम्मीद थी कि किसी तरह शाह उसका केस हाथ में ले ले। जे.एन. शाह को कई फ़ोन जा चुके थे। एक ख़त भी वह बहुत बड़े फ़ाइनेंसर का साथ ले आया था। फ़ीस के बारे में तो गुलाटी

ने सोचा भी न था, उसका ख़याल था इस सारे मामले को निपटाने के लिए दो लाख तो ख़र्च हो ही जाएँगे। वह भी इसलिए कि प्रतिवादी पक्ष कमज़ोर है, जिसका ख़ून हुआ है। उस वक़्त एक बज़र बजा और एक बावर्दी चपरासी उनको बुलाकर अन्दर ले गया।

जे.एन. शाह का चेंबर बहुत बड़ा था। लेदर के सोफ़े चारों तरफ़ रखे थे। उसके आधा दर्जन असिस्टेंट हाथों में क़लम और नोट बुक लिए इन्तज़ार में बैठे थे। चेंबर एयरकंडीशंड होने की वजह से ज़रूरत से ज़्यादा ठंडा था। सबको बड़ी-बड़ी आरामदेह कुर्सियों पर बैठा दिया गया, गुलाटी को लगा कि वह एक वकील के सामने नहीं बल्कि ख़ुद एक जज के सामने बैठा हुआ है। अगर वह केस हाथ में ले लेता है तो गुलाटी बरी हो जाता है। और वह इनकार कर देता है तो गुलाटी केस हार जाता है। गुलाटी को ठंडा पसीना आ रहा था।

जे.एन. शाह ने मुस्कराते हुए वाक़िये के बारे में पूछा और गुलाटी को लगा कि वह गोता लगाकर फ़्लैश बैक में चला गया हो। अभी तक वह इस माहौल, उस फ़ज़ा, उस वातावरण से निकल नहीं पाया था। पिछले दस-पन्द्रह दिन से वह इसी कैफ़ियत में जी रहा था। बार-बार वह फ़िल्म की रील को देखता और ख़ुद को एक मुजरिम की तरह पाता, 'कि वह रात के डेढ़ बजे घर अपनी कार में जा रहा था। एक औरत भागती हुई आई और उसकी कार की ज़द में आकर बेहोश हो गई। देखते-देखते दस-बीस आदमी जमा हो गए और गाड़ी को घेर लिया गया। पुलिस-पुलिस के नारे भी सुनाई दिए। गुलाटी जैसे नींद से चौंका। उसने चिल्लाकर कहा कि वह उस औरत को पहले हॉस्पिटल ले जाएगा। वहीं पुलिस को ख़बर दी जाएगी और औरत के साथ जो भी जाना चाहता हो, उसके रिश्तेदार, जानने वाले, पति, पड़ोसी कार में बैठ सकते हैं। वह भागकर नहीं जाना चाहता। लेकिन इस वक़्त सबसे ज़रूरी काम है कि इस औरत की ज़िन्दगी बचाई जाए। नीम मुर्दा औरत को सहारा देकर पिछली सीट पर लिटा दिया गया। दो-तीन आदमी पिछली सीट पर और दो-तीन आदमी अगली सीट पर जमकर बैठ गए। गुलाटी ने औरत को हॉस्पिटल में दाख़िल कराया और वहीं से पुलिस स्टेशन फ़ोन कर दिया। एक घंटे के बाद एक सब इंस्पेक्टर वहीं रिपोर्ट लिखने आ गया।

रिपोर्ट लिखते हुए इंस्पेक्टर ने एक ही सवाल पूछा,

"कितनी दारू पी थी?"

"आठ-नौ पैग," उसने पूरी दयानतदारी से जवाब दिया और तशरीह की कि इतनी वह रोज़ पीता है और नॉर्मल रहता है। हमेशा ख़ुद गाड़ी चलाकर घर जाता है। क़ुसूर उसका नहीं है, उस औरत का है, जो ख़ुद चीख़ती-चिल्लाती, झगड़ा करती भागती अचानक उसकी मोटर के सामने आ गई थी। तब इंस्पेक्टर ने उन आदमियों की तरफ़ देखा। वे छह आदमी, जो शेर-चीते की तरह सड़क पर गुलाटी को घेरे हुए थे, अब अस्पताल के कोने में गीदड़ों की तरह अपने आप को छुपाने की कोशिश कर रहे थे। आहिस्ता-आहिस्ता एक आदमी जिसकी कोई पहचान न थी, न चेहरे पर शिनाख़्त के निशान थे, एक बेनाम, बेकाम, बेवजह की ज़िन्दगी जीने वाला एक शख़्स जिसकी हर हरकत से जान पड़ता था कि वह कोई जुर्म कर रहा हो। ख़ुद जीने का मुजरिम है। इंस्पेक्टर के सवालों के सामने वह अपनी रही-सही पहचान भी खो बैठा। डरते हुए, घबराते हुए वह बोला कि वह आदमी उस औरत का पति है, और वह औरत जो अस्पताल में बेहोश पड़ी है, पेशेवर है, रंडी है।

गुलाटी ने इंस्पेक्टर को बहुत अच्छा इंसान पाया। उसने हर तरह से उसे तसल्ली दी। रिपोर्ट लिखते हुए बार-बार याद दिलाया कि हर तरह उसे मदद करेगा। वह हरामज़ादी, छिनाल, दारू पीकर, धंधा करके, अपने जिस्म को फटकाकर, ख़्वाह-मख़्वाह एक शरीफ़ आदमी को परेशान कर रही है। इंस्पेक्टर ने जाते हुए बड़ी गर्मजोशी से हाथ मिलाया, अपना नाम इनिशियल्स के साथ बताया कि किसी तरह की कोई तकलीफ़ हो तो वह फ़ोन कर सकता है। जाते हुए कहा,

"फ़िकर नहीं करना साहब हाँ, साली मर गई तो थोड़ा लफड़ा होगा। नहीं तो कुछ दम नहीं केस में।"

लेकिन दूसरी सुबह जब वह अस्पताल पहुँचा तो औरत मर चुकी थी। लफड़ा शुरू हो चुका था और इसीलिए वह अपने पूरे रुसूख़ का इस्तेमाल करके जे.एन. शाह के चेंबर में बैठा था।

वाक़िया सुनकर शाह ने न हामी भरी न इनकार किया। अपने असिस्टेंट की तरफ़ मुख़ातिब होकर बोला,

"चंदवानी।"

एक बहुत मोटा, बेढब, बदसूरत-सा आदमी, जो आँखों पर बेहद मोटा चश्मा लगाए था, शाह की मेज़ की तरफ़ बढ़ा। शाह ने पैड निकाला और नोटिस लेने लगा।

"क्या ख़याल है?" शाह ने पूछा।

"पहले तो रिपोर्ट से शराब का ज़िक्र निकाल देते हैं। जज प्रेजुडिस हो सकता है।"

"इंस्पेक्टर को जानते हो?"

"जी हाँ।"

"कितना पैसा लेगा?"

"पाँच हज़ार से कम नहीं लेगा।"

शाह ने गुलाटी को साढ़े पाँच हज़ार रुपए देने की ताकीद की। पाँच सौ रुपए टैक्सी के किराये के लिए और दूसरे ख़र्चों के लिए।

"नेकस्ट?" उसने पूछा।

चंदवानी ने बताया कि उस केस को जितना मुल्तवी कराया जा सके उतना अच्छा है।

"मतलब?" शाह ने पूछा।

"सर वह बेहद ग़रीब आदमी है। अभी मैं उसके पास तस्फ़िया के लिए जाऊँ तो वह पाँव फैलाएगा। बहुत पैसा माँगेगा और हो सकता है इनकार ही कर दे। जब पेशी होगी और बार-बार उसे कोर्ट में हाज़िरी देनी पड़ेगी तो उसका मोरल टूट जाएगा। तीन-चार पेशियों के बाद वह फ़ौरन तस्फ़िया करने पर तैयार हो जाएगा और बहुत कम पैसों पर राज़ी हो जाएगा।"

"एनीथिंग एल्स?" शाह ने अपने दूसरे असिस्टेंट की तरफ़ इशारा किया।

"गवाह भी तोड़े जा सकते हैं। चूँकि वह ग़रीब है, आसानी से क़ीमत तय हो सकती है।"

चंदवानी फ़ौरन बोला,

"सर, उसके बारे में जल्दी नहीं करनी चाहिए। गवाहों के बारे में भी मेरा वही रवैया है। पहले उनकी हिम्मत तोड़ी जाए। उनको समझाया जाए कि वे ग़रीब हैं। बताया जाए कि ग़रीब को इस मुल्क में इंसाफ़ नहीं मिल सकता। बार-बार कोर्ट में बुलाया जाए, बैठाए रखा जाए, तब उनसे उनकी क़ीमत पूछी जाए।"

"आप लोग मुत्तफ़िक़ हैं?" शाह ने पूछा।

"चंदवानी ठीक कह रहे हैं। यह सबका फ़ैसला था। कितना पैसा माँगा जाए?" शाह ने चंदवानी से पूछा।

"एक आदमी एक साथ पाँच सौ रुपए भी देखेगा तो लार टपक पड़ेगी। गवाह को तोड़ते हुए, उस औरत के मोरल की तरफ़ इशारा किया जा सकता है," एक असिस्टेंट ने कहा, "और गवाह कह सकते हैं कि वह बदचलन थी, शराब पीती थी और पीने के बाद आपे से बाहर हो जाती थी। अपने पति को गालियाँ देती थी, मारती थी। दूसरे लफ़्ज़ों में वह न्यूसेंस थी और अपनी ग़लती से मोटर की ज़द में आ गई थी।"

"चंदवानी?" शाह बोला।

"कोई ख़ास फ़ायदा नहीं होगा, सर।"

"क्यों?"

"हमें उसकी केस स्टोरी में जाने की ज़रूरत नहीं। दूसरे लफ़्ज़ों में मुख़ालिफ़ वकील इन ही बातों का ज़िक्र करके, कोर्ट से हमदर्दी हासिल कर सकता है कि वह ग़रीब औरत थी, रोटी कमाने के लिए धंधा करती थी, जिस्म बेचती थी, लेकिन किसी को जान लेने का कोई हक़ नहीं। उसे जीने का उतना ही अधिकार है वग़ैरह- वग़ैरह, मेरा मतलब है सर... डेंजरस ज़ोन है।"

"मैं चंदवानी से मुत्तफ़िक़ नहीं हूँ," असिस्टेंट बोला, "एक शरीफ़ आदमी से हादसा हो जाए और एक बदचलन औरत का ख़ून हो जाए, जज उसमें ज़रूर तमीज़ करेगा।"

"आप यह भूलते हैं कि वकील सफ़ाई जब अपना केस तैयार करेगा तो उसकी बुनियाद यही होगी। उसके पास सिवाय हमदर्दी के कोई दलील न होगी। वह कहीं यह कह बैठे कि ग़रीब आदमी को इस मुल्क में इंसाफ़ नहीं मिल सकता तो आप बना-बनाया केस बिगाड़ सकते हैं। अगर आप जज को रिश्वत देकर ख़रीदते भी हैं तो उसकी क़ीमत बढ़ जाएगी और आप इस केस को और हवा देंगे। यह केस कहीं किसी न्यूज़ पेपर में छप गया तो लेने के देने पड़ जाएँगे और आप जज को रिश्वत भी न देने पाएँगे...," चंदवानी इस सख़्ती के साथ बोला कि सब चुप हो गए।

शाह भी चंदवानी को देर तक देखता रहा।

"चंदवानी?"

"सर?"

"तुम्हारा क्या ख़याल है जज कितने रुपए लेगा?"

"कुछ ज़्यादा लेगा।"

"माने?"

"उसकी बेटी की शादी है।"

"अरे हाँ..."

"इससे पहले उसे डिनर पर बुला लीजिए," चंदवानी ने कहा, "गोल्डन ड्रैगन में दस आदमियों के लिए टेबल बुक करो और उसके घर के सब आदमियों को दावत दो।"

"जी।"

"तुम भी रहना वहाँ।"

"जी।"

"पैसे कैसे लेता है। किसी आदमी के ज़रिये?"

"जी नहीं, नोट देखकर हाथ बढ़ा देता है।"

एक लम्हे के लिए माहौल में एक कहकहा उठा। सब भूल गए कि लड़की की मौत हुई है। किसी से ख़ून हुआ है।

"हूँ...आख़िर क़ीमत क्या है उसकी?"

"इस पर आधारित है सर कि हम कितना ऐडजरन्मेंट्स चाहते हैं।"

"तुम्हारे ख़याल में कितना ऐडजरन्मेंट्स होनी चाहिए?"

"ऐडजरन्मेंट्स तो चार-पाँच काफ़ी होगा, लेकिन वक़्फ़ा लम्बा होना चाहिए।"

"प्रोसीड," शाह ने चंदवानी से कहा।

"सर उनका सब्र आज़माना है। उन्हें नफ़्सियाती तौर पर समझाना है कि कुछ नहीं हो सकता। वक़्त ही उनका Moral तोड़ सकता है।"

"तुम्हारा मतलब है कि जस्टिस गायटोंडे से दो काम लेने हैं?"

"बेशक।"

"एक तो Adjournments चाहिए। दूसरा लम्बे अर्से के लिए...ठीक?"

"जी।"

"एक Adjournments के लिए दस हज़ार काफ़ी होंगे?"

"कोई शरीफ आदमी इतना पैसा नहीं छोड़ेगा।"

एक बार फिर कहकहा बुलंद हुआ।

"चंदवानी बस आख़िरी बात, तुम्हारे ख़याल में पेशी की नौबत नहीं आएगी न?"

“मुझ पर छोड़ दीजिए।”

“जेंटलमैन?” शाह ने पूछा।

सबने हामी भर ली। शाह ने एक छोटा-सा पुरज़ा लिया। उस पर कुछ हिंदसे लिखे और चंदवानी के हाथ में थमा दिया। चंदवानी गुलाटी को एक दूसरे कमरे में ले गया। उस पुरजे पर पचास हज़ार की रक़म शाह की थी। दस हज़ार चंदवानी की। पाँच हज़ार बाक़ी स्टाफ़ की। दस हज़ार ऐडजरन्मेंट्स के लिए जज की। पाँच हज़ार सरकारी वकील की। दस हज़ार एंटरटेनमेंट के लिए। आधी रक़म चंदवानी ने फ़ौरन तलब की। अब गुलाटी जी गया था। उसने बहुत फ़ुर्ती से सारे नोट गिनकर चंदवानी के हाथ में थमा दिए। सबने रुख़सत ली।

सबने गुलाटी से सहयोग किया।

चंदवानी ने जो कहा था वही हुआ। उस औरत का पति और गवाह कोर्ट में जाते, दिन भर भूखे-प्यासे बैठे रहते। पेशी की नौबत नहीं आती। धीरे-धीरे गवाह टूटते गए। साथी साथ छोड़ते गए और वह बेनाम आदमी उस औरत का पति अपनी बची-खुची शिनाख़्त भी खो बैठा।

और जिस दिन चंदवानी पाँच हज़ार रुपए लेकर काग़ज़ तैयार करके, उसके पास पहुँचा तो जैसे मुर्दे में जान आ गई। उस औरत के पति ने झटपट उस काग़ज़ पर दस्तख़त कर दिए।

इस पूरे वक़्त में एक औरत ‘जिसकी एक शख़्सियत थी’ जो एक ज़िन्दगी की मालिक थी, अपनी ग़ुरबत की वजह से जिस्म बेचती थी, अपने पति को पालती थी, चार पैसे माँ-बाप को भेजती थी, वह मर गई थी और किसी का कुछ नहीं बिगड़ा था।

तमाशा-ए-अहले करम

सिंधी ने अपनी भारी-भरकम बीवी को जल्दी करने को कहा, जो चने वाले को ढूँढ़ रही थी। सिंधी सेठ को बस छूटने का ख़याल था और सेठानी को चने वाले का। सेठ व्यापारी था। खोटा माल बेचने में होशियार। ग्राहक को फुसलाने में होशियार और झूठ बोलने को हर वक़्त तैयार। और उसकी बीवी सौ टके धर्मात्मा बनने की कोशिश करती थी। एक दिन पहले वह चने वाले से दो आने के चने ख़रीद रही थी। उसके पास दो रुपए का नोट था और चने वाले के पास छुट्टा नहीं था। इस लेन-देन में सेठानी की बस चल दी थी। आज वह दो आने लौटा देना चाहती थी। जब वह बस में बैठ चुकी तो वही चने वाला आवाज़ लगाता हुआ बस के पास से गुज़रा। सेठानी बहुत ख़ुश हुई। उसने दो आने के चने ख़रीदकर अपनी ख़ुशी का इज़हार किया।

"कल तो तुम हमें गाली देता होएँगा?" सेठानी ने पूछा।

"नहीं माँ जी," चने वाला भैया बोला।

"तुम क्या बोलता होएँगा कि कौन चोर मिला?" वह फिर बोली।

"ही, ही," चने वाले से कोई जवाब नहीं बन पड़ा।

"तुमको रात में नींद नहीं आया होएँगा," सेठानी ने हमदर्दी जताते हुए कहा।

"ही, ही," चने वाले ने फिर अपने पीले दाँत निकाले।

"अभी हमको देखकर तुम खुश हुआ होएँगा?" सेठानी ने पूछा।

चने वाला भैया हँस दिया।

"आज रात को तुमको ख़ूब नींद आएँगा।"

चने वाला भैया फिर हँस दिया। उसने चवन्नी मुट्ठी में दबाई और 'चना

जोर गरम' गाता हुआ आगे बढ़ गया। सेठानी सेठ को फिर चवन्नी का क़िस्सा सुनाने लगी।

कंडक्टर बस का एक चक्कर काट चुका था। अब वह तसल्ली के लिए दोबारा मुसाफ़िरों से टिकट के लिए पूछ रहा था। वह एक मुसाफ़िर के पास रुका, जो एक कोने में नीमबेहोशी के आलम में पड़ा था।

"कहाँ जाना है?" कंडक्टर ने उसे कंधे से हिलाते हुए पूछा।

"फूलोरा फाउंटन।"

"यह बस फूलोरा फाउंटन नहीं जाएगी।"

"लेकिन हम तो फूलोरा फाउंटन ही जाएगा।"

"तो आप नीचे तशरीफ़ ले जाइए।"

"हमने टिकट खरीदा है।"

अब दूसरे मुसाफ़िरों ने भी अपना ध्यान उस तरफ़ किया। बस चलने का वक़्त हो गया था।

ड्राइवर ने हॉर्न बजाना शुरू कर दिया था।

कंडक्टर ग़ुस्से में बोला,

"जल्दी करो, नीचे उतरो।"

उस मुसाफ़िर ने अपना हाथ हवा में लहराया, जो दूसरे मुसाफ़िर की कनपटी पर तड़ाक से बजा। वह बौखलाकर उठ खड़ा हुआ और बस कम्पनी को गालियाँ देने लगा, जो ऐसे मुसाफ़िरों को सफ़र की इजाज़त देती है। क्योंकि दूसरा मुसाफ़िर डील-डौल में उससे तगड़ा था। ड्राइवर अब भी हॉर्न बजा रहा था। कंडक्टर लाल आँखों से बोला,

"मैं कहता हूँ जल्दी करो, गाड़ी का वक़्त निकला जा रहा है।"

"हमारा भी वक़्त हो चुका है।"

"उतरो नीचे।"

"हम फूलोरा फाउंटन जाएँगा।"

"यह बस नहीं जाएगी।"

"हमने टिकट खरीदा है।"

और फ़ौरन तमाम मुसाफ़िरों को पता चल गया कि भाई 'पिएला' है। फिर तो बहुत-सी आवाज़ें एक साथ उठीं। एक पहलवान जैसे आदमी ने कहा,

"उठाकर नीचे फेंक दो।"

"साले पीते हैं और सँभाल नहीं सकते," दूसरा बोला।

"शराब का नाम बदनाम करते हैं," तीसरा बोला।

"सारे पीने वाले ऐसे लोगों का बायकॉट कर दें," चौथा बोला।

"वड़ी हमारा टाइम खोटा करता है," सिंधी सेठ अपनी बीवी से बोला।

बहुत से स्कूल के बच्चे जमा हो गए थे। वह सब उसे चढ़ाने लगे।

"कभी मत उतरना।"

"हमारे बाप की गाड़ी है," वह छाती ठोंककर खड़ा हो गया।

"तुम उल्लू का पट्ठा है," एक विद्यार्थी बोला।

"तेरा बाप उल्लू का पट्ठा है," शराबी का मुँहफट जवाब सुनकर विद्यार्थी बहुत ख़ुश हुआ। फिर वह हँसते हुए बोला,

"तुमने मेरे डैडी को देखा है?"

"हाँ! अपने ही जैसा है।"

वे दोनों दोस्त बन गए। विद्यार्थी ने हँसते हुए उसके सिर पर एक धप जमाई और कहा,

"टखूँ।"

धप काफ़ी ज़ोरदार थी। शराबी चौंका। विद्यार्थी फिर बोला,

"तुम न सिर्फ़ उल्लू के पट्ठे हो, बल्कि ख़ुद भी उल्लू हो, गधे हो।"

"ऐ तुम्हारी माँ का... हाथ...," शराबी नाराज़ हो गया और बच्चे शोर मचाने लगे।

"अरे भई जाने दो, सायन में उतार देना। दूसरी बस ले लेगा," एक दूसरा मुसाफ़िर कंडक्टर से बोला।

"कैसे जाने दूँ। यह बस फुलोरा फाउंटन नहीं जाएगी।"

"लेकिन सायन तक का टिकट इसके पास है। तुम इनकार नहीं कर सकते।"

"कैसे नहीं कर सकता जी?"

"वह ज़िद्द पर आ गया है, जाने दो।"

"कैसे जाने दूँ?"

"अच्छा आने दो...," मुसाफ़िर खिड़की के बाहर देखने लगा।

दो मिनट और गुज़र गए। वह आदमी अपनी सीट पर जमा रहा। सारे मुसाफ़िरों को उलझन हो रही थी। शाम का वक़्त था। लोग घर पहुँचने के लिए बेचैन थे। लोगों के थैलों में तीन आने वाले दर्जन भर केले भरे हुए थे।

कई लोग लहसुन, प्याज़ और धनिया ले जा रहे थे। उन्हें इसलिए जल्दी थी कि उनके घर पहुँचने के बाद उनकी बीवियाँ खाना पकाएँगी। वे पेट की आग बुझाएँगे। इसलिए कि दोपहर के खाने की ऐयाशी उन्होंने छोड़ दी थी। उनके चेहरे बुझे हुए थे और उकताहट में वह अपने घुटने बजा रहे थे। किसी की समझ में नहीं आ रहा था कि ऐसे आदमी के साथ क्या व्यवहार किया जाना चाहिए, जो न सिर्फ़ पचास लोगों का वक़्त बर्बाद कर रहा था, बल्कि बस कम्पनी की वक़्त की पाबन्दी पर भी हँस रहा था।

और वह 'गै, गै' करके हँस रहा था। जैसे कि वह मुसाफ़िरों की इस हालत को देखकर बहुत ख़ुश था। बस कंडक्टर ने पुलिस की धमकी दी तो उसने फिर हाथ लहराया और बोला,

"हम पूलीस के बाप से भी नहीं डरता।"

कंडक्टर बाहर पुलिस की तलाश में चला गया। ड्राइवर 'स्टेयरिंग' पर सिर रखकर ऊँघने लगा। बस में शोर बढ़ गया। सिंधी औरत चवन्नी का क़िस्सा फिर छेड़ बैठी,

"बेचारे ग़रीब होते हैं, उनका दिल बहुत छोटा होता है।"

एक प्रेमी अपनी प्रेमिका से बोला,

"ऐसी मुलाक़ात तकलीफ़ देती है।"

"क्यों?"

"कुछ भी तो पल्ले नहीं पड़ता।"

"क्या चाहते हो?" इस वक़्त वह 'मुमताज़' से कम नहीं थी।

"तुम्हारे गालों की लाली," उसके महबूब ने कहा।

"और?"

"तुम्हारे होंठों की नमी।"

"और?"

"तुम्हारे जिस्म का लम्स।"

"हूँ?"

"हाँ।"

"हूँ?"

"हाँ।।"

और फिर उसकी प्रेमिका ने उसे अँगूठा दिखा दिया।

कंडक्टर वापस आ गया। उसे कोई पुलिस का आदमी नहीं मिला। मौक़े पर पुलिस के आदमी तक नहीं मिलते। वह अपने साथ दो-एक और कंडक्टर ले आया। एक दूसरे कंडक्टर ने विनती की,

"नीचे आओ भाई।"

"तुम हमारे भाई नहीं हो। अपने साले हो।"

बस में एक कहकहा गूँजा। कंडक्टर खिसियाकर पीछे हट गया। दूसरा बोला,

"चलो हम तुम्हें फूलोरा फाउंटन ले चलते हैं।"

"तुम अपना दोस्त है न?"

"हाँ।"

वह उठा और उसने कंडक्टर का गाल चूम लिया। बस में एक और कहकहा गूँजा।

वह आदमी भी 'खी, खी' करके हँसा और फिर बैठ गया। उस पहलवान जैसे आदमी को ग़ुस्सा आ गया। वह दो-एक आदमियों को धक्का देकर आगे बढ़ा।

"यह ऐसे नहीं मानेगा," पहलवान के मुँह से झाग निकल रहा था।

उसने गर्दन से पकड़कर उस आदमी को खड़ा कर दिया। एक घूँसा उसके जबड़े पर रसीद कर दिया। वह लड़खड़ाता हुआ प्रेमी और प्रेमिका की सीट पर जा लगा। लड़की ने बड़ी रोमांटिक चीख़ मारी। उसके महबूब को भी ग़ुस्सा आ गया। वह उठा और उसने एक घूँसा उसकी पसली पर जमाया। अभी वह सँभला ही था कि पहलवान ने आगे बढ़कर दो-तीन घूँसे और उसकी कमर और पेट में जमा दिए। उसकी हालत बहुत पतली हो गई। वह अजीब तरह की आवाज़ें निकालने लगा। बाहर बच्चों ने शोर मचाना बन्द कर दिया और बस के आस-पास जमा होकर तमाशा देखने लगे। पहलवान के मुँह से अब भी झाग निकल रहा था। वह जीते हुए खिलाड़ी की तरह चारों तरफ़ देख रहा था। सब मुसाफ़िर तक़रीबन-तक़रीबन ख़ुश थे। उनकी रगों में ख़ून की गति तेज़ हो रही थी। वे अब प्रसन्नता से उसकी तरफ़ देख रहे थे।

वह आदमी एक सीट का सहारा लिए खड़ा था। अब वह चारों तरफ़ देखने लगा। उससे अब खड़ा नहीं हुआ जा रहा था। वह अब बैठने के लिए सीट तलाश करने लगा। लेकिन वह जिस तरफ़ बढ़ता मुसाफ़िर उसे दुतकारते उसे पीछे ढकेलते। जैसे वह इंसान न होकर एक खुजली वाला कुत्ता हो। वह

उसी तरह एक हाथ पसली पर रखकर बस के बीच में खड़ा हो गया। बस पन्द्रह मिनट लेट हो चुकी थी। पहलवान किसी जहाज़ के कप्तान की तरह कंडक्टर से बोला,

"अब बस चलाओ। अब कोई ख़तरा नहीं।"

कंडक्टर ने घंटी बजा दी। बस एक झटके के साथ आगे बढ़ी और वह आदमी किसी कटे हुए पेड़ के तने की तरह एक तरफ़ गिरा। दूसरे लोगों ने उसे धक्के देकर वहाँ से हटा दिया। वह सीधा खड़ा न हो सकता था और बस के चलने के साथ ही साथ इधर-उधर लुढ़कता। और जिस तरफ़ वह गिरता-पड़ता, मुसाफ़िर 'हा, हू' शुरू कर देते। वह एक फुटबॉल की तरह यहाँ-वहाँ लुढ़क रहा था, जिसे दूसरे मुसाफ़िर ठोकरें लगा रहे थे।

"वड़ी ये लोग कितना गन्दा होता है," सिंधी औरत दुअन्नी का क़िस्सा भूल गई।

"ओ, हाउ डर्टी," उस लड़की ने मुँह पर रूमाल रख लिया।

"हा, हा, हा, हा," पहलवान कहकहे लगा रहा था।

वह आदमी बड़ी मुश्किल से बस के अगले दरवाज़े तक पहुँचा और दरवाज़े का सहारा लेकर खड़ा हो गया। अब वह बिलकुल ख़ामोश था। उसकी आँखें मुँदी हुई थीं और वह बुरी तरह हाँफ रहा था। बस दूसरे स्टाप पर रुकी और जब फिर धचके के साथ आगे बढ़ी तो वह एकदम अगली सीट से आ लगा। उसका सिर एक बूढ़ी औरत के साथ टकराया। और सीट का लोहा उसकी पसली में लगा। एक बार फिर ज़ोरदार कहकहा हवा में लहराया। औरत उसे गालियाँ देती हुई वहाँ से उठ खड़ी हुई, और पीछे जाकर खड़ी हो गई। वह एक-दो मिनट तक उसी तरह सीट के साथ लगा रहा। उसमें अब शक्ति न थी। उसने फिर अपनी शक्ति को बटोरा और अपनी जगह पर खड़ा हो गया।

तीसरे स्टाप पर बस फिर रुकी। वहाँ एक बड़ी मोटी और भद्दी मछेरन बस में सवार हो गई। उसका रंग बहुत काला था। उसके कूल्हे बड़े-बड़े और बेढब थे। कानों में बड़ी-बड़ी चाँदी की बालियाँ थीं। वह पान की जुगाली कर रही थी। उसने पहली सीट को ख़ाली देखा और फ़ौरन उस पर क़ब्ज़ा जमा लिया। उसका उस सीट पर बैठना ही था कि एक ज़ोरदार कहकहा फिर गूँजा।

उस औरत ने जब मुड़कर मुसाफ़िरों की तरफ़ देखा तो वे ज़्यादा ज़ोर से हँसने लगे। उसने गला फाड़कर दो-चार मोटी-मोटी गालियाँ उन्हें सुनाईं और

फिर जुगाली करने में व्यस्त हो गई। लेकिन लोग इसी कल्पना में हँस रहे थे कि जब बस चलेगी तो वह आदमी ज़रूर उस पर गिरेगा।

बस फिर एक धचके के साथ आगे बढ़ी। और इस बार वह आदमी सीधा उस औरत की गोद में आ रहा। औरत की गालियों की तान पंचम सुर पर आ गई और वह दोहत्थड़ से उस आदमी को पीटने लगी। बस में गगनभेदी कहकहे फूट रहे थे। लड़की अपने आशिक़ की गोद में लोट-पोट हो रही थी। लेकिन काली औरत ने देखा कि वह मिट्टी के ढेर को पीट रही है। उसकी आँखें मुँदी हुई थीं। उसके मुँह से शराब की बदबू आ रही थी। वह अधमरा-सा पड़ा था। औरत ने फिर मुड़कर दूसरे मुसाफ़िरों की तरफ़ देखा जो अब भी मुस्करा रहे थे। उसने फिर गला फाड़कर दो-चार मोटी-मोटी गालियाँ उनको सुनाईं। फिर वह उठ खड़ी हुई और बड़ी सावधानी से उसे सीट पर बैठाया। उसकी पीठ सीट के साथ लगा दी। फिर उसने खिड़की का शीशा ऊपर कर दिया। शाम की हवा मचलकर उस खिड़की से दाख़िल हुई और उसके बालों को सहसा बिखेर गई। औरत ने ममता भरे प्यार से उसके बालों को पीछे किया। उसके माथे पर हाथ रखा। वह आदमी एक मासूम बच्चे की तरह सो रहा था। बिलकुल एक ज़िद्दी बच्चे की तरह जो रो-रोकर मचल-मचलकर उसी तरह सो जाए।

सब मुसाफ़िरों के चेहरे फीके पड़ गए। आशिक़ और माशूका एक-दूसरे से आँख मिलाने के लिए झिझक रहे थे। पहलवान एक स्टॉप पहले ही उतर गया था। कुछ लोग बाहर के दृश्य देखने में व्यस्त हो गए थे। कंडक्टर आख़िरी सीट के पास जा खड़ा हुआ था और सीटी बजाकर अपनी झेंप मिटा रहा था। सिंधी औरत बड़ी मुश्किल से अपने खाविंद से बोली,

"वड़ी ग़रीब आदमी दिल का कितना अच्छा होता है।"

दर्द न जाने

जहाँ-जहाँ पहाड़ों की हवा गई थी रोमा देवी का ज़िक्र साथ ले गई थी। गर्मियों में आलूचे और खूबानियों के पेड़ पके थे। सर्दियों में बर्फ़ के लबादे पड़े थे। गर्मियों में आसमान लाल रहता था, हवा फलों की महक से लदी रहती थी। सर्दियों में हवाएँ छोटी, तंग गलियों में चक्कर लगातीं और रोमा देवी का ज़िक्र साथ-साथ चलता था।

तीन-चार आदमी कम्बल ओढ़े अँगीठी के पास बैठे थे। चीड़ की लकड़ियाँ चटक रही थीं। आग के कारण उनके चेहरे दहक रहे थे। एक ने कहा,

"आनंद प्रकाश यहीं आ गए हैं।"

दूसरे ने कहा,

"जब रोमा देवी मन्दिर से वापस आ रही थीं तो आनंद प्रकाश गली के मोड़ पर खड़े हुए थे।"

"रोमा देवी को ख़बर तो हो गई?" तीसरे ने पूछा।

"उनका मन संसार में थोड़े है। हर समय भगवान में लगा रहता है। जब वे चलती रहती हैं तब भी लगता है कि वे किसी को देख नहीं रही हैं। सिर्फ़ कृष्ण भगवान की मूर्ति ही ध्यान में है।"

आनंद प्रकाश ने रोमा देवी को फरवरी-मार्च के दिनों में एबटाबाद में देखा था। रोमा देवी सफ़ेद शॉल ओढ़े सड़क से नीचे उतर रही थीं। आनंद प्रकाश चीड़ के साए में खड़े थे। उनकी आँखें रोमा देवी के चेहरे की दमक की ताब न ला सकीं। चेहरे पर एक प्रकार की सौम्यता और भव्यता प्रस्फुटित हो रही थी। भक्ति में डूबा हुआ शान्त चेहरा, पलकें लम्बी-लम्बी, बड़ी-बड़ी आँखों पर बिछी हुई। आनंद प्रकाश को कालिदास के कई श्लोक याद आए।

कैलाश पर्वत पर बर्फ़ की सफ़ेदी में स्वच्छ हवा जैसी रोमा देवी जैसे शिवजी की तलाश में निकली हों। आहिस्ता-आहिस्ता पहाड़ों की ऊँचाई से नीचे उतर रही हों। आनंद प्रकाश खो गए—जब उन्होंने रोमा देवी के होंठ देखे तो उन्हें कोई मुग़ल शहज़ादी याद आई जो रबाब की आवाज़ में खोई हुई हो।

रोमा देवी उसी तरह क़दम तौलती हुई नीचे उतर आईं और आनंद प्रकाश के क़रीब से गुज़र गईं।

उस दिन के बाद से आनंद प्रकाश हर जगह मौजूद थे, जहाँ रोमा देवी थीं। जब रोमा देवी वापस अपने गाँव आ गईं तो आनंद प्रकाश ने अपनी नौकरी से इस्तीफ़ा दे दिया और उनके गाँव में चले आए।

आनंद प्रकाश कॉलेज में संस्कृत पढ़ाते थे लेकिन रहन-सहन में काफ़ी आधुनिक थे। हमेशा सूट-बूट पहनते थे। उनकी बातचीत में शायरी की-सी लोच थी। मुस्कराकर खोए हुए से आहिस्ता-आहिस्ता जवाब देते थे। और फिर सब कुछ भूल जाते थे। किसी ने उनकी ज़बान से रोमा देवी का नाम तक न सुना था लेकिन गाँव का हर आदमी जानता था कि उन्होंने रोमा देवी के लिए घरबार छोड़ दिया है।

कृष्ण जन्माष्टमी का दिन था। रात के वक़्त मन्दिर में बहुत रौनक थी। दिन को बच्चे और औरतें कृष्ण को झूला-झुलाती रहीं। दोपहर को कीर्तन हुआ। रोमा देवी कृष्ण की लीला गाती रहीं, आनंद प्रकाश मन्दिर की छत पर टहलते रहे और रोमा देवी की आवाज़ सुनते रहे। दोपहर को मन्दिर में मर्दों को आने की इजाज़त न थी। लेकिन गाँव के सब मर्द-औरतें मन्दिर में जमा हो गए। क़रीब-क़रीब हर आदमी ने व्रत रखा था और बच्चों के मज़े थे। सुबह से फल खा रहे थे और जो मिठाइयाँ व्रत के लिए घरों में बनी थीं, उन्हें छुपा-छुपाकर चख रहे थे। अब पंडित राधेश्याम जी का कीर्तन सुनने के लिए बच्चे भी चुपचाप बैठे थे।

सबकी नज़रें सीढ़ियों पर जमी हुई थीं। राधेश्याम जी का कमरा छत पर था। किसी को उनके कमरे में जाने की आज्ञा न थी। वे लोग जो भक्ति रस में डूबे हुए थे, जिन्होंने मोह-माया को त्याग दिया था वही उनके दर्शन कर सकते थे।

अचानक खड़ाऊँ की आवाज़ सुनाई दी। धीरे-धीरे सब लोग उठ खड़े हुए। राधेश्याम जी भीड़ को पार कर स्टेज पर आ गए। उन्होंने कृष्ण भगवान की मूर्ति को साष्टांग प्रणाम किया। फिर स्टेज पर विराजमान हो गए। बड़ी देर तक

वे आँखें मूँदे रहे, उनका चेहरा बड़ा सुन्दर था। अच्छी तन्दरुस्ती, लम्बे-लम्बे बाल, होंठों पर मुस्कराहट खिंची हुई, आवाज़ जैसे दिल पिघल रहा हो, बातें जैसे ज़ख़्मों पर आँख पड़ रही हो और नज़र जैसे सुबह की धूप तप रही हो।

वे धीरे-धीरे बोलने लगे।

"आज बड़ा शुभ दिन है। इसी दिन भगवान कृष्ण का जन्म हुआ था। सब भक्त जन जानते हैं कि कृष्ण के कई रूप हैं। कृष्ण जिन्होंने अर्जुन को विराट रूप दिखाया। जिन्होंने कुरुक्षेत्र की लड़ाई का पाप-पुण्य अपने सिर पर लिया, गीता की रचना की और कृष्ण जो गोकुल की गलियों में रासलीला रचाते रहे।"

"आज मैं चाहता हूँ कि कोई झूठ न बोलूँ। राधा और कृष्ण का प्रेम अमर था। हम लोग संसार छोड़ देते हैं। कभी धार्मिक पुस्तकों और कभी जंगलों में निर्वाण प्राप्त करने के लिए भटकते हैं। हम लोग पाप करते हैं। वह आदमी जो गृहस्थ आश्रम में प्रवेश करता है, अपनी धर्मपत्नी का मान करता है और अपने बच्चों को पालता है तथा उसके लिए रात-दिन मेहनत करता है—वह किसी भगवान कृष्ण से कम नहीं है।"

राधेश्याम जी थोड़ी देर के लिए ख़ामोश हो गए। जैसे दर्द सह न पा रहे हों। फिर बोले,

"मैं आज सब कुछ कहना नहीं चाहता। आज हम भगवान कृष्ण के गुण गाएँगे। रासलीला का ज़िक्र करेंगे। राधा और कृष्ण, कृष्ण और राधा के प्रेम की महान गाथा गाएँगे।"

इसके बाद वे अपनी सुरीली आवाज़ में गाने लगे। आवाज़ जैसे घाटियों में गुज़र रही हो। आवाज़ जैसे पहाड़ों की चोटियों पर हवा के साथ-साथ बह रही हो। फिर सब लोग उनकी आवाज़ में आवाज़ मिलाने लगे।

रात भी गई, व्रत खोलने का समय हो गया। राधेश्याम जी धीरे से उठकर पीछे भीड़ को छोड़ते हुए छत पर अपने कमरे में चले गए। अब चारों ओर ख़ामोशी थी। वह खिड़की से बाहर आसमान को देखे जा रहे थे। नींद नहीं आ रही थी, शरीर थक चुका था और मस्तिष्क में कई प्रश्न रह-रहकर उभर रहे थे। जैसे गहरी झील में पानी गदगदा रहा हो। उन्हें रोमा देवी की आवाज़ सुनाई दी।

"आहार नहीं करेंगे क्या?"

उन्होंने बग़ैर देखे हुए जवाब दिया—वे आवाज़ पहचानते थे,

"भूख मर गई है।"

"न खाने से तबीयत ख़राब हुई तो?"

"चित्त भी शान्त नहीं है।"

"व्रत से तो चित्त शान्त रहना चाहिए।"

"इसके लिए विश्वास बहुत ज़रूरी है।"

"और आपका विश्वास नहीं रहा।"

"नहीं।"

"व्रत रखा क्यों था?"

"निभाने के लिए।"

"सिर्फ़ इसलिए?"

"शायद घबराहट के मारे भी।"

"यह झूठ हुआ न?"

"हाँ, झूठ।"

फिर अचानक ख़ामोश हो गए। अब रोमा देवी की आवाज़ और नरम हो गई और इसरार करने लगीं,

"व्रत खोल लीजिए, सुबह से कुछ खाया-पिया नहीं।"

राधेश्याम जी कुछ न बोल सके, रोमा देवी बोलीं,

"मैं थोड़ा-सा नीबू का पानी लाती हूँ।"

रोमा देवी नीचे चली गईं और राधेश्याम फिर ख़यालों में डूब गए। थोड़ी देर के बाद रोमा देवी पानी लेकर आईं।

राधेश्याम जी ने प्रश्न किया,

"आनंद प्रकाश को जानती हो?"

"नाम तो सुना है।"

"सिर्फ़ नाम सुना है?"

"देखा भी है।"

"वह मेरे पास आए थे।"

"अच्छा।"

"पूछा नहीं क्यों आए थे?"

"क्यों आए थे आपके पास?"

"उन्होंने मुझे तुम्हारे लिए एक सन्देश दिया है।"

"आप ये बातें आज क्यों कर रहे हैं?"

"शायद फिर समय न मिले।"

"कहीं जा रहे हैं?"

"हाँ।"

"यह गाँव पसन्द नहीं आया?"

"यह गाँव बहुत सुन्दर है।"

"हम लोग सेवा नहीं कर सके?"

"तुमने पूछा नहीं सन्देश क्या है?"

"क्या सन्देश है?"

"वे कहते थे कि वे तुम्हारे बग़ैर ज़िन्दा नहीं रह सकते।"

"मैं चलती हूँ।"

वह दरवाज़े तक चली गई।

"लेकिन आप आहार ज़रूर करेंगे," रोमा देवी चली गईं।

आनंद प्रकाश ने जो घर किराए पर लिया था वह दरिया के किनारे था। घर से बाहर निकलते ही नज़र दरिया को बहते हुए देख सकती थी।

दरिया के पास खुली जगह थी और उसके पीछे बाग़ थे। दरिया के बीचोबीच काली-काली चट्टानें थीं। चट्टानों की सतह दरिया की वजह से बराबर तथा सीधी थी।

वे लोग जो प्रतिदिन रोमा देवी को स्कूल जाते देखते थे—इन्तज़ार करते रहे। कुछ ऐसे लोग भी थे जो उनको देखने की ख़ातिर दूर से चलकर आया करते थे और उनके पीछे-पीछे फ़ासले से देखते रहते थे, जब तक रोमा देवी स्कूल में प्रवेश न कर जातीं।

ज़िक्र वहाँ से शुरू हुआ था। वह एक नज़र का लुत्फ़ जो मिला था, आज न मिला था। इसके बाद निराशा का एक पल बीता और इसके बाद शंका की नौबत आई। अब वे उनके घर की तरफ़ बढ़ने लगे तो यह बात फैल चुकी थी कि रोमा देवी आनंद प्रकाश के घर रवाना हो चुकी हैं।

रोमा देवी जब घर में दाख़िल हुईं तो आनंद प्रकाश उपस्थित न थे। वे पल भर रुकीं, कमरे की सादगी देखकर उनकी दिलचस्पी थोड़ी-सी बढ़ी। किताबों के अलावा कमरे में कुछ न था। संस्कृत की बहुत-सी किताबें कालिदास के अनुमानतः सभी नाटक, भास के नाटक, इनके अतिरिक्त दुनिया भर के शास्त्र मौजूद थे। फ़र्श पर केवल चटाई बिछी थी और एक किताब

खुली पड़ी थी। जब वे बाहर आईं और घर की ऊँचाई से दरिया की तरफ़ देखा तो संस्कृत के श्लोक की गुनगुनाहट सुनाई दी। रोमा देवी की नज़रें आवाज़ की तरफ़ गईं। आवाज़ की लहरें दरिया की सतह पर तैरती रहीं और रोमा देवी की नज़र से आँख-मिचौली करती रहीं। रोमा देवी के लिए यह सब्र की परीक्षा का क्षण था और फिर उनकी दृष्टि ठहर गई। आनंद प्रकाश एक चट्टान पर लेटे थे। सर्दियों की धूप थी, बेचैन-सी हवा थी और उनका एक पाँव पानी में था।

रोमा देवी धीरे-धीरे उनकी तरफ़ चलने लगीं। श्लोक कुमारसंभवम् का था। कालिदास ने पार्वती की सुन्दरता का वर्णन किया था। नख-शिख को बहुत ही सजीव और सुन्दरता के साथ पेश किया था।

"सुनिए," रोमा देवी ने कहा।

आनंद प्रकाश की आवाज़ की कमन्द टूट गई। नज़र आसमान से भटकते हुए रोमा देवी पर ठहर गई। वे उठ बैठे।

बहुत से लोग घाटी पर जमा हो रहे थे। कुछ लोग बाग़ों और खेतों से निकलकर दरिया के दूसरे किनारे पर जमा हो रहे थे। रास्ता चलते हुए लोग भी ठहर गए थे। जिसने रोमा देवी का नाम सुना था वह चलना भूल गया।

"मैं एक विनती करती हूँ।"

"आज्ञा दीजिए।"

"मैं नहीं जानती कि यह आपका क़ुसूर है, लेकिन जबसे आप गाँव में आए हैं, मैं बहुत परेशान हूँ।"

"मैं चला जाऊँ यहाँ से?"

"हाँ।"

"यह आपकी आज्ञा है?"

"आज्ञा नहीं प्रार्थना है।"

"लेकिन मैं जाना नहीं चाहता।"

"मतलब है—आप जानबूझकर मुझे परेशान कर रहे हैं।"

"परेशानी से आपका क्या मतलब है? मुझे पता नहीं।"

"जब से आप आए हैं मेरा चित्त शान्त नहीं रहता।"

"क्यों? इसका क्या कारण है?"

"लोग मुझे अजीब नज़रों से देखते हैं, जैसे मैं कोई पाप कर रही हूँ।"

"सिर्फ़ इसलिए कि मैं इस गाँव में आ गया हूँ?"

"हाँ।"

"ऐसा क्यों है?"

"मुझे मालूम नहीं।"

"आप मेरे पास क्यों आई हैं?"

"लोग समझते हैं..."

"क्या समझते हैं?"

"मुझे मालूम नहीं था—आप मुझसे इस तरह बहस करेंगे।"

"मुझे भी यह आशा नहीं थी कि आप मुझे इतनी सख़्त सज़ा देंगी।"

"आप जो सोचते हैं वह सम्भव नहीं है।"

"मैं क्या सोचता हूँ?"

"बनते क्यों हैं आप?"

"मैं आपसे कहलवाना चाहता हूँ।"

"मैं सिर्फ़ इतना ही कह सकती हूँ कि यह सम्भव नहीं है।"

"मैंने कब कहा है कि यह सम्भव है?"

"तो आप फिर यहाँ से चले क्यों नहीं जाते?"

"कहाँ चला जाऊँ?"

"कहीं भी...लेकिन..."

"एक बात बताऊँ...?"

"कहिए।"

"रोमा देवी दुनिया में केवल मैं एक आदमी हूँ, जो हक़दार है। जिस सच्चाई, जिस लगन, जिस दयानतदारी और जिस विश्वास से मैं आपको चाहता हूँ कोई नहीं चाह सकता। कोई दावा कर दे, कोई मेरे प्यार को चुनौती दे दे, कोई मेरी लगन, मेरी सच्चाई को चुनौती दे दे। इस गाँव को तो क्या दुनिया को त्याग दूँ।"

रोमा देवी को लेशमात्र भी आशा न थी कि वह आदमी जिसने कभी बात न की थी—इस तरह लावे की तरह फूट पड़ेगा। वह वापस लौट गईं—जाते समय आवाज़ की लहरें पुनः वातावरण में छा गईं।

"रोमा देवी यह दरिया बहता रहेगा और तो और इन चट्टानों की उम्र भी सदियों से कम नहीं है। सिर्फ़ हमारा ज़िक्र न होगा।"

रोमा देवी घर की तरफ़ चली गईं। उन्हें इसका भान तक न हुआ कि हज़ारों निगाहें उन पर टिकी हुई हैं।

समय कैसे बीतता है, धूप कैसे कमरे में सिमट आती है, शाम के साए कैसे बढ़ते हैं? ...रोमा देवी बिलकुल बेख़बर थीं।

कहीं उन्हें यह एहसास होता कि आनंद प्रकाश की आवाज़ हीरे-मोतियों की तरह कमरे में दमक रही है। आवाज़ धूप भी...आवाज़ बारिश भी... आवाज़ ज़िन्दगी का एहसास भी है। आवाज़ की सुबह में गिरफ़्तार रोमा देवी यूँ गुमसुम बैठी रहीं। कभी उन्हें ऐसा भी लगा कि आनंद प्रकाश कालिदास के रूप में उनका एक-एक अंग देख रहे हैं और बयान कर रहे हैं। पार्वती का रूप उनका अपना रूप है।

कुछ क्षण ऐसे व्यतीत हुए कि जैसे वे मोर के पंखों के तकिये पर सिर रखे हैं और फ़ज़ाओं में से गुज़र रही हैं। उनके सुन्दर-सुन्दर केश उड़ रहे हैं और उड़-उड़कर प्रेम की इबारत को लिख रहे हैं तथा आनंद प्रकाश की आवाज़ उनको सुला रही है।

जब वे स्वप्न से चौंक कर उठीं तो शाम हो चुकी थी। एक मन्दिर से आरती की आवाज़ आ रही थी। मन्दिर की घंटी बज रही थी जैसे रोमा देवी को सहारा मिल गया था। वह फ़ौरन उठ खड़ी हुईं। मुँह धोकर साड़ी बदली और मन्दिर की तरफ़ चल दीं। बड़े ध्यान और लगन से उन्होंने भजन गाया। एक-एक शब्द पर उनके आँसू ढलक रहे थे।

सरफ़राज़ ख़ान की शादी की तिथि क़रीब आ रही थी। सरफ़राज़ के पिता उस इलाक़े के मशहूर जागीरदार थे। कई दिनों से उनके यहाँ गाने-बजाने की महफ़िल जमी थी। इलाक़े की तमाम गाने वालियाँ और मिरासी हज़ारों रुपयों के इनाम हासिल कर चुके थे।

आनंद प्रकाश सरफ़राज़ के गुरु भाई थे। दोनों की गहरी मित्रता थी। सरफ़राज़ को आनंद प्रकाश के प्रेम बंधन का पता था। जब रावलपिंडी से एक मशहूर गाने वाली को बुलाया गया तो सरफ़राज़ ख़ुद अपनी घोड़ी पर सवार सुबह-सवेरे आनंद प्रकाश को बुलाने के लिए चला आया। आनंद प्रकाश जाना नहीं चाहते थे लेकिन दोस्ती का तक़ाज़ा था और वह दोस्त जो उन्हें बहुत प्रिय था। उन्हें फ़ौरन तैयार होना पड़ा। सरफ़राज़ ने अपनी सफ़ेद घोड़ी उनके हवाले की और ख़ुद अपने पिता की भूरी घोड़ी पर,

जिसे नौकर साथ लाया था सवार हो गया। दोनों खेतों के बीच से उड़ते हुए जा रहे थे।

सरफ़राज़ की शादी का जश्न किसी शहज़ादे की तरह मनाया जा रहा था। दिन भर उस इलाक़े में मशहूर बासमती चावल पकते रहे। दिन भर मेहमानों का ताँता बँधा रहता। ग़रीब लोगों ने वहाँ डेरा डाल रखा था और निहाल हो रहे थे। मेहमान सरफ़राज़ के सिर से चाँदी के रुपए वार रहे थे। गाने वाली रुपए समेट-समेट कर बेहाल हो रही थी।

दो-तीन रातें तो आँख झपकाते-झपकाते बीत गईं। आनंद प्रकाश की ख़ातिरदारी के लिए छह-छह नौकर थे। ख़ुद सरफ़राज़ के पिता ख़ान बहादुर दिलावर ख़ान कई बार उनसे पूछने आए। सरफ़राज़ उन्हें अपने से अलग न करता। रात भर जागते, दिन भर सोते और शाम को अपनी-अपनी घोड़ी पर सवार होकर सैर को निकलते।

एक शाम को झरने के किनारे दोनों बैठे थे। गाँव की कोई लड़की 'माहिया' गा रही थी। उसकी आवाज़ पहाड़ों की चोटियों को छूकर, घाटियों से सुन्दरी के दुपट्टे की तरह तैरकर झरने के क़रीब-क़रीब आ रही थी। सरफ़राज़ ने उनसे कहा कि आहें भरने से कोई फ़ायदा नहीं। यदि वे चाहें तो वह रोमा देवी को पलक झपकते उठा लाएगा। और कोई चूँ तक नहीं कर सकता। दिलावर ख़ान के इलाक़े में रहकर अगर वह नाख़ुश हैं तो सरफ़राज़ की दोस्ती से क्या फ़ायदा?

आनंद प्रकाश मुस्करा दिए। वे अपना प्रेम रोमा देवी पर लाद नहीं सकते। उनके बस में केवल इतना ही है कि वे उन्हें चाहते रहें।

वह रात चाँदनी की रात थी और महफ़िल गरम थी। दिलरुबा हफ़ीज़ जालंधरी की मशहूर नज़्म—'अभी तो मैं जवान हूँ' गा रही थी। आनंद प्रकाश मौक़ा मिलते ही उठ खड़े हुए और घोड़ी पर सवार अपने गाँव में वापस चले आए।

रात का पहला पहर था। सर्दी से कँपकँपाहट हो रही थी। गली-कूचे सुनसान थे। दवा के लिए अपनी बेक़रारी के सहारे सुनसान गलियों में भटकते रहे। जब वे रोमा देवी के घर तक आए रोशनी जल रही थी।

दूसरी सुबह जब रोमा देवी राधेश्याम के कमरे में दाख़िल हुईं तो उनकी आँखें सूजी हुई थीं। दिल भर आता था और आँखें छलक उठती थीं। पिछली उम्र की सारी बेचैनी ख़ून के साथ बह-बह रही थी। उम्र का प्रत्येक वर्ष तपे

हुए लोहे के समान था। नीचे हमेशा की तरह कीर्तन हो रहा था और रोमा देवी फूट-फूट कर रो रही थीं।

"मुझे बचा लीजिए भगवान।"

राधेश्याम उसको देख रहे थे।

"पहले भी जब मुझ पर विपदा पड़ी थी तो आपने बचाया था।"

..."जाने बचाया था या डुबाया था।"

"आप ऐसी बातें क्यों करते हैं मुझसे? क्या भूल हुई है मुझसे? बिना समझे-बूझे यदि कोई भूल हुई हो तो क्षमा कर दीजिए।"

और वह उनके पैरों में लोट गई।

"अपने आपको सँभालो रोमा।"

राधेश्याम ने उन्हें सहारा दिया।

"मैं कहाँ जाऊँ? मुझे कौन है रास्ता दिखाने वाला? मेरा आपके सिवा और कोई सहारा नहीं। जब से आपने मुझे ज्ञान की भिक्षा दी है मैं पुरानी बातें भूल बैठी थी। भगवान की महिमा गा-गा कर चित्त शान्त हो गया था।

"अब फिर से घोर समंदर में आ गइ हूँ। मुझे बचा लीजिए।"

रोमा देवी को महसूस हो रहा था कि अब वह पुनः भूतकाल में लौट गई हैं। भगवान की महिमा गाने में वे दुनिया से बेख़बर थीं। उन्हें ऐसा लग रहा था कि उनके विश्वासों को नींद आ गई हो। वे दिन जब वे तड़पा करती थीं, रो-रोकर निढाल हुआ करती थीं। शाम को बेक़रार-सी, सुबह को थकी हुई, रात को दिल को हज़ार दास्तानें सुनाया करती थीं। सुबह-शाम, हवा, पहाड़ों का सिलसिला और दरिया की रवानी उनके विश्वासों के अनुकूल जीते थे। वह किसी अल्हड़ लड़की की तरह कूदा-फाँदा करती थीं और जिसके हुस्न का क़िस्सा स्वयं फूल सुनाया करते थे।

रोमा देवी के पिता एक तहसीलदार थे। रोमा उनकी इकलौती लड़की थीं। पिता पुत्री पर अपना दिलोजान निछावर करते थे। बचपन में उन्हें अपनी घोड़ी पर साथ दौरे पर ले जाया करते थे। नौकर-चाकर सिर झुकाए एक-एक हुक्म मानते थे। स्वयं तहसीलदार साहब रोमा देवी का नाज़ उठाते थे। उन्होंने उनको अच्छी शिक्षा-दीक्षा दी। दो-दो मास्टर रखे थे।

तहसीलदार साहब बहुत दिनों तक ज़िन्दा रहे। वे बेहद शराब पीते थे और बेहद काम करते थे। रोमा जवान हुई तो अपने बाप को खो बैठी। जहान

भर की दौलत थी और बाप की बुद्धि विरासत में मिली थी। थोड़े ही दिनों के बाद उसे उसके मामा एबटाबाद ले गए। उसकी बुद्धि प्रखर देखकर उसे अच्छी तालीम दिलवाई।

उस इलाक़े में तालीम का रिवाज न था। लड़के मुश्किल से आठ या दस दर्जे तक पढ़ लेते थे। लड़कियाँ क़ायदा पढ़तीं और उसके साथ ही ब्याह दी जातीं। गिने-चुने रईस, ख़ानबहादुरों और ठेकेदारों के लड़के कॉलेज में पहुँच पाते।

रोमा बी.ए. पास करके वापस अपने गाँव में आ गई। गाँव में आकर उसने स्वयं अपनी जागीर का काम सँभाल लिया।

एक चौधरी जो अपने बेटे को दिखाने के लिए आए और जिन्हें देखकर रोमा ख़ूब हँसी थी। परिणामस्वरूप बाप-बेटा उलटे पाँव भाग गए थे।

जब एक ठेकेदार ने अपने बेटे से ज़िक्र किया तो दोनों अपनी पुरानी फोर्ड पर सवार रोमा को देखने आए। लड़का अच्छा था, रईस था, शौक़ीन था। रोमा की सुन्दरता और हुस्न को देखकर पागल हो गया। बात मुँह से न निकली और वापस लौटकर शराब का सहारा लिया। बाग़ों, गलियों-कूचों में रोमा का नाम लिया करता था। 'माहिया' गाता था और शराब पीता था लेकिन उसकी हिम्मत न होती कि वह रोमा का सामना करता।

दिन गुज़रते गए। समय दरिया की तरह बहता गया। रोमा स्थानीय कन्या पाठशाला में पढ़ाने लगी। उसे देखने के लिए लोग दूर-दूर से आते थे। एक नज़र से दिल की आग को बुझाने का प्रयास करते थे। जितनी उसकी शोहरत बढ़ती गई रोमा उतनी ही अपने में सिमटती गई। वह अपने ही हुस्न की शिकार, अपनी ही बुद्धिमत्ता से मायूसी के अँधेरे बुनती रही। उसे कोई उम्मीद न थी कि यह दीवार किसी के गिराने से गिरेगी। और वक़्त दरिया की तरह बहता गया—रोमा देवी एक औरत से एक परम्परा बन गईं।

एक दिन उसके मामा उसके लिए रिश्ता लाए। उन्हें डर था कि कहीं लड़का इनकार न कर दे। ख़ुद रोमा ने शादी से इनकार कर दिया।

उन्हीं दिनों पंडित राधेश्याम का ज़िक्र छिड़ा। रोमा उनके क़दमों में गिर पड़ी।

"मुझे बचा लीजिए भगवान," और वह फूट-फूटकर रो रही थी।

राधेश्याम की आँखों में तेज़ था, आवाज़ में मिठास थी और बेपनाह यक़ीन था। उन्होंने कहा,

"रो मत।"

"भगवान के चरणों में जाओ, उनकी महिमा गाओ। वही सच्चा प्रेम है। बाक़ी सब माया है। झूठ है।"

और फिर कुछ दिनों में ही रोमा देवी के एहसासात सो गए। वह तड़पना भी भूल गई थीं। सुबह व शाम कीर्तन, व्रत, मंतर, जाप करतीं और इस प्रकार मन को शान्त पाकर भगवान का गुणगान करतीं।

अब राधेश्याम रोमा देवी से कह रहे थे,

"जब तुम पहली बार आई थीं तो मैंने सोचा था कि मैं एक देवता हूँ। आह कितना बड़ा ग़रूर, कितना बड़ा धोखा था। मैंने सोचा था कि मैं संसार में रहकर संसार को भूल गया हूँ। हाँ, कुछ देर के लिए, थोड़े समय के लिए मैं थक गया था। तुम्हारी ही तरह मैं नाकाम रहा। जिस प्यार और लगन से मैंने किसी को चाहा मुझे उतनी ही निराशा और नाकामी मिली। मैं अपना घर-बार छोड़कर दर-ब-दर भटकता रहा। गाँव-गाँव घूमता रहा। अपनी आवाज़ बढ़ाता रहा, एहसासात मिटाता रहा। किसी बनजारे की तरह दिल की सारी दौलत बेचकर भगवान की आराधना में लीन हो गया। मुझे बड़ी शान्ति मिली भगवान के चरणों में, बड़ा सुख मिला। मेरी साधना मेरे काम भी आई और उस दिन जब तुम मेरे पास आईं तो मैंने तुम्हें बताया कि यही एक रास्ता है। सुख का, शान्ति का, दमन करो, अपनी इच्छाएँ कुचल दो। अपनी आशाएँ पामाल कर दो, हर जज़्बा अलग कर दो। यह दुनिया...। और आज मैं सोचता हूँ कि दुनिया इतनी बुरी है तो भगवान ने बनाई क्यों है? यदि प्यार करना पाप है तो भगवान ने दिल क्यों बनाया है? और आज मैं महसूस करता हूँ कि दुनिया से मुँह मोड़ना गुनाह है। ज़िन्दगी से प्यार न करना पाप है, आशाओं का दमन करना बुज़दिली है। ज़िन्दगी से भाग जाना कायरता है। रोमा! तुमने भी यही ग़लती की कि मुझे देवता समझा। और मुझे ख़ुशी है कि भगवान ने मुझे इतनी हिम्मत, इतना हौसला दिया है कि अपनी मूर्ति मैं स्वयं तोड़ सकूँ। ज़िन्दगी को हर हाल में प्यार करो, माँ बनो, बहन बनो, किसी को चाहो। ये रिश्ते और यह बन्धन ही ज़िन्दगी है। ज़िन्दगी के बहाव को न रोको।"

रोमा ने झुककर पंडित राधेश्याम जी को प्रणाम किया। उनके पाँवों की धूल को आँखों से लगाया और धीरे-धीरे बाहर निकल गईं।

दूसरी शाम को राधेश्याम जी गाँव से जा रहे थे। उन्होंने सीधे-सादे, एक

साधारण गृहस्थ के कपड़े पहन लिए थे। सारा गाँव उदास था, वे उनकी कमी न भूल सकते थे। जब वे सवारी से जा रहे थे तो रोमा देवी भीड़ में से आगे बढ़ीं और उनके पाँवों को छुआ। सवारी आगे निकल गई और रोमा देवी धीरे-धीरे आनंद प्रकाश की ओर जाने लगीं, जो दूर एक पेड़ के सहारे खड़े होकर उनका इन्तज़ार कर रहे थे। उस वक़्त मन्दिर की घंटियाँ बज रही थीं।

डेफ्युडल्ज़

सुबह की देवी ने रात के अँधेरों को काटने के लिए रोशनी का एक घुंघरू फेंका। वह अँधेरे की तहों में खोकर रह गया। एक घुंघरू पूरब के माथे से और फैला। एक और—अँधेरे कसमसाए, उलझे—घुँघरुओं की एक ज़ंजीर सी बँध गई। अँधेरे कट गए और सुबह ने अपनी मेहँदी-सी लाल हथेली पूरब के माथे पर रख दी।

इसके साथ ही ज़िन्दगी की चहल-पहल शुरू हो गई। इमारतों ने अँगड़ाई ली। सड़कों के सीने आवाज़ से धड़कने लगे। गुजराती दुकानदार अपनी दुकान के सामने सजदा करने लगा। वे लोग जो रात भर फुटपाथ पर पड़े रहे थे, उन्होंने अपने मुँह का कसैला पानी थूका। नलके से हाथ-मुँह धोकर होटलों की तरफ़ बढ़ने लगे। कई फ़क़ीर जिनकी आँखों में नींद का नशा अब भी झलक रहा था अपने चीथड़ों को झटककर भगवान का नाम लेकर दामन पसारने लगे।

मीरू अपनी आदत के अनुसार सड़क पर छलाँग लगा रही थी। न सिर्फ़ वह अपनी चीख़ती आवाज़ में गा रही थी, बल्कि केटी को भी सता रही थी। केटी क्लास की मैडम के हुक्म के अनुसार राबर्ट हैरक की कविता याद कर रही थी। उसे विश्वास था मीरू हमेशा की तरह अपना सबक़ नहीं सुनाएगी। मैडम उसको हुक्म देगी कि वह क्लास की तरफ़ पीठ करके एक कोने में खड़ी हो जाए। मीरू चुपचाप शरीफ़ज़ादियों की तरह हुक्म मानेगी। आधा घंटा दीवार की तरफ़ देखती रहेगी। और जब क्लास मैडम को उस पर दया आएगी तो वह भोली और मिस्कीन सूरत बनाए अपनी सीट पर बैठ जाएगी। फिर कुछ पलों बाद वहीं हंगामा शुरू कर देगी।

केटी बड़ी गम्भीरता से कविता याद कर रही थी।

"डेफ्युडल्ज़ के हसीन फूलो! हम यह देखकर मातम करते हैं कि तुम दोपहर होने से पहले ही मुरझा जाते हो।"

केटी अपने सबक़ के साथ आगे बढ़ रही थी कि मीरू चिल्लाई,

"केटी इधर देखो।"

"मुझे तंग मत करो," केटी गुर्राई।

मीरू ने झटके के साथ उसका फ्रॉक पकड़ा। उसके कंधे को झिंझोड़कर सड़क के बीच इशारा करते हुए बोली,

"वह आदमी मरा पड़ा है।"

केटी का चेहरा एकदम से पीला पड़ गया। उसके होंठ किसी भय से थर्राए और कवि की पंक्तियाँ उसके मासूम होंठों पर काँप-काँप गईं।

"डेफ्युडल्ज़ के हसीन फूलो।"

केटी डरी हुई थी। उसने मीरू का शाना पकड़ा हुआ था। मीरू उत्साह से आगे बढ़ी। वह शायद जानना चाहती थी कि मौत कैसी होती है। आदमी की साँस उड़ान भरती है तो वह क्या करता है। वह इन घटनाओं को क़िस्सों के वस्त्र पहनाएगी। और दिन भर सहेलियों को यह क़िस्सा पूरे मज़े के साथ सुना एगी। वह दो क़दम आगे बढ़ी और अचानक चिल्लाई।

"अरे, यह हिलता है।"

मीरू उसके क़रीब हो गई और थोड़ी देर मं देखा कि वह लाश हिल रही थी। वह लाश ही थी। उसके शरीर पर चीथड़े लिपटे हुए थे। एक कमज़ोर और दुबला शरीर। हड्डियाँ फटे हुए कपड़े में गिनी जा सकती थीं। और मीरू बोल उठी,

"वह ज़िन्दा है।"

अब वे दोनों उसके क़रीब हो गई थीं। वह फ़क़ीर सड़क के बीच में पड़ा था। कई मोटरें गुर्राती-चीख़ती पास से गुज़रीं। वह दोनों डरी हुई खड़ी थीं कि कहीं वह बदनसीब किसी गाड़ी के नीचे न दब जाए। उन्होंने इधर-उधर मदद के लिए देखा और एक-दो आदमियों को इशारा किया। वे दोनों ख़ुद सहारा देकर उसे फुटपाथ पर ले गईं। वे दोनों आदमी उसे छोड़कर अपने रास्ते हो लिए। कैटी और मीरू भी खड़ी थीं। उनके मासूम दिल दया से पिघल चुके थे। इन दोनों ने एक-दूसरे को आँखों-आँखों में देखा और अपनी जेबें टटोलकर एक-एक चवन्नी उस बेहाल फ़क़ीर की हथेली पर रख दी।

ज्यों ही फ़क़ीर को सिक्कों का एहसास हुआ, उसने अपनी गँदली, धुँधली और पीली आँखें खोलने की कोशिश की। उसके सारे शरीर में रक्त की गति तेज़ हो गई। सिक्कों ने इंजेक्शन का काम किया। वह कमज़ोरी जो वह थोड़ी देर पहले महसूस कर रहा था—बेहोशी की नींद, जो मौत की नींद में बदल रही थी—कम होने लगी। अगर ये सिक्के आज उसे नसीब न होते तो वह कभी होश में न आता। उसकी लाश फुटपाथ पर, किसी ऊँची इमारत के साए में या कमेटी के बड़े मैदान में पड़ी सड़ती रहती, और फिर शहर की सफ़ाई की ख़ातिर म्यूनिसिपल की गाड़ी आती और उसे ज़िन्दगी से परे ले जाती।

बूढ़े फ़क़ीर ने अपनी आधी खुली आँखों से इन दोनों फ़रिश्तों को देखा जो अभी आकाश से उतरे थे। फ़रिश्तों की तस्वीरें धुँधली थीं। इंसान इनकी क़दर करने से हमेशा चूक जाते हैं। फ़क़ीर ने अपने चीथड़ों को समेटा। पूरी ताक़त से उठा और होटल की तरफ़ लपका।

जब वह एक के बाद एक दो-तीन डबल रोटियाँ चाय के साथ निगल गया तो ज़िन्दगी पर से वह मोटी चादर जो थोड़ी देर पहले पड़ी थी हटने लगी। थोड़ी देर के लिए जीवन की सारी समस्याएँ फीकी और बेमतलब हो गईं। वह उठा। उसने अपने सारे चीथड़े समेटे और अस्थायी शान्ति के लिए मैदान के बीच में धूप का मज़ा लेने के लिए घास पर लेट गया। कई कुत्ते उसके पास दुम हिलाते रहे, उसका डिब्बा चाटते रहे, उसके चीथड़ों पर पंजा मारते रहे मगर फ़क़ीर सन्तुष्ट था, ख़ुश था। उस पर रोटी का नशा सवार था। यह नशा जो शराब के नशे से ज़्यादा होता है, जो न सिर्फ़ लहर देता है बल्कि एक संतोष, आराम और ताज़गी भी देता है। घास का बिस्तर नरम था और गरम किरणों ने उसमें बिस्तर की गर्मी समो दी थी। थोड़ी ही देर में उसकी आँख झपक गई, लेकिन वह एकदम से चौंका—उठ खड़ा हुआ—ख़ुशी से वह पागल हो रहा था। उसके होंठों पर एक अजीब-सी मुस्कराहट थी। एक बड़ी चालाक और चतुर मुस्कराहट। सोते में फ़रिश्ते शायद उसे कोई गुर सिखा गए थे।

सबसे पहला प्रयोग उसने फाउंटन के बड़े चौक पर किया। शाम का समय था। सड़कों पर क्लर्कों और ताजिरों की भीड़ थी। लोग घूमने के लिए भी बाहर निकल रहे थे। बसों और गाड़ियों की संख्या भी बढ़ चुकी थी। हर एक अपने चक्कर में था। इधर-उधर भागमभाग मची हुई थी। किसी को गाड़ी

पकड़नी थी, कोई बस की लाइन में जल्दी पहुँचना चाहता था। एक मिनट में बस की लाइन में एक दर्जन आदमी बढ़ जाने का अनुमान था। बूढ़े फ़क़ीर ने चारों ओर नज़र दौड़ाई। उसे यह जगह पसन्द आई। लोग भी काफ़ी थे। उसके चेहरे पर संतोष था। वह उठा और सड़क पार करने लगा। जब सड़क के बीच में पहुँचा तो अपने आप में एक कंपन पैदा कर ली। कई कारों की चीख़ें निकल गईं। कई कारें वहाँ रुक गईं और एक मिनट में कई कारों की लाइन लग गई। लोगों ने मुड़कर इस लाश की तरफ़ देखा। लेकिन हर कोई जल्दी में था। अफ़सर क़िस्म के लोग तो ध्यान ही नहीं दे सकते थे। यह उनकी शान के ख़िलाफ़ था। क्लर्क लोग अपनी गाड़ियों और बसों की फ़िक्र में थे। कई सज्जन प्रेम करने में व्यस्त थे। घर में अक्सर उन्हें ऐसा 'तराना' सुनाई देता था कि उनके दिमाग़ बजते थे। बच्चों का शोर, बीवी की फ़रमाइशें और शिकायतें, माँ-बाप की डाँट-डपट। वे चोरी-छिपे इश्क़ करते थे। ख़ुश होते थे। वे अपनी महबूबा को चाय पिलाने ले जा रहे थे। एक-दूसरे की तरफ़ देखकर मुस्करा रहे थे और फ़क़ीर को इस हालत में देखकर बड़े दुख से कह रहे थे,

"दोस्त बड़े ग़लत समय में जान दे रहे हो। इस समय हम जल्दी में हैं। काश तुम रविवार को दो बजे मरते तो हम तुमको कंधा ज़रूर देते।"

थोड़ी देर में कारों ने रास्ते बदले और 'चीं-चां' करके इसके पास से गुज़रने लगीं। ज़िन्दगी का हंगामा इसी तरह चल रहा था। वह बूढ़ा इन्तज़ार कर रहा था। शायद उसे उठाने के लिए कोई आए। फिर सड़क के पार ले जाए और जब वह पेट बजाकर उन्हें बताए कि वह भूखा है इसलिए सड़क के बीच बेहोश हो गया था तो शायद उसकी हथेली पर कोई चवन्नी रख दे। लेकिन कोई भी उसके क़रीब नहीं गया। उसने अपने चीथड़े समेटे, डिब्बा उठाया और बड़ी आहिस्तगी से वापस लौटा। उसका सिर अब भी चोट की वजह से भिन्ना रहा था।

उसने इरादा कर लिया कि वह अब कभी इस चौक में नहीं गिरेगा। वह कुढ़ते हुए अपने शरीर को घसीटने लगा और जब वह मार्किट पहुँचा तो थक चुका था। उसने सोचा कि अगर उसने इतनी जल्दी प्रदर्शनी शुरू कर दी तो शायद दोबारा उठ नहीं पाएगा। वह सुस्ताने के लिए सड़क के किनारे बैठ गया।

लेकिन बूढ़े को यह इलाक़ा भी रास नहीं आया। व्यापारी लोग अपने खातों में व्यस्त थे। जब बाज़ार से गुज़रते, टैक्सियों में बैठते, बस की लाइन

में खड़े होते तो अपने कारोबार की बात करते। इतना अन्तर ज़रूर था कि दो-चार पॉलिश करने वाले लौंडे उसे सहारा देकर फुटपाथ पर छोड़ गए थे। लेकिन जब उसने दो-तीन बार अपना प्रयोग जारी रखा तो दो-तीन सिपाहियों ने उसे गालियाँ दीं। पास में सी.आई.डी. का दफ़्तर था। वे नहीं चाहते थे कि पुलिस की नज़रों के सामने कोई हंगामा हो इसलिए वह बूढ़े को धक्के मारकर दूर तक छोड़ आए।

थोड़ी देर तक तो बूढ़े को पछतावा रहा। उसने बेकार ही यह ढोंग रचाया। अगर नम्रता से वह लोगों से कुछ माँगता तो शायद उसे एक-आध सिक्का मिल जाता। सुबह से उसे कुछ न मिला था और भूख की डायन अपने पंजे तेज़ कर रही थी। दो-चार बार गिरने से उसके सिर पर गहरी चोट आई थी और वह सिर को अपनी कमज़ोर उँगलियों से बजा रहा था। उसकी चाल में कँपकँपाहट आ गई थी। थोड़ी देर के लिए उसने सोचा कि वह मदारी का खेल बन्द कर दे। लेकिन आने वाली रात बड़ी भयानक थी। बर्फ़ की तरह ठंडी रात। हवाओं में तीर की सी काटती और उस पर नंगा बदन और भूखा पेट। उसने भगवान की मदद के लिए आकाश की ओर हाथ उठाए और उसका नाम लेकर लोगों की आँखों में धूल झोंकने लगा। ऐसे काम के लिए भगवान से अच्छा और कोई सहारा नहीं।

इस बार चार आदमियों ने उसे दुल्हन की तरह उठाया। उसे सड़क के पार ले गए। और जब उसने पेट बजाकर अपनी भूख से सूचित किया तो एक शालीन सज्जन ने उसके हाथ में एक रुपए का नोट रख दिया।

यह चौराहा उसे रास आ गया था। यहाँ हर प्रकार के लोग आते थे। इसका सबसे बड़ा हुस्न यह था कि जो एक बार वहाँ से गुज़रता था वह कभी-कभार ही वहाँ दोबारा जाता था। सामने मेटरो सिनेमा था। लोग बड़े सुन्दर और आकर्षक कपड़ों में वहाँ आते और अपना दिल बहलाकर लौट जाते। औरतें अपनी सुन्दरता का जादू जगातीं और लौट जातीं। बूढ़ा दो-चार बार मदारी का खेल दिखाता और रात को फुटपाथ पर सो जाता। अब रात को उसे सर्दी बहुत कम लगती थी, क्योंकि उसका पेट भरा रहता था।

कभी-कभी धूप की तेज़ी में वह एक आने का साबुन लेकर फलोरा फाउंटन पर बैठ जाता और अपनी टाँगों से मैल की परतें उतारता रहता। कई गंदे कुत्ते अब उससे परिचित हो गए थे। वह अब डिब्बे में डबलरोटी के

टुकड़े बचाकर रखता। कुत्तों के आगे फेंकता और उनकी पीठ सहलाता रहता।

लेकिन वहाँ के दुकानदार, ईरानी होटल का मालिक और पॉलिश वाले छोकरे उसकी चाल को समझ चुके थे। ईरानी अपनी आँखें चुँधियाकर मुस्कराता और फारसी में गालियाँ देता। पॉलिश वाले छोकरे उस पर आवाज़ें कसते तो वह लपेटे हुए कंबल में मुँह छुपा लेता। जैसे वह सुन ही नहीं रहा हो। सब लोग उसकी मक्कारी पर, उसकी बेशर्मी पर, उसके पेशे पर लानत भेजते थे। कभी-कभी पॉलिश करने वाला छोकरा सीना तानकर सामने खड़ा हो जाता और उससे गर्व से कहता कि माँगने से तो वह मर जाता तो बेहतर था। अपनी मेहनत से खाने वाले फ़रिश्ते होते हैं लेकिन बूढ़े के कानों पर जूँ तक न रेंगती।

कई बार ऐसा भी होता कि लोग उसे सड़क पार ले जाते और जब वह अपनी भूख का इशारा करता तो वे सिक्का देने के बजाय एक मोटी-सी गाली देते। लेकिन बूढ़े के एहसासात हो चुके थे। उसने इंसानों का आकलन दो तरह से कर लिया था। एक वे जो उसे रोटी देते थे और एक वे जो उसे गाली देते थे। कई लोग बूढ़े की इस मक्कारी और धोखेबाजी को देखकर फ़क़ीरों से ही चिढ़ गए थे। और अगर कोई लँगड़ा-लूला माँगने के लिए हाथ फैलाता तो उसे भी गाली ही मिलती।

और कभी-कभी तो उसे बड़ी देर तक सड़क पर इन्तज़ार करना पड़ता। दोपहर को सड़क लोहे की तरह तपती होती। उसका शरीर जलने लगता। लेकिन अब काफ़ी लोग उसके राज़ से सूचित हो गए थे। और जब तक कोई अनजान या अजनबी वहाँ से न गुज़रता तब तक बूढ़े को वहीं रहकर इन्तज़ार करना पड़ता। मोटरें चीख़तीं, दनदनातीं उसके पास से गुज़रतीं। बसों का शोर क़यामत का सा होता। उसका सीना कई बार दहलता। कई बार मौत का फ़रिश्ता अपना काला जाल उस पर डालता। लेकिन हर बार वह मौत से बच जाता। यह सब देखकर बूढ़ा समय का ख़याल रखने लगा। अब वह हमेशा समय बदलता रहता। उसे मालूम था कि बम्बई में ख़ास समय पर ख़ास आदमी गुज़रते हैं। समय के टल जाने से आदमियों का वह रेला निकल जाता है और नया सैलाब आता है। बूढ़े को अक्सर अजनबी मिलते रहते।

बूढ़े ने दीवार का सहारा छोड़ा, अपनी टाँगों को हिलाया, दुबले और कमज़ोर शरीर को कई बल दिए। चेहरे पर सलवटें उभारीं, आँखों में वहशत

पैदा की और सड़क की ओर चल पड़ा। अब उसे अपने फन में महारत हासिल हो चुकी थी। उसकी टाँगें तेज़ी से काँप रही थीं।

एक बार फिर आकाश का चक्कर थम गया। धरती ने करवट बदली। एक भूचाल आया। आतिश फिशाँ फूटा। मोटरें, बसें दनदनाती हुई उसके आगे-पीछे से गुज़रने लगीं। उसके शरीर ने एक-दो बल खाए और वह एक नूदे की तरह ज़मीन पर आ रहा। उसी पल एक मोटर के ज़ोर से ब्रेक लगाने की आवाज़ आई। लोगों की भीड़ बढ़ गई। दबी-दबी आवाज़ें आने लगीं।

बूढ़ा मदारी का खेल ख़त्म कर चुका था। उसका सिर मोटर के नीचे आ गया था। ईरानी सेठ चुँधियाई हुई आँखों से मुस्करा रहा था। पॉलिश वाले छोकरे अपनी दुश्मनी भूल बैठे थे। उनका रंग उड़ गया था। यह मौत उनकी कुछ जानी-पहचानी थी। बूढ़े की सूरत में उन्हें अपने भविष्य की तस्वीर नज़र आ रही थी। पास ही एक प्रोफ़ेसर खड़ा था। उसका शरीर दुबला-पतला था और आँखों पर एक मोटे शीशे की ऐनक थी। इंसान आरम्भ से ही कमीना है। उसका यही अंजाम होगा। उसने अपने आप को फ़लसफ़ाना ढंग से समझाया।

एक हसीना इतराती हुई पास से गुज़री। उसकी सुन्दर आँखों पर काला चश्मा था, जिससे बालों की लटें खेल रही थीं। उसके भरे हुए होंठ हिले और 'च च' की आवाज़ आई।

एक अमरीकन पर्यटक होटल की खिड़की से यह दृश्य देखकर मज़ा ले रहा था। उसने अपने सुन्दर और बहुमूल्य कैमरे से तस्वीर उतार ली थी। तस्वीर का शीर्षक उसके दिमाग़ में था,

'हिन्दुस्तान का एक भरा-पूरा चौराहा।'

एक विद्यार्थी इस भीड़ से निकला और वीरान सड़क पर हो लिया। अब उसके आँसुओं का बाँध टूट गया था। वह पास के कॉलेज में पढ़ता था। उसने अक्सर इस बूढ़े आदमी को अपने हाथों से उठाया था और उसकी हथेली पर सिक्के रखे थे। जैसे कोई बेटा अपनी मेहनत की कमाई अपने बूढ़े बाप को देता है। हमेशा उसे देखकर उसकी आँखें भीगी थीं। उसने भरे हुए गले से हमेशा ये शब्द दोहराए थे—"बाबा, इतना ख़तरा क्यों मोल लेते हो। दो टुकड़ों के लिए अपना जीवन दाँव पर क्यों लगाते हो?"

वह रो रहा था। बूढ़े बाबा को वह अब कभी नहीं देख सकेगा।

शाम की आँखों का काजल गहरा हो गया था। दूर सड़क पर कैटी कवि के बोल गुनगुना रही थी। कवि जीवन की कठोरता पर आज भी मातम कर रहा था।

> "डेफ्युडल्ज़ के हसीन फूलो—हम यह देखकर
> मातम करते हैं कि तुम दोपहर होने से पहले ही
> मुरझा जाते हो।"

नदी का अभिमान

नदी जब पनघट से गुज़रती तो उसका दिल डाँवाँडोल हो जाता। औरतें आपस में वहाँ हँसी-मज़ाक़ करतीं। बात-बात पर कहकहे लगातीं। एक-दूसरे के बनाव-सिंगार का ज़िक्र करतीं। कभी-कभी किसी मर्द का नाम लेकर किसी सहेली को इतना तंग करतीं कि बेचारी के आँसू निकल आते। अगर वह प्यार न भी करती तो उस छेड़छाड़ के बाद सीने में एक चुभन-सी महसूस करने लगती।

कुँवारी लड़कियाँ अलग होकर बैठतीं। एक-दूसरे को गुदगुदाती रहतीं। छुप-छुपकर ब्याही औरतों की बातें सुनतीं और ख़ुद ही शरमा जातीं। खेलने पर आतीं तो समय का अन्दाज़ा भूल जातीं। आँख-मिचौली खेलने लगतीं। कुएँ से पानी निकालकर अपने ख़ूबसूरत हाथों को बार-बार धोतीं। एक-दूसरे पर पानी फेंकतीं। फिर गागरें कमर में दबाए मन धड़कता उनका।

पनघट के साथ ही आमों का झुरमुट है। फल लगने पर तो हंगामा रहता है। नंग-धड़ंग बच्चे छुप-छुपकर बाग़ में दाख़िल होते हैं। पका हुआ आम गिरा कि नदी में कूद पड़ते हैं। जब कोई बच्चा नदी में छलाँग मारता है तो नदी हँस देती है। नदी को कृष्ण के सारे क़िस्से याद हैं। नदी इतनी मेहरबान है कि इन बच्चों और कृष्ण में कोई अन्तर नहीं समझती। बच्चा जब आम चूसता है तो वह अपने ठंडे हाथों से उसे गुदगुदाती है। उसके नन्हे-नन्हे शरीर से लिपट जाती है। छुप-छुपकर उसके पाँव से मैल उतारती है। उसके बालों को रेशम बना देती है। बीमारियों को बहा ले जाती है। और जब बहुत से बच्चे उसकी गोद में शोर मचाते हैं, किलकारियाँ मारते हैं तो नदी उनके साथ हँसती रहती है। उस दिन उसे बड़ा आनन्द मिलता है।

कभी-कभी कोई जवान लड़की, बहुत ही सुन्दर, पैरों में पायल बाँधे छम-छम करते हुए दोपहर में उसके पास आती है। अपने पाँव को नदी की गोद में रख देती है। धीरे-धीरे गुनगुनाती है। बड़ी मीठी और सुरीली आवाज़ में। नदी उसकी आवाज़ में खो-सी जाती है। धीरे-धीरे उसके साथ सुर मिलाती है। और जब कोई लड़का आमों के झुरमुट से निकलकर उसके पास आ बैठता है तो लड़की के होंठ मुस्करा उठते हैं। आँखें मुस्कराने लगती हैं। उसकी साँस तेज़ होती है। वह लाल होने लगती है। वह बेक़ाबू होने लगती है। नदी सब राज़ जानती है और बड़ी ख़ुश रहती है।

आमों के झुरमुट के साथ ही धान के खेत हैं। फ़सल पर उनमें गेहूँ भी आ लगता है। उसके आगे गन्ने के खेत हैं। इन खेतों पर सारा गाँव जान देता है। जब काश्त के दिन होते हैं तो किसान गाते हैं, नाचते हैं। सारी-सारी रात महफ़िल जमती है। दिसम्बर के दिनों में ठंड बहुत होती है। सारी-सारी रात गीत के बोल बच्चों के बिलोरों की तरह नदी के सिर पर गिरते रहते हैं। और नदी सारी-सारी रात उनके साथ जागती है।

नदी अच्छी तरह जानती है कि सारी ख़ुशी, सारी महफ़िल, सारी दौलत उसके कारण है। वह मेहरबान है तो इस गाँव में ख़ुशहाली है। कई लोग तो उसे देवी का अवतार भी मानते हैं। हालाँकि वह जानती है कि वह अवतार नहीं है। पहाड़ों पर एक-एक बूँद बटोरती है। फिर नाले उसकी गोद में समाते हैं और फिर धारों का कारवाँ लेकर वह समंदर की तरफ़ चल पड़ती है। लेकिन वह किसी देवी से कम नहीं है। गाँव की गंदगी दूर करती है। गाँव की बीमारियाँ धोती है। जितने दुख गाँव वालों पर आते हैं वह अपने सिर ले लेती है और गाँव को सफ़ाई, सुन्दरता, नया जीवन, नई उमंगें देती है।

जनवरी की सुबह थी। चारों तरफ़ धुंध फैली हुई थी। कड़ाके की सर्दी थी। नदी सारी रात अकेली ही ठिठुरती रही। रात के पिछले पहरों किसान गीत गाते रहे थे। मगर थोड़ी ही देर में सर्दी के कारण वह सब झोंपड़ियों में भाग गए थे और नदी अकेली रह गई थी। कई दिनों से नदी यूँ ही नाराज़ रहने लगी। गर्मियों में वहाँ इतनी चहल-पहल थी कि उसका समय हँसते, मज़ाक़ करते कट जाता था और अब उसे कोई पूछने तक नहीं आता था।

नदी सोचने लगी कि इंसान कितना स्वार्थी है। वह अपना सब कुछ उस पर क़ुर्बान करती रही है। इंसान को जब अपनी ज़रूरत होती है तो भागा चला

आता है। पूजा करता है, नाक रगड़ता है। उसे देवी तक पुकारता है। और जब ज़रूरत पूरी हो जाती है तो कोई उसकी ख़ैर-ख़बर भी नहीं लेता। वह धीरे-धीरे सिसकियाँ भरने लगी। उसे अपने ऊपर रहम आने लगा।

एक मीरासी जो रात में किसी शादी में गया था, सुबह-सुबह अपना ढोल उठाए गाँव वापस आ रहा था। जब उसने नदी में पाँव रखा तो चीख़ मारकर बिदक उठा। ढोल उसके हाथ से छूट गया और उसका मातम मनाता हुआ नदी में बह गया। मीरासी औंधे मुँह चट्टान पर गिरा और सारा भीग गया। पानी से वैसे भी उसे नफ़रत थी। सर्दियों में वह पानी को छूता भी नहीं था। वैसे गर्मियों में पाँच-सात दिन बाद नदी में दो-चार डुबकियाँ लगा लेता। वह भी दोपहर को। इस कड़ाके की सर्दी में उसका शरीर सुन्न हो गया। उसने नदी को जी भरकर गालियाँ दीं,

"साली, इतना ठंडा पानी ले आती है। सुसरी कहीं की। तेरा बाप अब मुझे ढोल देगा। दो रुपए शादी से लाया, तीस रुपए का ढोल गँवा बैठा।"

नदी ग़ुस्से से काँप रही थी,

"तुझे मज़ा चखाऊँगी।"

उसने मन ही मन कहा,

"मैं सारे गाँव का सत्यानाश कर दूँगी। ऐसा ढोल बजाऊँगी कि याद करोगे तुम लोग। मेरा दिया खाते हो और मेरा ही दिल दुखाते हो।"

और जब जून में सूरज की किरणों का सागर, हिमालय पर्वत पर उतरा तो बर्फ़ की चट्टानें लपककर नीचे आ गईं। किरणें शोलों की तरह पहाड़ों को चाटने लगीं। बर्फ़ के पहाड़ सीसे की तरह पिघलने लगे और नदी-नाले भेड़ियों की तरह मैदानों की तरफ़ लपके। लेकिन किरणें फिर भी चाटती रहीं। बर्फ़ों ने हाथ जोड़े लेकिन सूरज आग बरसाता रहा। सारे पहाड़ों पर खलबली मच गई। बर्फ़ के तूदे मार खाए हुए, जंग से भागे हुए रिफ़्यूजियों की तरह आसरा तलाश करने लगे। लेकिन सूरज इतनी बेरहमी से उन्हें ऊँचाइयों से पटक रहा था कि उनकी चीख़ें निकल रही थीं। हज़ारों फुट की ऊँचाई से जब बर्फ़ की चट्टान गिरती तो वह मुड़कर भी चोटी को न देख पाती थी। जहाँ वह पैदा हुई थी, प्यार पाया था। नीचे गिरते ही वह टुकड़े-टुकड़े हो जाती। उसका रंग-रूप बदल जाता। सफ़ेदी ग़ायब हो जाती। अंग पिघल जाता। वह पानी का रूप धारण कर लेती।

सारे पहाड़ तड़तड़ टूट रहे थे और किरणें अपनी आग जैसी ज़बानें निकाले उनको चाट रही थीं।

और नदी अब व्यस्त हो गई थी। उसे अपनी ताक़त का ज्ञान हो गया था। महीनों का दबा हुआ ग़ुस्सा ज़हर बनता जा रहा था। वह मौक़े की तलाश में थी। देखते ही देखते उसने अपना पाट फैला दिया। नदी ने ग़ुस्से में अपने बाल खोल दिए। मुँह पर राख मल ली। अब वह भूतनी लग रही थी। बड़ी तेज़ी से नाच रही थी। देखते ही देखते उसने खेतों को हज़म कर लिया। किसान रोने लगे, लेकिन नदी हँस रही थी। आमों का पूरा झुरमुट ग़ायब हो गया। बैल, बकरियाँ, बछड़े, घोड़े, गधे—एक-एक करके उसने अपनी पकड़ में ले लिए। वे दर्द से दहाड़ने लगे। लेकिन नदी ने फ़ैसला कर लिया था कि पूरा सत्यानाश करके ही दम लेगी। वह अब गाँव की तरफ़ लपकने लगी। लोग ऊँचाइयों की तरफ़ भागने लगे। बच्चे चीख़ने लगे। औरतें रोने लगीं। मन्नतें माँगने लगीं। वे अपने-अपने बच्चों को सीने से लगाए, भूखी-प्यासी इधर-उधर सहारे के लिए भटकने लगीं। भूख से उनकी छातियों का दूध भी सूख गया। अब बच्चे मुँह लगाते तो ख़ून निकलता था। मर्द न औरतों को सँभाल सकते थे न बच्चों को। इसी उलझन में अपनी जान भी गँवा देते। मकान ढेर हो रहे थे। मन्दिर, मस्जिद डूब चुके थे। स्कूल का नामोनिशान मिट गया था। उसके हाथ जो भी लगा बर्बाद हो गया था। और अब जब पूरा गाँव उसने अपनी लपेट में ले लिया तो उसे ज़रा संतोष हुआ। बहुत से लोग डूब चुके थे। बाक़ी हज़ारों कोस दूर भाग गए थे। माल-मवेशी तक नज़र नहीं आ रहा थे। घर-बार भी ग़ायब हो चुके थे। और नदी अपने मैले-मैले दाँतों से हँस रही थी। उसकी हँसी में बड़ा अभिमान था—बड़ा ग़ुरूर।

नदी उस मीरासी की तलाश में थी ताकि उसे बताए कि उसने क्या किया है। लेकिन वहाँ न मीरासी था न उसकी गंध थी। कई दिन नदी ग़ुस्से में इधर-उधर भटकती रही। और जब उसे मनुष्य का कोई नामोनिशान तक नज़र नहीं आया तो मजबूर होकर उसने अपना पाट समेट लिया। लेकिन जहाँ-जहाँ से वह अपना क़दम हटाती थी वहाँ उसे कीड़े-मकोड़े, साँप और बिच्छू नज़र आते थे। दलदल नज़र आती थी। बड़े-बड़े गुफा नज़र आते थे। इंसानों और जानवरों के सड़े हुए शरीर नज़र आते थे। हड्डियों के सड़े हुए पंजर नज़र आते थे। कुछ ही दिनों में उसे अपने आपसे दुर्गंध आने लगी। घिन आने लगी। वह

चाहती थी उसका पानी फिर से साफ़-सुथरा हो जाए। लेकिन वहाँ पौधे सड़ रहे थे। लकड़ियाँ सड़ रही थीं। जानवर सड़ गए थे और दुर्गंध बढ़ गई थी।

अब नदी को बहुत पछतावा हो रहा था कि उसने अपना रंग-रूप बिगाड़ लिया है। वह अब देवी से भूतनी हो गई है। अब वह तरसती थी कि दोपहर को कोई कुँवारी लड़की उसके पास आए। उसकी गोद में अपने ख़ूबसूरत गोरे-गोरे पाँव रख दे। कोई गीत गुनगुनाए। अपने प्यार में उसे भी मिला ले।

लेकिन उसे दूर तक सड़ान नज़र आ रही थी। पनघट की सारी दीवार टूट गई थी। कुआँ तरह-तरह की गंदगी से भर गया था। आमों का पूरा झुरमुट ग़ायब हो गया था। उनकी जड़ों में कीड़े पल रहे थे। धान और गन्ने के खेतों में साँप लहरा रहे थे। रात में एक-आध उल्लू की आवाज़ आती। या फिर साँप फुफकारते रहते। जहाँ-जहाँ नदी ने पाट कम किया था वहाँ मेढक टर्राते थे और कीड़े बुदबुदाते थे।

नदी उस आदमी के लिए तरस गई थी जिससे सुन्दरता जीवित थी। वह चीख़ रही थी कि वह उसकी बाँदी बनकर रहेगी अगर वह लौटकर आ जाए। वह खेतों को मालामाल कर देगी। वह लौटकर आ जाए। वह आमों में रस भर देगी अगर वह लौटकर आ जाए। वह कुओं में रस टपका देगी अगर वह लौटकर आ जाए। इंसान के बिना सब सूना है। सब बेकार है। उसके बिना कीचड़ है, दलदल है, गंदगी है और साँप है। उसके साथ पनघट हैं, गाँव हैं, खेत हैं, गीत हैं—नदी रो रही थी। विनती कर रही थी,

"अगर वह लौटकर आ जाए।"

पहले से तयशुदा मौत

मेरे एक दोस्त की मौत इस तरह हो चुकी थी—

एक दिन वह मुझसे मिलने घर आया और कहने लगा कि तुम मुझे अपने साथ काम पर लगा दो।

पहले मैंने उसे चाय का कप दिया। पूछा,

"नाश्ता करोगे?"

कहने लगा,

"भूख नहीं।"

हम दोनों चाय पीकर बाहर आ गए, क्योंकि जो बातें हम करना चाहते थे, यानी जो बातें मैं उससे कहना चाहता था, घर में नहीं हो सकती थीं।

मैंने कहा,

"इस तरह है, अगर तुम मेरे साथ काम करोगे तो तुम्हारा वास्ता हीरो, हीरोइन से पड़ेगा। जिस तरह की दारू तुम पीते हो, तुम्हारी साँस, तुम्हारे जिस्म के हर पोर से बास आती है। अब तुम सोचो कि खुली सड़क पर चलकर भी तुम्हारी दारू की बू से मेरे मुँह का मज़ा ख़राब हो गया है। बन्द कमरे में तो दूसरों का बैठना मुश्किल हो जाएगा। अगर तुम मेरे साथ काम करना चाहते हो तो इस तरह से दारू पीना छोड़ दो और कभी-कभी मेरे साथ एक-दो पैग पी लिया करो।"

ये सारी बातें, बिना रुके मैंने एक साँस में कह दी, जब मैं कह चुका तो उसने जवाब दिया,

"मैं दारू नहीं छोड़ सकता।"

मैंने कहा,

"मैं तुम्हें काम नहीं दिलवा सकता।"

अब वह मर गया है।

उसे मरने का ख़ौफ़ न था इसीलिए तो बिना सोचे कह रहा था कि दारू नहीं छोड़ूँगा। एक दिन जब वह बेहोश होकर गिर पड़ा तो उसका छोटा भाई उसे अस्पताल ले गया जहाँ उसे होश आया तो कमरे को देखकर अपने छोटे भाई से मुख़ातिब हुआ कि तुमने कमरे में रंग करवाया है। छोटे भाई ने कहा,

"हाँ।"

उसने कहा,

"अच्छा रंग है।"

और उसके बाद वह मर गया। इससे आसान मौत और क्या हो सकती है। उसके मरने का मुझे दुख नहीं है।

उसकी मौत से मुझे रश्क है। मैं जो काम करता हूँ, वह मुझे पसन्द नहीं। जिस तरह की ज़िन्दगी जीता हूँ वह भी कुछ अच्छी नहीं। कुछ कर पाऊँगा इसकी उम्मीद भी कम है और फिर भी मैं ज़िन्दा हूँ। और उसने बहुत पहले तय कर लिया था कि उसे यह सब कुछ नहीं करना है। जब तक वह ज़िन्दा रहा, दारू पीकर ज़िन्दगी से बेतअल्लुक़ रहा। यह उसका अपना फ़ैसला था और जब मौत का सामना हुआ तो कमरे के रंग की तारीफ़ करके आराम से मर गया।

मैं उस मौत से आशना हूँ।

आज ये शख़्स भी तक़रीबन उसी तरह की मौत का तलबगार है।

गर्मियों की शाम थी। शाम न टलती थी और न ही काटे कटती थी। हम पैदल जा रहे थे। ज़ेहन तो थका था ही, चाहते थे जिस्म भी थक जाए। अचानक एक हाथ मेरे कंधे पर पड़ा, जैसे चील पंजे से चिड़िया को दबोच लेती है। मैंने पलटकर देखा, वह खड़ा था।

"आप इस तरह बचकर यहाँ से गुज़र नहीं सकते। यहाँ से जो कोई गुज़रता है उसे सलामी देनी पड़ती है। यह ज़कातनाक़ा है। पहले यह बताइए आप हमें पहचानते हैं?"

"हाँ। मैं तुम्हें पहचानता हूँ।"

"मुझे इस बात का डर था। अब यह बताइए आपके पर्स में कितने पैसे हैं? या यह कहिए कि आप मुझे कितने पैसे देना चाहेंगे। मुझे दारू पीनी है।"

"देखो! मेरे हालात आजकल..."

"इतने बुरे नहीं होंगे कि मुझे दस-पाँच न दे सकें।"

अब वह मेरे दोस्त से मुख़ातिब हुआ,

"बुरा न मानें सरकार। इनसे हमारे पुराने मरासिम हैं।"

इस फ़िक़रे के बाद कोई क्या कह सकता है। मैंने पर्स निकाला,

"पाँच से काम चल जाएगा?"

"आप कहते हैं तो चला लेंगे।"

उसने नोट लिया और पलटकर चल पड़ा। मेरे दोस्त ने पूछा,

"कौन था?"

मैं नाम याद करने की कोशिश करने लगा। मुझे उसकी सूरत याद थी। बल्कि उसकी हर बात याद थी। सिर्फ़ नाम भूल गया था। दस-पन्द्रह बरस गुज़र चुके थे।

ज़ेहन माज़ी की किताब के सफ़हे उलटने लगा। मुझे वर्मा का नाम याद आ गया। वह मुझे एक फ़िल्म यूनिट में मिला था। डायरेक्टर का चीफ़ था। उर्दू का ख़त इतना अच्छा था जैसे किताबत की हो। हिन्दी भी बहुत अच्छी जानता था। अपने काम में माहिर था। हर चीज़ करीने से, सिस्टम से रखी हुई। शूटिंग का सारा प्रोग्राम तैयार। उसे ख़ूबरू तो नहीं कह सकते मगर अच्छा-ख़ासा था। न सिर्फ़ डायरेक्टर बल्कि यूनिट का हर आदमी उस पर भरोसा करता था और आज वह पन्द्रह बरस बाद मुझे मिला था। चेहरा देखते ही मुझे यक़ीन हो गया कि यह जल्द मरने वाला है। चेहरा सूजा हुआ, साँस में दारू की बू रची हुई। जिस्म फूला हुआ। मैं इस तरह के आदमियों को देख चुका हूँ। फ़सल कटती जा रही है। हर मसीहा अपनी सलीब उठाए क़त्लगाह में आ रहा है। आता रहेगा।

उसके और मेरे दरमियान एक तरह का सिलसिला शुरू हो चुका था।

वह चील की तरह देखता और बाज़ की तरह झपटता था। ज्यों ही मैं उसकी सरहद में क़दम रखता एक तरह की टेंशन शुरू हो जाती थी। यह भी अजीब बात थी कि उसकी सरहद से पहले उसका ख़याल बिलकुल न आता था। हम लोग बातों में मसरूफ़ चलते रहते मगर मोड़ आते ही यह ख़याल लपककर आता कि वह बस स्टॉप की मुँडेर पर बैठा होगा। और मुझे देखते ही बिजली की तरह आएगा। वह बैठता भी ऐसे था जैसे वह बस स्टॉप की

मुँडेर न हो, उसका तख़्त हो। यह इलाक़ा उसकी जागीर हो और आते-जाते लोग उसकी रिआया हों।

अब वह मेरे हालात से वाक़िफ़ हो गया था। इसलिए मुझे तंग न करता था। दो रुपए या कभी-कभी एक रुपया ले लेता। अब वह दो-चार क़दम मेरे साथ चलता भी और बातें भी करता। एक दिन कहने लगा,

"आपके पास वक़्त हो तो मेरे पास बच्चों की फ़िल्म के लिए बहुत सारी कहानियाँ हैं। कितने अफ़सोस की बात है कि इस मुल्क में बच्चों के लिए कोई फ़िल्म नहीं बनाता। आप सुनें। आपको मेरी कहानियों के ख़ाके बहुत अच्छे लगेंगे। मैं आपके मज़ाक़ को अच्छी तरह जानता हूँ। मुझे न नाम चाहिए, न दाम। बस आप दो-एक अच्छी फ़िल्में बच्चों के लिए बना दें।"

एक दिन वह बोला,

"आप मुझसे परेशान तो नहीं होते? जब कभी शाम को आप यहाँ से गुज़रते हैं, मैं आपको तंग करता हूँ।"

मैं रुक गया। उसको देखा। उसके चेहरे को छुआ और कहा,

"वर्मा। तुम मुझे क्या तंग करते हो यार, दो रुपए, एक रुपया ही लेते हो और मैं कहाँ रोज़ यहाँ से गुज़रता हूँ।"

उसको मुझसे इस दोस्ताना रवैये की उम्मीद न थी। एक मिनट के लिए वह चुप हो गया। वह बहुत एतमाद के साथ बोलता था। उसका अन्दाज़ कुछ ज़ाहिराना भी होता था। वह तेज़ी से बोलता। शायद उसे यह डर लगा रहता कि कहीं वह रुक गया तो वह मौक़ा खो देगा और रुपए-दो रुपए से भी हाथ धो बैठेगा। मेरे छूने से उसका यक़ीन डाँवाँडोल हो गया। आँखों से झाँकती अय्यारी ग़ायब हो गई। वह उस सरहद को पार कर चुका था, जहाँ एक शख़्स दूसरे से हमदर्दी करता है, जहाँ दोस्ती और रफ़ाक़त का रिश्ता होता है।

मैंने कहा,

"अच्छा यह बताओ, एक-दो रुपए की दारू तुम्हें कैसे मिल जाती है?"

"सबसे सस्ती सबसे घटिया।"

"तो मर जाओगे।"

"ज़िन्दा कब हूँ?"

"चल-फिर तो सकते हो।"

"इसको आप ज़िन्दगी कहते हैं। आप या तो झूठ बोल रहे हैं या मेरा वक़्त ज़ाया कर रहे हैं।"

मैं हँस पड़ा। वह भी हँस दिया। सोचे-समझे, रवायती फ़िक़रे हम दोनों ने तर्क कर दिए। एक तरह की बराबरी ले आए बातों में—अब दोनों मुरव्वत से काम नहीं ले रहे थे।

"अच्छा यह बताओ, कितने दिन जियोगे?"

"मुझे ज्योतिष विद्या नहीं आती।"

"कितने दिन ज़िन्दा रहना चाहोगे?"

"कैसे बताऊँ। ऊपर वाले से कोई राब्ता नहीं।"

"उसे भी जाने दो, बताओ—कैसी मौत चाहते हो?"

"पता न चले और मैं मर जाऊँ।"

"मैं ऐसी मौत से वाक़िफ़ हूँ। मेरा एक दोस्त ऐसे ही मरा था। कमरे के रंग की तारीफ़ की और चला गया।"

"आप मेरी मदद करना चाहेंगे?"

"मैं तुम्हारा दोस्त हूँ। तुम्हारी नाकामियों में शरीक हूँ। ख़ुद भी ऐसी मौत मरना चाहता हूँ। तुम जैसी ज़िन्दगी जीना भी चाहता हूँ। लेकिन नहीं जी सकता, बुज़दिल हूँ मैं।"

"बुज़दिल नहीं हैं आप, जनाब।"

उसकी आवाज़ भारी हो गई। कुछ बुलंद हो गई,

"आप हीरो हैं इस ज़िन्दगी में। आम आदमी की तरह ज़िन्दगी का बोझ उठाते हैं। दूसरों का दुख-दर्द समझते हैं। महसूस करते हैं। क्या बात करते हैं, आप समझते हैं मैंने दारू पी रखी है।"

"वर्मा। तुमने दारू पी है इसलिए तुम ठीक कह रहे हो। सोचो तो मैं भी झूठ नहीं बोल रहा। मुझसे, हम जैसों से ज़िन्दगी में कुछ नहीं हो सकता।"

अब वह मेरी तरफ़ देखने लगा। मुझे ऐसा लगा जैसे हम दोनों के बीच आम सतह से ज़रा ऊपर हटकर, एक नया रिश्ता, नई सूझ-बूझ, नया राब्ता क़ायम हो गया है। सड़क के ऐन बीच खड़े होकर दो ज़ेहनों के दरमियान तरसील की दूरी को हमने पार कर लिया है।

फिर वह हँस पड़ा।

"चलिए, हम वापस आ जाएँ जहाँ से शाम की शुरुआत हुई थी। शाम

का वक़्त शिकस्त का वक़्त है। यह फ़िक़रा एक शख़्स नारे की तरह इस्तेमाल करता था। दाद दीजिए, अच्छा फ़िक़रा है। शाम का वक़्त शिकस्त का वक़्त है। इस शाम मैंने फ़ैसला कर लिया है कि मैं मरना चाहता हूँ। और इस ख़्वाहिश की तकमील के लिए सिर्फ़ पचास रुपए लगेंगे।"

"सिर्फ़ पचास रुपए?"

"हाँ, जो दारू मैं पीता हूँ, वो तीन रुपए बोतल मिलती है। सोलह बोतलें आ सकती हैं। दो रुपए के चने। नीट पीना शुरू करूँगा। पाँच-सात बोतलों के बाद मैं बेहोश हो जाऊँगा। और क़िस्मत ने साथ दिया तो सोलह बोतलें ख़त्म होने से पहले ही मर जाऊँगा। लेकिन एक शर्त है।"

"कौन-सी शर्त?"

"आप मेरी मैयत पर आएँगे।"

"वादा करता हूँ।"

मैंने उसे पचास का नोट दिया। उसने नोट को उलट-पुलट कर देखा।

"नया है। एक मुद्दत बाद मैंने पचास का नोट छुआ है। शायद देखा भी बरसों बाद है। आप तो समझते हैं। देखने और छूने में कितना फ़ासला है, एहसास का, वक़्त का। कितना बजा है?"

"सवा सात।"

"दिन कौन-सा है?"

"मंगलवार।"

"हनुमान स्वामी का दिन है। अच्छा दिन है। आजकल 'रामायण' की वजह से हनुमान पॉपुलर भी बहुत है। अच्छा शगुन है।"

फिर वह उँगलियों पर हिसाब करने लगा,

"आप शनीचर की सुबह ग्यारह बजे आ जाइए। वक़्त मुनासिब रहेगा आपके लिए?"

"बिलकुल मुनासिब।"

"बस आप आ जाएँ। मुझे मरता हुआ पाएँगे।"

"और बच्चों की फ़िल्मों के बारे में तुम्हारे ख़ाके, तुम्हारे आइडियाज, उनका क्या होगा?"

"जो मेरी दूसरी बातों का हुआ है। साला ये मुल्क भी मुझ जैसे तख़लीक़ी ज़ेहन का मुस्तहक़ ही नहीं। बस आप चलें। मेरा वक़्त हो चुका है।"

और वह चला गया।

शनीचर को ग्यारह बजे जब मैं झोंपड़पट्टी में पहुँचा तो मौत की रस्म निभाने के लिए साज़ व सामान तैयार था। ग़रीब की मौत का सामान ही कितना होता है। एक चटाई, एक चादर और एक कोरी मटकी, एक दिया—हर चीज़ बाहर करीने से रखी थी। मुझे लग रहा था कि मौत का सीन फ़िल्माया जाने वाला है और वर्मा ने प्रॉपर्टी की लिस्ट तैयार करके प्रोडक्शन के आदमी के हाथ में दे दी है। और उसने हमेशा की तरह सारा सामान जमा कर लिया है। हैरानी इस बात की थी कि यह सब सामान बाहर रखा था। यानी सीन अभी तैयार नहीं हुआ था। यानी वर्मा अभी मरा नहीं था। मेरे अलावा झोंपड़पट्टी के कुछ और आदमी भी मौजूद थे। गली का दादा जो दारू का धंधा करता था, वहीं था। मुझे देखते ही एक आदमी मेरी तरफ़ बढ़ा और मुझसे मेरा नाम पूछने लगा। तसल्ली पाकर वह फ़ोटोग्राफ़र को ले आया। बाद में पता चला कि वर्मा की हिदायत थी कि मेरी आमद पर मेरी तस्वीर खींची जाए ताकि सनद रहे।

एक और बात क़ाबिले ज़िक्र है। वहाँ हर आदमी दारू पिए हुए बल्कि धुत था। उनके लिए भी जैसे यह मौत पहचानी हुई थी। और वे इस अलमनाक बात को, एक वाक़िया समझकर निभा रहे थे। हालाँकि सब संजीदा थे।

जब मैं झोंपड़ी में गया तो बहुत से लोग खड़े हो गए। मुझे बहुत इज़्ज़त से बैठाया गया। धीरे-धीरे वर्मा की आँखें खुलीं। उसने मुझे पहचानने की कोशिश की और मुझे देखकर बहुत नादिम हुआ जैसे कह रहा हो कि "आय एम सॉरी, मैं मरा नहीं अभी तक।" मैं इन्तज़ार करने लगा कि वर्मा अपनी सफ़ाई में बयान देगा। धीरे-धीरे उसके होंठ फड़फड़ाने लगे।

"आप समझने की कोशिश करें। मैं अभी तक ज़िन्दा हूँ। इसमें मेरा कोई क़ुसूर नहीं। जो सस्ती और घटिया दारू मैंने मँगवाई थी उसमें पानी की मिलावट थी। मैं दादा को भी क़ुसूरवार नहीं समझता। सच तो यह है कि हमारे नेशनल कैरेक्टर में ही मिलावट है। जहाँ हम अपने विरसे की अज़मत का ढिंढोरा पीटते हैं, वहाँ हमें इस बात पर भी मातम करना चाहिए कि सच्चाई, दियानतदारी, ईमानदारी हमारे ख़ून में, हमारे किरदार में नहीं है। इसलिए मुझे माफ़ करें कि अपनी इसी रवायत की वजह से मैं अपना वादा न निभा सका।"

हमारे क़ौमी किरदार का बयान वर्मा से सुनकर मुझे मुतलक़ हैरानी हुई। उसने हाथ जोड़े, मुझसे माफ़ी माँगी कि उसने मेरा वक़्त ज़ाया किया है।

बस एक गड़बड़ हो गई है।

मैंने उसकी तरफ़ देखा। वह हँस पड़ा। उसके हँसते ही वे सब, जो उसकी मौत का इन्तज़ार कर रहे थे, हँसने लगे।

"अब मैं आप से पैसे लेने का हक़दार भी नहीं रहा। आपने अपना काम, अपनी ज़िम्मेदारी पूरी कर दी है।"

मैं कुछ कहने ही वाला था कि उसने उँगली के इशारे से मुझे ख़ामोश कर दिया। जैसे कह रहा हो कि अब लफ़्ज़ों की कोई अहमियत नहीं। जो कुछ कहना-सुनना था, कह-सुन लिया गया है। बस अब ख़ामोशी की ज़बान चलेगी।

मैं आहिस्ता से उठा, झोंपड़ी में चारों तरफ़ नज़र दौड़ाई। ज़मीन पर बहुत सारी बोतलें लुढ़की पड़ी थीं—ख़ाली—दीवार के साथ लगी एक अलमारी थी, बोसीदा-सी, जिसमें ज़्यादातर किताबें उर्दू की थीं, जो तरतीब से लगी थीं। धूल-मिट्टी से अटी हुई, दीमकज़दा। कुछ रिसाले भी रखे हुए थे—नकूश, सवेरा, अदब लतीफ़ के ख़ास नम्बर। यह सब अपने क़ारी की दानिश्वरी का सुबूत पेश कर रहे थे। मैंने मुड़कर देखा, वर्मा अपने दोस्तों, यारों, चाहने वालों से घिरा हुआ है। अगर यह उसका आख़िरी वक़्त है तो वर्मा यक़ीनन ख़ुशक़िस्मत है कि उसे रुख़सत करने के लिए इतने सारे लोग मौजूद हैं।

मैं बाहर आ गया।

मेरा फ़्लैट, वर्मा के झोंपड़े से बहुत दूर न था। जी चाह रहा था कि पैदल चलूँ। ज़ेहन हर सोच से आज़ाद था। वर्मा की बातें सुनने के बाद गोया मुझे सोचने की ज़रूरत ही न थी। आज के दिन उसका ख़याल ही काफ़ी था। अख़बार में छपे 'फ़िक़रे इमरोज़' की तरह था।

फ़्लैट पर पहुँचकर मैंने घंटी बजाई, पानी का गिलास माँगा। अभी पानी आया भी नहीं था कि घंटी दोबारा बजी। मैंने उठकर दरवाज़ा खोला। फ़ोटोग्राफ़र तेज़ी से दाख़िल हुआ। वही, जिसने आध-एक घंटे पहले मेरी तस्वीर खींची थी।

"वर्मा जी हमें छोड़कर चले गए।"

वह वहीं बैठकर बेइख़्तियार रोने लगा। लड़का मेरे लिए पानी का गिलास ले आया जो मैंने उसे दे दिया। उसके कंधे पर हाथ रखा। वह सुबक-सुबककर रो रहा था। उसने धीरे-धीरे अपने आप पर क़ाबू पाया। जेब से एक पुर्ज़ा निकाला और मेरी तरफ़ बढ़ा दिया। वह ख़त वर्मा का था, मेरे नाम,

'गुस्ताख़ी माफ़, जनाब!

मैंने भी ओ' हेनरी को पढ़ा है!!

दादा को कहकर एक बोतल खोपड़ी छाप, ज़हरीली दारू मँगवाकर रख ली थी ताकि ज़रूरत के वक़्त काम आ सके। बहुत असरदार दारू है। कभी दग़ा नहीं देती। यहाँ के लोग इसे खोपड़ी कहते हैं। मैं इसे मुरार जी दारू कहता हूँ। ठीक है ना, न दारू पर पाबन्दी लगती और न लोग इस तरह की दारू पीते और मरते। ख़ैर यह तो एक जुमला मोतरिज़ था।

उस दिन एक बात न कह सका था।

जैसे आपमें हिम्मत नहीं कि दिन-रात दारू पीकर ज़िन्दगी की दौड़ से ख़ुद को ख़ारिज कर लें, वैसे मुझमें यह हिम्मत नहीं कि जीकर रोज़मर्रा की ज़िन्दगी के बेकार तक़ाज़े पूरे करूँ। लेकिन एक बात पर हम दोनों मुत्तफ़िक़ हैं। ज़िन्दगी जीने के क़ाबिल नहीं। आपका कहना ठीक है कि इस ज़िन्दगी में हम जैसे लोग कुछ नहीं कर सकते। कुछ करने की उम्मीद भी नहीं है। जो मैं यह कहूँ कि हालात बदले जाएँ तो आप हँस पड़ेंगे। दाद दीजिए हमारे ज़र्फ़ की कि मरने से पहले आप को हँसने का मौक़ा दे रहे हैं। यह ख़त मैंने मुरार जी दारू पीने से पहले लिखा है। आख़िर चीफ़ असिस्टेंट रहा हूँ। ज़रूरी प्रॉपर्टी वक़्त पर मिलनी चाहिए।'

लिखावट बहुत साफ़ थी। इस ख़त से मैं वाक़िफ़ था। कहीं-कहीं लफ़्ज़ों के दायरे ऊपर-नीचे हो गए थे।

शराब की वजह से या मौत की आमद से, वर्मा का हाथ कहीं-कहीं काँप गया था।

बाबूजी की बस निकल गई

आदमी अपना मज़ाक़ ख़ुद ही उड़ाने लगे तो कोई उसे क्या कहे। बाबूजी की आधी ज़िन्दगी तो सारा ऑफ़िस जानता था। इसके अलावा आम दिनों की हर छोटी-बड़ी घटना वह हँसते हुए अपने दोस्तों से कह देते थे। और ज़ुल्म तो यह है कि अपनी हर बात मज़ाक़ समझते थे।

उनसे सम्बन्धित कुछ बातें तो पोस्टरों की तरह पढ़ी जाती थीं। जिस दिन वह सिगरेट पीते हुए मिलते, उस दिन समझ लीजिए कि बाबूजी को बस मिल गई थी। फिर सिगरेट भी तो वह इस तरह नहीं पीते जैसे कि उनकी आदत हो। काम के साथ, ख़ामोशी से, लापरवाही से। बल्कि वह तो सबके सामने से गुज़र कर, पोज़ बनाकर, कश पे कश लगाएँगे। धुएँ के मरगोले छोड़ेंगे, गोले बनाने की भी कोशिश करेंगे। अब गोले हर आदमी से थोड़ी ही बनते हैं। जो आदमी सुबह छह बजे उठकर, नहा-धोकर, सवारी लेकर दफ़्तर जाए, दिन भर मगज़मारी करे, फ़ाइलों के साथ सिर खपाए, शाम के अँधेरे में सवारी लेकर घर पहुँचे, वह गोले क्या बनाएगा। वह तो अपना मुँह बनाता रहेगा। बल्कि बनाता क्या, अपना मुँह चिढ़ाता रहेगा। लेकिन बाबूजी अपनी मंशा पूरी कर लेते थे। वह जैसे सीना तानकर कहते थे,

"भाइयो! देखो मैं सिगरेट पी रहा हूँ। जिसका मतलब यह है कि मुझे बस मिल गई थी और मैं सवारी लेकर नहीं आया।"

अक्सर तो यह होता कि जनता पूछ लेती,

"क्यों बाबूजी सिगरेट पी रहे हैं आप?"

वह जवाब देते,

"बस मिल गई थी, भैया।"

अगर लोग पूछते,

"बस मिल गई थी बाबूजी?"

तो वह फ़रमाते,

"तुम ठीक समझे। जभी तो सिगरेट पी रहा हूँ।"

इसका उलटा यह भी होता कि जिस दिन बस छूट जाती, उस दिन भी बाबूजी इसी तरह सीना फुलाए घूमते। लोगों से सिगरेट का ब्रांड पूछते। लंच के समय सबसे गप्पें हाँकते और झूठ-मूठ कश पे कश लगाते और भाई लोगों को पता चल जाता, बाबूजी की बस छूट गई आज।

लेकिन कमाल की बात तो यह है कि वह किसी से सिगरेट न माँगते। कोई पेश भी करता तो हँसकर इनकार कर देते। जैसे कह रहे हों,

"भैया यह हमारा ज़ाती मामला है। इसमें तुम दख़ल नहीं दे सकते।"

अब जो आदमी सिगरेट पीने का आदी हो, एक पैकेट रोज़ फूँक दे, जिसने ले-देकर यही एक शौक़ पाला हुआ हो, जो इस शौक़ को अपनी कमज़ोरी समझे, उसे अचानक एक दिन सिगरेट पीने को न मिले फिर भी वह हँसता रहे—यह मज़ाक़ की बात तो नहीं।

बाबूजी के जीवन का यह सातवाँ विभाग था।

पहला विभाग—उनका जन्म।

(वह अक्सर सोचते हैं कि वह क्यों पैदा हुए।)

दूसरा विभाग—उनकी नौकरी।

(जिसने उन्हें एक तमाशा बना दिया था।)

तीसरा विभाग—उनकी शादी।

(क्या इसके सिवा कोई चारा नहीं था?)

चौथा विभाग—उनका पहला बच्चा।

(या उनकी पहली ग़लती।)

पाँचवाँ विभाग—उनका दूसरा बच्चा।

(जिसने उनकी बोलती बन्द कर दी थी।)

छठा विभाग—उनकी तीसरी औलाद—एक लड़की।

[बाबूजी ने अपनी धर्मपत्नी (सुन्दरता की रानी) से इरशाद फ़रमाया, या कि हाथ जोड़े, "ऐ सुन्दर परी, अब आप सृष्टि के द्वार बन्द कर दीजिए। (नहीं तो मैं बन्द हो जाऊँगा) और कांग्रेस शासन की ताज़ा ईजाद, जो बेमिसाल,

बाकमाल है और फ़ौरन से पहले मिल जाती है, यानी कि बजट-सिस्टम फ़ौरन काम में लाइए, वरना घरेलू हुकूमत ख़तरे में पड़ने वाली है।]

सातवाँ विभाग—बजट सिस्टम।

बाबूजी की धर्मपत्नी ने, जो पत्नी कम थी धर्म ज़्यादा, अपने पतिदेव के आगे प्रणाम किया और वचन दिया कि जब तक उनके प्राणों में प्राण हैं, उनकी आज्ञा पूरी की जाएगी।

एक दिन पत्नी ने पतिदेव से कहा,

"हे पतिवर! गृहस्थी बड़ी संकट में है। इससे बड़े संकट में तो ख़ुद मैं हूँ। कारण? तुम्हारा वेतन केवल धूप दिखाने के बराबर है। आधे में राशन आता है, जो आधे से ज़्यादा तुम हड़प कर जाते हो। आधे में से ज़्यादा तो तुम्हारे नन्हे-मुन्ने बालक खा जाते हैं। इसमें से जो बचता है उसमें आधे से ज़्यादा कंकर, पत्थर, मिट्टी और कुछ ऐसे पदार्थ निकलते हैं जिनका नाम किसी भी सभ्य भाषा में नहीं है। जब मुझे भूख सताती है तो मैं अक्सर पानी पीती हूँ। अब थोड़ा पानी तुम्हें पिलाने वाली हूँ क्योंकि गृहस्थ जीवन में हम दो बैल हैं, या तुम बैल हो मैं गाय हूँ (सिर्फ़ मैं दूध नहीं दे सकती) आज से तुम्हारी सिगरेट बन्द।"

बाबूजी ने उस पानी के दो-तीन घूँट हलक़ से उतारे। पहले रोने की कोशिश की। रो न सके। फिर सोचने लगे। जब कुछ न बन सका तो अचानक हँसने लगे और आज तक हँस रहे हैं। उन्होंने बड़ी नम्रता से कहा, "देवी सतबचन।" फिर उन्होंने भगवान से प्रार्थना की,

"ऐसी धर्मपत्नी हर मनुष्य को दे। नहीं तो इन हालात में... "

लेकिन पत्नी को अपने आज्ञाकारी पति पर बड़ी दया आई। प्यार न आया क्योंकि वह प्यार करना भूल गई थी। उसने कहा कि बच्चों के लिए जो थोड़ा-बहुत दूध आता है वह भी बन्द हो जाएगा। इन्हें 'नेशनल ड्रिंक' यानी कि चाय पिलाई जाएगी। और पतिदेव को आठ आने रोज़ जेबख़र्च मिलेंगे। इस पर पतिदेव रो पड़े। फिर उन्होंने गिड़गिड़ाकर कहा कि वह कभी आठ आने से ज़्यादा किसी हालत में भी नहीं माँगेंगे।

बाबूजी के जीवन का यह सातवाँ विभाग था।

बस एक दिन उनसे गड़बड़ हो गई। सुबह से उनका दिल बेक़ाबू हो रहा था। आसमान पर बादल घिर-घिर आए थे। हल्की-हल्की फुहार शुरू हो गई

थी। हवा भीगी हुई थी। मन गुनगुनाने को कर रहा था। ऐसे में वे सारी मस्तियाँ जो बीते हुए दिनों में हुई थीं, याद आने लगीं। कॉलेज के ज़माने में तो हर एक शायर होता है। दस क़िस्म के शौक़ होते हैं। लापरवाही, खिलंदरापन, खोयापन और कुछ अच्छे-अच्छे शेर याद होते हैं। कॉपियों-किताबों पर चाहे वह हिसाब की हो, या इतिहास की, उनके पहले और आख़िरी पन्नों के किनारों पर शेर लिखे होते हैं। यह वही ज़माना होता है कि जब भविष्य हमेशा चमकता हुआ नज़र आता है। दिलों में हज़ारों वलवले, जोश उठते हैं और आँखों में चमक होती है। वह अपने व्यक्तित्व के बारे में सोचता है। उस पर 'बाबू' का लेबल नहीं लगा होता।

वह बड़ी मुश्किल से बस पकड़ सके। दिन भर उनका जिस्म टूटा-सा रहा। काम में भी बहुत दिल न लगा। सर्दी ज़रा-सी बढ़ने लगी और वह सिगरेट के कश पर कश लगाते रहे।

दफ़्तर के बाद इसी टालमटोल में आख़िरी बस भी निकल गई। यह पहला मौक़ा था। दफ़्तर पहुँचने में देर हो जाती थी। दफ़्तर छोड़ने में कभी देर न होती। लोगबाग घड़ी पर नज़र जमाए, रहते हैं और दो-चार मिनट पहले ही टाई की गाँठ ठीक करने लगते हैं। बाबूजी के पास इसके सिवा और कोई चारा नहीं था कि वह सवारी लें। आठ आने तो ख़र्च हो गए थे लेकिन इस रूमानी मौसम में रात दफ़्तर में काटना बड़ा जानलेवा था। बाबूजी बड़ी शान से बस में सवार हो गए। उनका क्वार्टर आया तो उन्होंने आवाज़ें लगाना शुरू कर दिया। पन्द्रह मिनटों के बाद दरवाज़ा खुला। धर्मपत्नी दिखाई दीं। उन्हें देखकर बाबूजी का सारा रूमान ग़ायब हो गया। वह अब एकदम से हँसने लगे। बड़ी मुश्किल से समझा सके कि आठ आने किराया देना होगा। पत्नी ने वहीं से जवाब दिया कि बजट में नहीं है। काफ़ी ले-दे हुई लेकिन पैसे नहीं मिले। बाबूजी ने ड्राइवर से कहा कि बारिश में भीगने से अच्छा है कि वह भी थोड़ी देर के लिए अन्दर पधारे। इस प्रकार वह भी अन्दर पधारे। बाबूजी मुस्कराने लगे। हँसने लगे। मिन्नतें करने लगे। उन्होंने वचन दिया कि वह दो रोज़ तक सिगरेट नहीं पिएँगे, तब उन्हें अठन्नी मिली। उन्होंने अठन्नी बड़े खुले दिल से ड्राइवर को दे दी। ड्राइवर जो अभी तक चुपचाप बैठा था, बहुत प्रभावित हुआ। उसने बड़ी नम्रता से बाबूजी से उनका फ़ोटो माँगा। बाबूजी ने फ्रेम के साथ ही फ़ोटो दे दिया। असल में वह भी ड्राइवर की शराफ़त से बहुत

ज़्यादा प्रभावित हुए थे। कोई और ड्राइवर होता तो झगड़ा करता। गाली-गलौच करता, लेकिन यह तो ऐसे बैठा था जैसे मुँह में ज़बान ही नहीं। फ़ोटो देते हुए उन्होंने बड़ी नम्रता से पूछा,

"ऐ नेकदिल ड्राइवर, इस फ़ोटो का क्या करोगे?"

ड्राइवर ने फ़ोटो को नमस्कार किया और बोला,

"मैं यह फ़ोटो अपनी सवारी में लटकाऊँगा ताकि यह सबूत रहे और समय पड़ने पर काम आए।"

बाबूजी बोले,

"बुद्धू! क्या काम?"

ड्राइवर बोला,

"आइंदा न सिर्फ़ मैं, बल्कि कोई भी ड्राइवर आपको गाड़ी में न बिठाए। इसलिए यह फ़ोटो साथ ले जा रहा हूँ।"

बाबूजी ने खिड़की से देखा कि सचमुच वह ड्राइवर, जहाँ उसका लाइसेंस लटका था, उसी के साथ ही उनका फ़ोटो लटका रहा था।

दूसरे दिन आदत अनुसार यह क़िस्सा बाबूजी ने अपने दोस्तों को सुनाया तो वे लोट-पोट हो गए। कुछ देर के लिए सारा ऑफ़िस इस मनोरंजक घटना पर हँसता रहा था।

इसके बाद बाबूजी से कभी ग़लती नहीं हुई। लेकिन उनकी धर्मपत्नी को हमेशा कठिन परीक्षाजनक घड़ियों से गुज़रना पड़ता। दिन-ब-दिन क़ीमतें बढ़ती जा रही थीं। बच्चे जवान हो रहे थे। जिसका मतलब था कि राशन की खपत बढ़ रही थी। बाबूजी को ऐसा लगता कि जैसे वह नट वालों की तरह रस्से पर चल रही है। उन्हें यही डर लगा रहता कि वह अब गिरी तब गिरी।

और बाबूजी अपने जीवन के आख़िरी विभाग से गुज़र रहे थे। कोई क़िस्सा, कोई घटना नहीं थी। उनके परिहास भी अब पुराने हो गए थे। उनकी बातों में वह रस भी न रहा। बस का लतीफ़ा जारी था। लेकिन वह बस कभी न छोड़ते। आधा घंटा पहले ही बस स्टॉप पर खड़े हो जाते। सिर्फ़ इस डर से कि कहीं निकल न जाए। उनके जीवन में जितनी भी मनोरंजक घटनाएँ हुई थीं, उन्हें ज़बानी याद थीं। जैसे कि उन्होंने कितनी दावतें खाई थीं या यह कि कितनी बार सिनेमा देखा था।

दोस्तों की मौत...।

अफ़सरों के तबादले...।

ऑफ़िस की सारी घटनाएँ...।

इन सबका ज़िक्र वह मौक़ा मिलने पर करते। ख़ासकर दावतों का।

बहुत ज़माने बाद बाबूजी ने लोगों को हँसाने का मौक़ा दिया। हालाँकि बस उनकी ग़लती से नहीं छूटी थी। ऑफ़िस में ही उन्हें महसूस हुआ कि उनका जिस्म टूट रहा है, जैसे धीमी-धीमी आँच पर तप रहा हो। उन्होंने काम में व्यस्त रहने की कोशिश की। शाम हो गई तो उनका जिस्म सुलग रहा था। ऊँघते टूटे हुए बस स्टॉप पर पहुँचे तो बस निकल चुकी थी। सवारी लेने का सवाल ही नहीं था। पिछले दिनों से बाबूजी महसूस करने लगे थे कि धर्मपत्नी तो सिरे से न थी लेकिन अब तो धर्म भी ग़ायब होने लगा था। अब वह सिर्फ़ एक मशीन बनकर रह गई थी। एक 'कम्प्यूटर', जो हिसाब-किताब में कभी ग़लती नहीं करता। उससे दया की भीख माँगना पत्थर से पानी निकालने के बराबर है। इसलिए वह पैदल ही चल दिए। घर पहुँचे तो छींक रहे थे। दूसरे दिन बिस्तर पर चित पड़ गए। पत्नी ने ज़्यादा फ़िकर करना उचित नहीं समझा। वह अस्पताल से दवा मँगवा लेती। अब राशन में भी बचत होने लगी। हल्की-फुल्की ख़ुराक। ज़रा-सी खिचड़ी, चाय में डबलरोटी, कभी-कभी एक-आध कप दूध। पत्नी का ख़याल था कि बाबूजी अड़ियल घोड़े हैं। ये उनकी पुरानी आदतें हैं। दो-चार दोलत्तियाँ झाड़कर खड़े हो जाएँगे। फिर प्यार। लेकिन इस बार हिसाब-किताब में गड़बड़ हो गई। बाबूजी गम्भीरता से बीमार हो गए। पत्नी ने सोचा कि वह ज़िद्द कर रहे हैं। बदला ले रहे हैं। लेकिन जब थर्मामीटर लगातीं तो शक की जगह न रहती। डॉक्टर घर पर आने लगा। कुछ फल भी मँगवाए जाने लगे। एक-आध नुस्ख़ा दवा का रोज़ चल जाता। इस पर अनर्थ यह कि बाबूजी आँखें मूँदे पड़े रहते। मुस्कराते रहते। बन्द आँखों से वह देखते कि पत्नी तो रस्से के चारों ओर चक्कर लगा रही है। वह गिर भी नहीं पा रही है क्योंकि उसके पाँव बँधे हैं। उनके तीनों बच्चे माँ की हालत पर हँस रहे हैं। वे भी कूद रहे हैं। यह रस्सी टूट जाएगी तो सारे झगड़े ख़त्म हो जाएँगे। हाय! यह ज़िन्दगी की तनी हुई रस्सी! बाबूजी उसकी इस नाकाम कोशिश पर हँस रहे थे।

पन्द्रह दिनों में बाबूजी भले-चंगे हो गए। जब वह ऑफ़िस जाने के लिए

तैयार हुए तो अपनी पत्नी को सामने खड़ा पाया। उसकी आँखों से शोले निकल रहे थे। वह चिल्ला रही थी,

"बुख़ार का प्रोग्राम तो तुम्हारा पूरा हो गया है। अब अगर इसी बजट में अपनी मौत का प्रोग्राम भी बनाओगे तो मुझसे पूरा न होगा।"

बड़ी मुद्दत के बाद बाबूजी खिलखिलाकर हँस पड़े। इसके बाद सारा ऑफ़िस हँसता रहा।

बोगनविला के फूल

वह परछाईं की तरह सीढ़ियाँ पार करती जब टेरेस पर पहुँचती तो धूप की तेज़ किरणें उसके जिस्म पर बरसतीं। वह गोश्त-पोश्त का एक वुजूद[1] बन जाती—एक औरत बन जाती।

वह दहलीज़ पर एक लम्हा रुकती, मुस्कराती और चारपाई के सिरहाने संगमरमर के ठंडे साफ़-सुथरे फ़र्श पर बैठ जाती। यह उसका मामूल[2] था।

कल्पना को नॉवेल पढ़ने की आदत थी। हिन्दी के ज़दीद[3] नॉवेल तो उसने न पढ़े थे लेकिन उसकी क्लासिकी अदब[4] का मुतालिआ[5] अच्छा। बंगाल के शरत् बाबू उसे बहुत पसन्द थे। उसके किरदारों[6] का ज़िक्र[7] वह अक्सर करती थी। उसकी एक और आदत भी थी। वह यह कि नॉवेल पढ़ने के बाद वह नॉवेल के उसी माहौल में जीने की कोशिश करती। तिलिस्म[8] कई दिन छाया रहता और एक दिन जब हक़ीक़त[9] जादू का माहौल झुठला देती, ख़्वाबों[10] का आईना चकनाचूर कर देती तो कल्पना हैरान हो जाती और देखती रहती, ऐसा क्यों हो रहा है।

लेकिन न वह आँसू बहाती और न हक़ीक़त पर यक़ीन करती।

योगेश को वह कई नामों से पुकारती : योग... योगी... योगेश...।

यह बहुत दिनों के बाद की बात है। जब वह मुतआरिफ[11] हुई थी तो उसे 'योगेश जी' कहकर पुकारा करती थी। और जब वह उसे जानने लगी थी तो हँसकर कहती,

"तुम योगी नहीं हो, भोगी हो...।"

---

1. देह, 2. नित्य, नियम, 3. आधुनिक, 4. साहित्य, 5. अध्ययन, 6. पात्रों, 7. उल्लेख, 8. जादू, 9. यथार्थता, 10. सपनों, 11. परिचित

वह ख़ुद नाम गढ़ती, ख़ुद झुठला देती। ख़ुद एहसास को जन्म देती और फिर ख़ौफ़ज़दा[1] हो जाती। ख़ुद यक़ीन[2] पैदा करती और फिर कुफ़्र[3] समझती। फिर वह हैरान होकर देखती रहती लेकिन आँसू न बहा पाती।

कल्पना ने परछाईं की तरह सीढ़ियाँ पार कीं, धूप में ज़रा ठहरकर गर्मी महसूस की, दहलीज़ पर ज़रा रुकी और फिर चारपाई के सिरहाने बैठ गई।

योगेश तकिये पर सिर रखे छत को तक रहा था। उसे उम्मीद थी कि कल्पना आएगी। हालाँकि उसने आने का वादा न किया था।

कल्पना ने अपनी ठोड़ी उसके मुँह के क़रीब तकिये पर रख दी और सरगोशी के लहज़े में बोली,

"मालूम है, उन्होंने कल मुझे घर पर बुलाया था।"

"तुम्हारा मतलब गोरधन से है?"

"हाँ।"

"नाम क्यों नहीं लेतीं...? 'उन्हीं' से क्या मुराद[4] है?"

"सुनो तो।"

"हाँ।"

"उनकी माताजी ने मुझे बहुत पसन्द किया है।"

"बहू के तौर पर या वैसे ही...!"

"अब यह मुझे क्या मालूम... मैंने उन्हें खाना बनाकर खिलाया है...।"

"अच्छा।"

"...और उन्हें अच्छा लगा है।"

उसने जवाब न दिया।

वह फिर बोली,

"योगी...।"

"हाँ।"

"यह अच्छी बात है ना?"

"बड़ी अच्छी बात है।"

"मुझे मालूम था, तुम यही कहोगे," कल्पना ने अपना हाथ उसके रेशमी बालों में डुबो दिया।

---

1. भयभीत, 2. विश्वास, 3. अस्वीकृति, 4. आशय

कल्पना की उँगलियाँ बड़ी ख़ूबसूरत थीं। दरअसल उसकी पूरी शख़्सियत[1] में योगेश को उसकी उँगलियाँ बहुत पसन्द थीं। गलियों के पोर जिस्म के जिस हिस्से को छू जाते, एक रिश्ता क़ायम[2] कर लेते।

कल्पना धीरे-धीरे बड़ी नग़मगी[3] के साथ उसके बालों में कंघी कर रही थी। योगेश का जिस्म सोने लगा था। वह तड़पकर बोला,

"आप हाथ हटा लो..."

"अच्छा नहीं लगता क्या?"

"ना।"

"बडे नाशुक्रे[4] हो।"

"कल्पना, तुम एक वादा करो कि तुम..."

"...कि मैं।"

"...कि तुम मुझे कभी नहीं छुओगी।"

"क्यों?"

"देखो। मैं रोमांटिक बातों, नाज़-नख़रों में यक़ीन नहीं रखता।"

"तुम उजड्ड हो, गँवार हो... और शायर भी हो।"

"मैं जानता हूँ , मैं क्या हूँ। इसीलिए तुमसे कह रहा हूँ, सुनो। जब कोई लड़की मुझसे वास्ता रखना चाहती है तो सबसे पहला ख़याल जो मेरे दिमाग़ में आता है, यह होता है कि वह मेरे साथ सोये...।"

"तुम बहुत गंदे हो," कल्पना ने फ़ौरन अपना हाथ खींच लिया।

"मैं पत्थर तो हूँ नहीं...तुम मुझे नहीं छुओगी। मेरा ज़िस्म मेरे इख़्तियार[5] में रहेगा। और जो तुमने मुझे ज़रा छुआ, मेरा जिस्म तपने लगेगा...बेक़ाबू हो जाएगा।"

थोड़ी देर के बाद कल्पना चली गई।

सुबह से वे दोनों भटक रहे थे। कल्पना यकायक रुकती, फूल तोड़ती, गोरधन को दिखाती :

"कैसा है...?"

"बड़ा सुन्दर है।"

"तुम्हें पसन्द है?"

---

1. व्यक्तित्व, 2. स्थापित, 3. मधुरता, 4. अकृतज्ञ, 5. वश

"मुझे हर वह चीज़ अच्छी लगती है, जो तुम्हें पसन्द है।"

कल्पना कभी फूल उसके हवाले कर देती, कभी बालों में टाँक लेती।

अप्रैल की दोपहर तपती जा रही थी। दोनों का जिस्म आँच हो रहा था। होंठ मुरझा गए थे। चेहरों पर पसीना जम गया था। एक-आध हवा का झोंका आता तो वे एक गहरी साँस लेते। गर्मी से वे एक तरह की बेचैनी महसूस कर रहे थे। दोनों ख़ामोश थे और उस बेकैफ़ी[1] की खराश[2] को भी समझ रहे थे।

यह सारा इलाक़ा गोरधन दास के वालिद[3] का था। साथ में झील थी। इतवार के दिन तो पिकनिक पार्टियाँ आतीं, हाँ, हफ्ते के बीच के दिनों में कभी कोई जोड़ा यहाँ गुनाह की लज़्ज़त[4] से आशना[5] हो जाता।

कल्पना सफ़ेद साड़ी और सफ़ेद ब्लाउज में मल्बूस[6] थी। गोरधन ने मलमल का सफ़ेद कुर्ता पहन रखा था, जो उसकी जागीरदारी के शायान-ए-शान[7] था। वह कल्पना को अपना इलाक़ा दिखाने लाया था।

कल्पना जब झील पर पहुँची तो बहुत ख़ुश हुई। उसने आँखों पर ठंडे पानी के छींटे मारे। गोरधन पर भी पानी उछाला और दरख़्तों के साए में लेट गई। उसका दिमाग़ उस रूमानी माहौल में खो गया। जब उसने पलटकर देखा तो गोरधन उसके गालों पर साँस ले रहा था।

"तुम्हें शरत् बाबू पसन्द हैं ना?"

"बहुत।"

"मैंने तुम्हारे लिए उनका पूरा सेट ले रखा है।"

अभी मानसून शुरू होने में दस-पन्द्रह दिन बाक़ी थे। गर्मी से जिल्द[8] चटकती रहती। अँधेरा हो जाने पर भी हवा में गर्म-गर्म ज़र्रे[9] उड़ते रहते। कभी आँखों में चुभते, कभी जिस्म से चिपक जाते। हवा बहने का नाम न लेती। माहौल किसी मुतवस्सित[10] घराने के कमरे की तरह उबलता रहता।

वह काफ़ी देर टहलता रहा। उसका जी चाह रहा था कि दरिया की रवानी[11] के साथ बहे...शॉवर के ठंडे पानी के नीचे बैठ जाए। लेकिन पानी की यह फ़िरावानी[12] उसे ज़िन्दगी भर नसीब न हुई थी। वह एक गली से गुज़रकर फुटपाथ पर बैठ गया और अपने आप से बातें करने लगा।

---

1. नीरसता, 2. खरोंच, 3. पिता, 4. स्वाद, 5. परिचित, 6. पहने हुए थी, 7. अनुरूप, 8. त्वचा, 9. कण, 10. मध्यवर्गीय, 11. बहाव, 12. अधिकता

योगेश! जीने का क्या लुत्फ़[1] है?

आदमी इस दुनिया में जिए ही क्यों?

फिर सवालात का ताँता-सा लग गया।

वह, जो इन हालात में शादी करता है और बच्चे पैदा करता है, मुजरिम है...

तख़लीक़[2] की क़ीमत क्या है?

एक गीत लिखने से बेहतर है एक जुर्म...

नशीली दवाएँ, बेरहम रिवाल्वर, भूख और मौत...

वह सोचने लगा : इस तरह शाम नहीं कटेगी...फिर उसे तीन लफ़्ज़ याद आए :

योगी... योगी... योगेश और उसे महसूस हुआ, वह तन्हा है, अकेला है—एक बार कल्पना ने कहा था,

"तुम मुझे ज़रा भी तो नहीं चाहते।"

कल्पना आती है तो ख़ून की रवानी तेज़ हो जाती है, जिस्म की हरारत[3] एहसासात[4] को जगाती है, थपकती है, सुलाती है...

कल्पना नहीं होती तो लहू जैसे रगों में थमने लगता है...

कल्पना और मेरा रिश्ता भी अजीब है...

वह शायद मुझे साधु या महात्मा समझती है...

मैं उससे कभी नहीं मिलता...वह कभी मिलने का वादा कर ले तो उस दिन वह आती नहीं...मैं इन्तज़ार करता हूँ। इन्तज़ार के लम्हात कुछ इस तरह काटता हूँ जैसे रतजगा हो और जब उसके आने की उम्मीद नहीं रहती तो दिल चराग़-ए-आख़िर-शब[5] की तरह बुझने लगता है...

और जब वह अचानक ही दहलीज़ पर क़दम रखती है, मैं शिकायत भी नहीं कर पाता...

उसकी रफ़ाक़त[6] के वे चंद लम्हे...

योगेश को महसूस हुआ कि शाम बोझल हो रही है। वह उठा और बस में सवार हो गया। बस से उतरा तो अपने एक दोस्त के कमरे में पहुँच गया। उसका दोस्त एक पुराना रिसाला[7] देख रहा था। कमरे में कोई खिड़की न थी और रोशनी का वाहिद[8] ज़रिया[9] बिजली थी, जो दोपहर को भी रोशन रखनी पड़ती थी।

---

1. आनन्द, 2. रचना, 3. गर्मी, 4. भावनाओं, 5. निशांत का दीया, 6. संगत, 7. पत्रिका, 8. एकमात्र, 9. साधन

उसका दोस्त, जो एक मैली-सी बनियान पहने हुए था, उसे देखकर मुस्कराया। थोड़ी देर तो दोनों ख़ामोश बैठे रहे। फिर उसके दोस्त ने जैसे कुछ सोचने-समझने के बाद कहा,

"ठर्रा पीना है...?"

"हाँ...," वह मुस्करा दिया।

उसके दोस्त ने चटाई उठाई। चंद रुपए और कुछ रेज़गारी पड़ी थी। रुपए और रेज़गारी समेटकर और क़मीज़ पहनकर उसका दोस्त उसके साथ बाहर निकल आया।

जब वह ठर्रा पी रहा था, उसे यूँ महसूस हो रहा था जैसे उसके जिस्म में ताँबे का मैल उतर रहा है। उसके चेहरे पर ठंडे पसीने के क़तरे थे, साँसों में बदमज़गी थी और सिर चकरा रहा था।

ठर्रा पीने के बाद वे ख़ामोशी से सड़कों पर भटकते रहे और सोचते रहे : 'आज का आदमी कितना तन्हा, कितना अकेला है।'

जब वे थक गए तो उन्होंने 'फुटपाथ होटल' पर खाना खाया। जब वह अपने कमरे की तरफ़ लौट रहा था, उसकी आँखों में आँसू थे : हाय यह शाम भी गर्क[1] हुई...

सुबह कल्पना ने उसे जगाया। उसका बदन फुँक रहा था। उसने आँखों पर पानी के छींटे मारे, मटके का ठंडा पानी पिया और आँखें खोलकर देखा : कल्पना चारपाई के सिरहाने बैठी थी, बुझी-बुझी-सी, ख़ामोश और मायूस।

"क्या बात है? यूँ उदास क्यों हो?"

कल्पना ने कोई जवाब न दिया।

"फिर कोई हादसा हुआ है क्या?"

"योगी।"

"हाँ।"

"लेट जाओ।"

"इसी तरह बैठा रहने दो...मैं तुम्हें देखना चाहता हूँ...।"

"योगी।"

"हाँ।"

---

1. नष्ट हुई

"लेट जाओ...।"

योगेश उसी तरह तकिये पर सिर रखकर लेट गया। कल्पना ने उसके रेशमी बालों में अपनी उँगलियाँ डुबो दीं। अपनी ठोड़ी उसके मुँह के पास रखकर साँसों से बातें करने लगी।

बड़ी देर बाद बोली,

"गोरधन झूठा है।"

कल्पना भी अजीब लड़की है। अपनी कमज़ोरी को बड़े मजे से अपनी ख़ूबी समझती है। कई सालों से इस कोशिश में है कि कोई लड़का उसके हाथ आ जाए और वह उससे शादी कर ले। फिर लड़का दो-एक बच्चे उसके हवाले कर दे तो उसे तमाम ज़िन्दगी की क़ीमत वसूल हो जाए।

कल्पना को यक़ीन हो गया था कि गोरधन उससे शादी करेगा और वह एक बड़े घर की बहू बनेगी। वह गोरधन की माँ को भी रिश्ते की उसी नज़र से देखती थी। जिस दिन गोरधन के भतीजे का मुंडन होने वाला था, कल्पना सुबह ही उनके घर पहुँच गई थी। दो सौ आदमियों की दावत थी। कल्पना घर की बहू की तरह काम में जुटी रही। रात को टेरेस पर कव्वाली हुई तो वह रात के दो बजे तक चाय बाँटती रही। वह समझती थी कि यह उसका फ़र्ज़ भी है और हक़ भी। गोरधन उस दिन बेहद मसरूफ़ था। उनके किरायेदार, रिश्तेदार, रईस, शहर के माने हुए आदमी यके-बाद-दीगरे[1] आ रहे थे। गोरधन को एक-एक आदमी की ख़ैरो-आफियत[2] पूछनी पड़ती। वह तक़रीबन दो बजे नहा-धोकर, नया कुर्ता-पाजामा पहनकर टेरेस पर आया। उसने मुँह में पान दबा रखा था। उसकी आँखों में नींद थी और जिस्म में थकन मगर वह हमेशा की तरह सेहतमंद[3] नज़र आ रहा था।

कव्वाली के प्रोग्राम के बाद उसने अपनी पुरानी जहाज़नुमा स्टुडबेकर निकाली और कल्पना को घर छोड़ने ले चला। कल्पना उसके पास बैठते ही खिल उठी थी। वह बिलकुल उसके क़रीब बैठ गई और उसे निहारने लगी।

रात अलसाई हुई थी और तनहाई किसी रक़्क़ासी[4] की तरह पायल बाँधे चहलक़दमी[5] कर रही थी। हवा को शरारत सूझ रही थी और किसी कमसिन[6] पंजाबी की तरह हँस रही थी। दरख़्तों के साए में परियाँ सो रही थीं। गोरधन ने

---

1. एक के बाद दूसरा, 2. क्षेम-कुशल, 3. स्वस्थ, 4. नर्तकी, 5. धीरे-धीरे चलना, 6. कम आयु वाली

गाड़ी को दरख़्तों के झुंड में खड़ा किया। मोटर के शीशे चढ़ाए और कल्पना का जिस्म अपनी बाँहों में समेट लिया। कल्पना उसकी गोद में पिघल गई।

इसके बाद गोरधन एक काम से राजस्थान चला गया। जब वह लौटा तो कल्पना उसे फ़ोन करती मगर कोई जवाब न मिलता। वह गोरधन के घर जाती तो वह मौजूद न होता। कभी दिखाई देता तो बहुत मसरूफ़ दिखाई देता। उसकी माँ की नज़र भी बदल गई थी। आख़िर कल्पना समझ गई कि गोरधन की उसमें कोई दिलचस्पी नहीं है।

"गोरधन झूठा है ना योगी।"

"हाँ।"

"मैंने अच्छा किया ना जो उसका ख़याल छोड़ दिया।"

"बहुत अच्छा किया तुमने।"

"मेरा तो इसमें कोई क़ुसूर नहीं ना?"

योगेश ख़ामोश रहा।

"योगी।"

"हाँ।"

"मेरा तो इसमें कोई क़ुसूर नहीं ना?"

"सिर्फ़ इतना कि...कल्पना तुम ख़ुदग़र्ज़[1] हो और यह कोई बुराई नहीं है...।"

"योगी। मैं ख़ुदग़र्ज़ नहीं हूँ।"

"तुम झूठ बोलती हो और यह कोई बुराई नहीं है।"

"तुम मुझसे नाराज़ हो योगी?"

"नहीं। मैं तुमसे कभी नाराज़ नहीं हुआ।"

"फिर इतने सख़्त लफ़्ज़ क्यों कहते हो तुम?"

"कल्पना। बाज़ार में चलता हुआ कोई भी आदमी तुमसे अगर यह कह दे कि वह तुमसे शादी करेगा तो तुम सरे-बाज़ार उसके साथ सोने को तैयार हो जाओगी?"

कल्पना ने हाथ खींच लिया। उसके चेहरे का रंग उड़ गया।

---

1. स्वार्थी

धूप से टेरेस तप गया था। गर्मी ज़ानवरों की साँसों की तरह जिस्म को जला रही थी। हवा का एक-आध झोंका गुज़रता तो ज़रा चैन पड़ता।

योगेश का जी चाह रहा था कि वह पानी फुहार में नहाये और काश उसे एक कप चाय कहीं मिल जाए। उसने कहा, "खुलूस[1], दोस्ती, मोहब्बत, दियानतदारी[2] और ईमानदारी की आज कोई क़ीमत नहीं है कल्पना...।"

कल्पना बड़ी देर तक सोचती रही : कहाँ ख़राबी है, कौन झूठा है और कौन ख़ुदग़र्ज़ है? वह दिन-ब-दिन ख़ौफ़ज़दा हो रही है। हाँ, वह ख़ौफ़ज़दा है, इसलिए कि वह लड़की है और इसलिए कि उसकी उम्र में हर रोज़ एक दिन का इज़ाफ़ा[3] हो रहा है।

सच्चा कौन है, किसको सोचने की फ़िक्र है?

यक़ीन और एतिमाद[4] रखने की जुर्अत किसमें है?

वह कोई बात न सुलझा सकी। उसने एक नज़र योगेश को देखा। वह आँखें मूँदे अपने बेक़रार दिल पर क़ाबू पाने की कोशिश कर रहा था। वह सोचने लगी : इस आदमी ने मुझसे कभी झूठ नहीं बोला, कभी मेरा दिल नहीं दुखाया और कभी ज़िद नहीं की। योगेश अच्छा आदमी है। वह उठी और उसने दरवाज़ा बन्द करके चटख़नी चढ़ा दी और योगेश के पास पलंग पर लेट गई। ज्यों ही उसने योगेश का जिस्म अपने जिस्म से मस[5] किया। वह तो आग था, ऐसी आग जो उसने कभी महसूस न की थी : यह तो इस जिस्म की दयानतदारी है। यह जिस्म ख़ुलूस और मोहब्बत के तरन्नुम[6] से वाक़िफ़ है। यह जिस्म झूठ नहीं बोल सकता। योगेश की तरह उसका अपना जिस्म भी उजड्ड, गँवार और शायर था—कल्पना मदहोश हो गई।

उसने कहा,

"योगेश, मुझसे शादी कर लो...।"

योगेश ने अपने गर्म होंठों से कल्पना के गालों पर, आँखों पर और होंठों पर इश्क़ की इबारत[7] लिखी और बोला,

"तुम जानती हो, मैं शादी नहीं कर सकता। शादी के जो तक़ाज़े हैं, वे इस समाज में पूरे नहीं हो सकते...मैं तुमसे कभी झूठ नहीं बोल सकता...।"

---

1. निश्छलता, 2. सत्यनिष्ठा, 3. वृद्धि, 4. भरोसा, 5. स्पर्श, 6. लय, 7. लेख

और उसका शायर जिस्म फ़ौरन भाँप गया कि कल्पना का जिस्म ठंडा हो रहा है। उसके जिस्म के गुलाब बस थोड़ी देर खिलने के बाद मुरझाने लगे हैं।

उसने सोचा : वह बोगनविला के फूल की तरह ही दिलफ़रेब[1] है लेकिन उसमें महक नहीं है...उसकी रगों में झूठ दौड़ गया है...उसका जिस्म शर्मिन्दा हो गया है...

कुछ दिनों के बाद योगेश ने सुना कि कल्पना प्राइमरी स्कूल के एक मास्टर के साथ घूमने जाती है। उसे यक़ीन है कि मास्टर उससे शादी कर लेगा।

1. मन को लुभाने वाला

ब्रह्मचारी

"यह तप और त्याग किसलिए?"

"मुक्ति के लिए।"

"मुक्ति किसलिए भगवन्?"

"इस माया से छूट जाने के लिए।"

"त्याग से मुक्ति मिलती है, भगवन्!"

"त्याग और तपस्या से यह मायाजाल छूट जाता है, आत्मा परमात्मा को पा लेती है, और फिर मोक्ष व महान शान्ति प्राप्त होती है।"

"फिर मनुष्य इस संसार में क्यों आता है?"

"मैं देवी का अभिप्राय नहीं समझा।"

"मनुष्य संसार में कर्म करने के लिए आता है और कर्म से घबराना कायरता है। भगवन् कर्म न करना परमात्मा की आज्ञा को न मानना है।"

ब्रह्मचारी थोड़ी देर अपने ध्यान में मग्न रहे, फिर आँखें खोलकर बोल उठे, "यह त्याग और तप भी कर्म है सुन्दरी। परन्तु इसमें सन्तोष है।"

"यह सन्तोष किसलिए महाप्रभु?"

"उस अलौकिक संसार के लिए।"

"और यह अलौकिक संसार...? इस संसार के लिए कुछ भी नहीं भगवन्!"

यह उक्ति सफल रही, ब्रह्मचारी चुप हो गए, थोड़ी देर के पश्चात् बोले, "मेरी पूजा का समय हो गया है, देवी।"

"मेरे प्रश्न का उत्तर नहीं मिला, भगवन्!"

"नास्तिक को कभी संतोष न होगा, देवी, दलील से कोई लाभ नहीं, पहले परमात्मा पर विश्वास पैदा करो, फिर उसकी गति को समझ पाओगे।"

चलते हुए फिर बोल उठे,

"वासना को मारने का प्रयत्न करो, देवी! इसको कुचल डालो। भोग-विलास के साधन परमात्मा ने तुमसे छीन लिए हैं, अब तप और त्याग से 'काम' को नष्ट कर दो। अब मैं चलूँगा।"

थोड़ी देर बाद गोमती की घंटियों की ध्वनि सुनाई देने लगी। ब्रह्मचारी तपस्या में तल्लीन हो गए। गोमती कुछ देर के लिए ठिठकी, तत्पश्चात् बोल उठी,

"दबाने से यह आग बुझती नहीं भगवन्! और भड़कती है।"

गोमती के इस लगाव को समस्त गाँव जानता था। उन लोगों के लिए ब्रह्मचारी परमात्मा का साक्षात् रूप था और गोमती उनकी एक मुजरिम, एक भक्तिन, जिसकी भक्ति निःस्वार्थ थी। वह विधवा थी। उसका पति पठानों से एक खेत के लिए झगड़ते हुए मारा गया था। उसने भी दो-तीन किसान ज़ख़्मी किए थे, परन्तु वह स्वयं न बच सका, और अपनी नवविवाहिता वधू को इस दुनिया में अकेली छोड़ गया। लोगों का यही कहना था कि गोमती अपना भविष्य सुधार रही है, परन्तु गोमती तीन वर्ष से अपना सिर उस पत्थर की मूर्ति के पाँव में पटक रही थी और पत्थर की मूर्ति उसी उपेक्षा भाव से आज भी मुस्करा रही थी। अब उस वैरागी की आँखों से आँखें डालते ही उसके वासनात्मक विचार ठंडे हो जाते, मानो उन पर शीतलता फिर गई हो। उनकी उपस्थिति ही इस मायाजाल का नाश कर देती थी। गोमती गिरते-गिरते सँभलती, परन्तु तीन वर्ष के पश्चात् गोमती के प्रश्न अब ब्रह्मचारी के लिए प्रश्नवाचक चिह्न बनकर रह गए थे, और वह असमर्थता के कारण उत्तर न देकर छुटकारा पा लेते। एक दिन गोमती ने पुनः प्रश्न किया,

"भगवन्! जब सदैव ही आप तपस्या में खोए रहते हैं तो इस संसार में आने का कारण?"

"कारण जानना हमारा काम नहीं है देवी, हमारा काम है कर्तव्य करना, सृष्टिकर्ता के सिद्धान्तों का पालन करना।"

"वह तो भगवन् जीना न हुआ, वह तो जीवन न हुआ।"

"देवी, जीवन कुछ भी नहीं है। केवल एहसास अनुभूति का नाम ही जीवन है, एहसास ही जीवित रखता है, और एहसास ही मार देता है।"

और यह एहसास प्रभु...? गोमती की आँखें ब्रह्मचारी से टकराईं। उनकी तीस साल की तपस्या काँपने लगी।

"मैं फिर कहूँगा देवी, इस अनुभूति से प्रसन्नता भले ही प्राप्त हो, सन्तोष नहीं मिल सकता।"

ब्रह्मचारी फिर विदा हो गए। केवल उनकी खड़ाऊँ की ध्वनि रह गई, जो क्रमश: क्षीण होती जा रही थी, गोमती फिर बोल उठी,

"देख तो लो भगवन् कितना सन्तोष मिलता है, कितना सन्तोष...।"

जैसे ही प्रात:काल का समय होता, पंछी अभी अपने नीड़ों में दुबके ही बैठे होते, ब्रह्मचारी नींद को त्यागकर पहाड़ों की ओर चल पड़ते। पहाड़ी झरनों में ही स्नान करके चढ़ते हुए सूर्य के दर्शन करते। तत्काल बाग़ों से चमेली की कलियाँ एकत्र करके अपने प्रभु के चरणों में चढ़ाने के लिए लेकर लौट आते। उस समय वह अत्यन्त प्रसन्न रहते थे। भर्राई हुई आवाज़ से भगवन् का धन्यवाद करते, जो भौतिक सुखों को त्यागने की शक्ति प्रदान करता है। गोमती भी प्राय: उस समय तक उठ बैठती। तालाब में नहाती। अपने लम्बे-लम्बे भीगे केशों को कंधों पर बिखेरती। धोती बदलती और चम्पा की माला लिए अपने भगवन् की मूर्ति पर चढ़ाने चली जाती। ब्रह्मचारी जब भी लौटते अपने चित्र पर ताज़ा कलियों का हार देखते और गोमती को एक कोने में प्रसन्न देखते। वह जब अपनी दृष्टि उस पर डालते तो गोमती अर्थ भरे नेत्रों से मुस्कराती। ब्रह्मचारी की तपस्या डोलती और वह अपना ध्यान प्रभु में लगा लेते। जब कथा समाप्त होती, समस्त लोग चले जाते, तो गोमती प्रश्न करती।

"यह कथा किसलिए भगवन्?"

"मुक्ति के लिए।"

"आप तो कोई दोष नहीं करते।"

"दोष केवल कर्म से ही नहीं, विचार से भी किया जा सकता है।"

"आप विचार से दोष करते हैं भगवन्?"

"इस मायाजाल से मुक्त होने के लिए शक्ति माँगता हूँ।"

"मुक्ति किसलिए, प्रभु?"

"दूसरे विश्व के लिए।"

"दूसरा विश्व देखा है भगवन्?"

यहाँ ब्रह्मचारी चुप हो जाते। कुछ देर वे चुप रहते, फिर कह उठते,

"नास्तिक को उस अलौकिक संसार की कमी अनुभूति नहीं होती। वह कभी नहीं देख सकता। सुन्दरी, विश्वास उत्पन्न करो।"

और गोमती अधरों के नीचे कह उठती,

"विश्वास तो है प्रभु, देखें विजय किसकी होती है।"

ब्रह्मचारी समस्त गाँव के गुरु माने जाते थे। उनका आदर न केवल उसी गाँव में था, बल्कि अन्य गाँव के लोग भी उनके दर्शनों को आते थे। जब प्रत्येक वर्ष यज्ञोपवीत का समय आता, तो न केवल उस गाँव के ही नवयुवक उनके दिखाए हुए मार्ग पर चलते हुए गृहस्थ आश्रम में प्रवेश करते बल्कि अन्य गाँव से भी लोग उनके चेले बनने के लिए आते थे। यज्ञोपवीत की रीति करा देने में ब्रह्मचारी को पर्याप्त दक्षिणा मिलती। प्राय: समस्त वर्ष का ख़र्च इत्यादि केवल इसी एक दिन की दक्षिणा से निकल जाते। प्रत्येक वर्ष बीस-पच्चीस व्यक्तियों को वह दीक्षा देते थे। गृहस्थाश्रम में प्रवेश करने के लिए उनको आवश्यक निर्देश देते, तथा उत्तरदायित्व की अनुभूति कराते थे। प्रत्येक शिष्य श्रद्धापूर्वक उनको बीस-पच्चीस रुपए दक्षिणा देता। यह दिवस दीक्षा ग्रहण करने वाले नवयुवक के लिए एक विशेष दिवस होता। प्रसन्नता व ख़ुशी का दिवस होता था। शैशवकाल की लापरवाही आदि को वह तिलांजलि देता। वह यौवन-संसार में पदार्पण करता था। सबसे अधिक प्रसन्नता इस बात की होती कि ब्रह्मचारी ने उसे अपना शिष्य बनाना स्वीकार कर लिया है। अब वह जीवन-संघर्ष से नहीं घबराएगा। उसे कभी पराजित न होना पड़ेगा।

इसके सिवा लोगों के हृदय में भी ब्रह्मचारी के लिए पर्याप्त सम्मान था। वह जिसके गृह में जलपान कर लेते, वह अपने को भाग्यशाली समझता। जिस घर में वह खाने की स्वीकृति दे देते वह अपना सौभाग्य समझता। वह बाज़ार से निकलते तो प्रत्येक व्यक्ति का मस्तिष्क भूमि पर झुक जाता। लोग उनकी पगधूलि को अपने नेत्रों में लगाते। ब्रह्मचारी का प्रभाव केवल हिन्दुओं पर ही न था बल्कि मुसलमान भी उनकी क्रोधाग्नि से बचने की चेष्टा रखते थे। पीर-फ़क़ीर केवल जाति-पाँति अथवा धर्म तक ही सीमित नहीं रहते, बल्कि समस्त मानव-जाति उनकी पूजा करती है।

ब्रह्मचारी को प्रकृति से अत्यन्त प्रेम था। उनके सहन में चम्पा, गुलाब, सतबरगा, सूर्यमुखी इत्यादि के पुष्प सदैव खिले रहते थे। वह प्राय: हरे-भरे मैदान में घूमते व दरिया के किनारे बैठकर ईश्वर का भजन करते थे। अपने शिष्यों के साथ साँझ के समय पहाड़ी की सैर करते, बाग़ों में घूमते और पक्षियों के कोलाहल से आनन्दित होते थे। एक दिन गोमती ने पूछा,

"भगवन्, आप प्रकृति से अत्यन्त प्रेम करते हैं?"

"देवी, प्रकृति ही ईश्वर का साकार रूप है।"

"आप साकार को पूजते हैं?"

"हाँ देवी, साकार की साधना करनी पड़ती है, मेरे अन्त:स्थल में इतना विराग नहीं कि मैं निराकार में ध्यान लगा सकूँ। अभी मेरे भीतर बहुत त्रुटियाँ हैं।"

"साकार को पूजना चाहिए, भगवन्?"

"हाँ देवी, साकार को पूजना चाहिए।"

"और गोमती भगवन्—गोमती भी तो उसी प्रकृति का एक अंग है। आप भगवान के हर साकार रूप को कहाँ पूजते हैं?"

"इसमें पतन का भय है, देवी।"

"यह कायरता नहीं है भगवन्?"

"यह कमज़ोरी है देवी।"

उस दिन गोमती मुस्कराती रही। अन्त में उसने ब्रह्मचारी को पराजित कर दिया।

परिवर्तनशील समाज में ब्रह्मचारी का पहला आदर क्रमश: गौण व क्षीण हो रहा था। काल-चक्र सदैव आगे चलता है। उसने पीछे चलना नहीं सीखा। यह प्रकृति का स्वभाव और नियम है। हर आने वाली शताब्दी अपने साथ नवीन रीतियाँ लाती है। नए सिद्धान्त और अपराधों को नापने के लिए नए पैमाने लाती है। गत शताब्दी का मनुष्य यहाँ आकर भटक जाता है, क्योंकि वह प्रकृति का कहना नहीं मानता। वह अपने आप को बदलता नहीं।

नई सभ्यता की किरणों ने उस गाँव को भी आलोकित कर दिया था। अब धनवानों के लड़के 'छावनी' में अंग्रेज़ी शिक्षा प्राप्त करने के लिए जाते। कुछ आगे बढ़ जाते। रावलपिंडी और पेशावर के कॉलेजों में प्रवेश करते थे। जब वे वापस लौटते तो नए विचार लाते। ब्रह्मचारी के पास कई हिन्दू युवक हिन्दी पढ़ने भी आया करते थे। उनका शुल्क भी ब्रह्मचारी को पर्याप्त सहारा था। उस सस्ते गाँव में आठ आने महीना प्रति विद्यार्थी भी उनके लिए काफ़ी होता। परन्तु अब हिन्दी पढ़ने कोई न आता था। 'सरहद' में पत्र-व्यवहार भी उर्दू में होता था। पहले लोग धर्मोत्साह के कारण हिन्दी पढ़ लेते थे। अब धर्म के लिए कोई इतना समय ही न देता था। ब्रह्मचारी को अब यह देखकर आश्चर्य होने लगा था कि उनके शिष्य मांस भी खाने लगे हैं। जिसके लिए सदैव वे

मना करते थे। इससे भी अधिक पाप तो यह हो रहा था कि हिन्दू-मुसलमान लड़के जो एक साथ पढ़ते थे, परस्पर मतों का आदान-प्रदान किया करते थे। एक साथ ही खाते-पीते थे। अब ब्रह्मचारी बौखलाए रहते, इस कलियुग को कोसते रहते। इस बार जब प्रत्येक वर्ष की भाँति यज्ञोपवीत का शुभ दिन आया तो एक युवक भी उनसे दीक्षा लेने न आया।

परन्तु गोमती अब भी उनके पास जाती थी। उसी तरह चम्पा का हार लेकर उनके चित्र पर चढ़ाती थी। ब्रह्मचारी यह समझ न पाए थे कि अब उनके पास क्या धरा है। वह समस्त गाँव, जो पहले उनकी पूजा करता था अब मुँह उठाकर भी उन्हें नहीं देखता था। अब तो कई दिन भूखे ही व्यतीत हो जाते थे। उनका लस्सी और मक्खन से पला हुआ शरीर अब गलता जा रहा था। आँखों से वह तेज़ लोप हो रहा था, परन्तु गोमती की श्रद्धा में लेशमात्र भी अभाव न आया था। वह उसी हँसी से उनको ताकती। एक दिन ब्रह्मचारी ने गोमती से प्रश्न किया,

"देवी, तुम अब मेरे पास क्यों आती हो?"

"यह तो समझने की बात है भगवन्!"

"तुम मुझ पर दया करने आती हो देवी?"

"मैं अपने ऊपर दया करने आती हूँ भगवन्!"

ब्रह्मचारी के स्वाभिमान को अब ऐसा धक्का लगा कि वे संसार से विरक्त हो गए। कलियुग में जीना उनके लिए असह्य हो गया था। भूख व फ़ाक़े से उनका शरीर दुर्बल हो गया था। अब वह प्राय: बीमार रहने लगे। उन्होंने जीवन में बीमारी का मुँह कभी नहीं देखा था, परन्तु अब वह चारपाई से उठने में भी असमर्थ थे। गोमती जब भी स्कूल से वापस लौटती, सीधे उनके पास चली जाती थी। उनके लिए खाना ले जाती, परन्तु वह न जाने क्यों खोए-खोए से रहते। सोचते कि अन्तत: यह क्या कारण है, गोमती की पराकाष्ठा पर पहुँची हुई श्रद्धा व्यर्थ नहीं हो सकती। अब उनका हृदय शिथिल हो रहा था। अब द्वन्द्व बढ़ता जा रहा था। अब उनका दिल धड़कने लगा था, परन्तु वह लोक-लाज से घबरा रहे थे। हालाँकि उन्होंने निश्चित कर लिया था कि साकार की पूजा करेंगे, अब गोमती भी साकार पूजा में सम्मिलित है।

पिछले तीन दिनों से बर्फ़ पड़ रही थी। मानो मार्गों ने मखमली वस्त्र पहन लिए हों। पहाड़ी के शिखर योगियों की भाँति राख रमाए तपस्या में लीन थे।

वृक्षों के पत्तों ने रंग बदल दिया था। गोमती के स्कूल की छुट्टियाँ थीं। अब वह पढ़ाने नहीं जाया करती थी। स्कूल की इन लम्बी छुट्टियों में वह प्रत्येक वर्ष मायके जाया करती थी। इस बार भी वह मायके गई थी। अपनी बूढ़ी माँ से मिलने। अब ब्रह्मचारी गोमती के लिए व्याकुल रहते थे। पहले वह अपना इस अनुभूति को धैर्य से दबा लेते थे। जब महिलाओं के कई समूह उनसे कथा सुनने आया करते थे। उनमें नई-नवेली दुल्हनें भी होतीं। कुँवारी युवतियाँ भी होतीं। हँसोड़ और अल्हड़ लड़कियाँ भी होतीं। उनकी उपस्थिति इस अभाव की पूर्ति कर देती थी। परन्तु अब तो हर समय वीरानी थी। दीवार भी चुप थीं। उस उजाड़ स्थान में उनकी कुटिया सदैव किसी के पदचापों को सुनने के लिए उत्सुक रहती। ब्रह्मचारी अब प्रायः किंकर्तव्यविमूढ़ से रहने लगे थे।

बर्फ़ से ब्रह्मचारी को अत्यन्त अनुराग था। जब भी दिसम्बर-जनवरी में बर्फ़ पड़ती, वह अपनी लकड़ी उठाकर घूमने निकल जाते। उन बर्फ़ानी पथों पर उनकी खड़ाऊँ अपने चिह्न छोड़ती जातीं। अबकी बार जब वह उठे तो उनके शरीर में वह शक्ति न थी। परन्तु प्रकृति से हमेशा उन्हें प्यार था, किन्तु अब उनको यह वीरानी डस रही थी। किसी अनुभूति की अधिकता से वे काँप रहे थे। वे उठे। उनके कबूतर अब भी प्रसन्न थे। वे अपनी 'गुटरगूँ' में व्यस्त थे। ब्रह्मचारी के नेत्रों में अश्रु आ गए। अब उनके पास चारा भी न था जिसे वे इनके आगे बिखेरते। ब्रह्मचारी के कंठ से दो दिन से कुछ भी भीतर न गया था। ब्रह्मचारी के कंठ में इतना आत्माभिमान था कि उनके लिए हाथ फैलाना आत्मा को कुचलने के समान था। वह बाहर निकल गए। वह कई मील उन बर्फ़ से ढके मार्गों पर चले। गाँव के बाहर पगडंडियों पर, फिर खेतों में। अब पवन में भी यौवन था, जब ब्रह्मचारी रात्रि को लौटे तो उन्हें निमोनिया हो गया था।

वह तीन दिन अपनी कुटिया में पड़े रहे। किसी ने उनकी कुशलता के सम्बन्ध में कुछ न पूछा। आख़िर एक वृद्ध पड़ोसिन को जब विदित हुआ तो वह एक डॉक्टर लिवा लाई। परन्तु ब्रह्मचारी को अब जीने की आशा न थी। वह स्तब्ध व उदास चारपाई पर पड़े रहे। डॉक्टर अपना कार्य करता रहा। उन्हें विश्वास दिलाता रहा। ब्रह्मचारी केवल उस पल की प्रतीक्षा कर रहे थे जब वह अन्त में उसे देखेंगे। उन्होंने अपने टँगे हुए चित्र पर एक दृष्टि डाली। चम्पा की माला सूख चुकी थी। अब वह महसूस कर रहे थे कि चम्पा की कलियों से किसी के उद्‌गारों की सुगन्ध आ रही है। वह लड़खड़ाते हुए उठे।

तीन बार गिरे। बड़ी कठिनाई से मूर्ति तक पहुँचे। चम्पा की माला को उन्होंने अपनी मुट्ठी में बन्द कर लिया और मृत्यु की प्रतीक्षा करने लगे।

रजनी अन्धकारमय हो चुकी थी। सर्दियों में ठिठुरी हुई रजनी, स्तब्ध और सुनसान रजनी, ब्रह्मचारी की कुटिया में मृत्यु का सा वातावरण था। कबूतर चुप्पी साध कर अपने नीड़ों में दुबके बैठे हुए थे। ब्रह्मचारी का जीवन दीप बुझ रहा था। इतने में हाँफते हुए किसी ने कुटिया में प्रवेश किया। गोमती को एक पल पहले ही विदित हुआ था। उसकी आँखों में अश्रुबिन्दु झलक रहे थे। उसने ब्रह्मचारी को झिंझोड़ा, उनके कानों में धीमे से पुकारा। यह पुकार अनोखी थी। यह आह्वान अनोखा था। उस पुकार में एक आकर्षण था। यह संगीतात्मक और मीठी ध्वनि ब्रह्मचारी की रग-रग में दौड़ गई। उनके अन्त:स्थल में झनकार उत्पन्न करने लगी। उन्होंने आख़िरी बार नेत्र खोले। गोमती को देखकर गोमती के मृग से नैन भीगे देखकर, उसके लम्बे केशों और काँपते हुए अधरों को देखकर, उनके अधर कुछ कहने को फड़के, परन्तु वह कुछ कहने में असमर्थ रहे। उन्होंने फिर प्रयास किया और कह उठे,

"बहुत देर कर दी गोमती।"

पहली बार गोमती ब्रह्मचारी की ज़बान से अपना नाम सुनकर प्रसन्नता से नाच उठी। उसके नेत्रों में आँसू आ गए, जो उसके लाल-लाल कपोलों पर से गिरते हुए उसके उभरे हुए वक्ष:स्थल को भिगो रहे थे। उसका वक्ष:स्थल अश्रुबिन्दु से पूरा भीग चुका था। उसके अधरों पर कंपन था, बड़ा नियंत्रण करके बोली,

"देर मैंने नहीं, आपने की है भगवन्!"

ब्रह्मचारी पर्याप्त समय तक उत्तर देने के लिए हाथ-पाँव मारते रहे। बड़ी मुश्किल से बोले,

"हाँ, गोमती देर मैंने की है।"

इतना कहकर उन्होंने अन्तिम हिचकी ली और साँस त्याग दी। कुटिया से केवल गोमती की चीख़ें सुनाई दे रही थीं।

मेरे भाईजान

नवाब अमीर अली ख़ान भोपाल के बहुत पुराने घराने से ताल्लुक़ रखते थे। उनका घर जहाँ शानो-शौक़त और ठाट-बाट के लिए मशहूर था, तो वहाँ रस्मों की पाबन्दी और वक़ार के लिए भी मशहूर था।

इस नए दौर के बावजूद उन्होंने अपने बच्चों पर पूरी पाबन्दी लगा रखी थी। ख़ास तौर पर अपनी लड़कियों को मज़हब और दीन के मुताबिक़ तालीम दिलवाते थे। वे घर के बाहर अगर क़दम रखतीं तो बुर्क़ा पहनकर। घर में शर्म-हया के साथ, अपनी पुरानी रस्मो-रिवायत की पाबन्द। और बच्चे जब अपने जाबिर अब्बा के सामने आते तो उनका दम निकल जाता।

लेकिन अमीर अली ख़ान अपने बेटे नौजवान शायर जावेद पर कोई रोक-टोक न लगा सके। वह इस सदी का होनहार, तरक़्क़ीपसन्द, जिद्दत पसन्द और बेहद हस्सास शायर था। मुशायरों में जाता तो मुशायरे लूट लेता। बातों का भी धनी था और शहर का कोई भी अच्छा काम हो, विरोध प्रदर्शन हो उसमें शामिल होता। अख़बारों में वह लेख लिखता और आए दिन उसकी तस्वीरें छपती रहतीं। वह इस मुल्क का बाशऊर शहरी था और अपने शहर में बसने वाले ग़रीब आदमियों के लिए ख़्वाब देखता था।

लेकिन जब जावेद अपने घर में क़दम रखता तो उसका दम घुटता। उसके बाप की क़दामतपरस्ती उसके रास्ते रोकती। घर के पर्दे दिन में भी अँधेरा किए रखते। शबनम और रईसा पर तरह-तरह की पाबन्दियाँ उसे बरगलातीं। वे अपने बाप के सामने सिर ऊँचा न कर सकती थीं। हँस नहीं सकती थीं। ज्यों ही अमीर अली घर के अन्दर क़दम रखता तो एक सन्नाटा-सा छा जाता। लड़कियों की ज़ात घुटकर रह जाती।

जावेद चाहता था कि उसकी बहनें इस मुल्क का एक हिस्सा बनें। हर तक़रीब में हिस्सा लें। जिस तरह वह अपने हिन्दू दोस्तों के साथ मिलजुल कर जद्दोजहद में लगा रहता है, उस तरह उसकी बहनें कल्चरल प्रोग्रामों में हिस्सा लें, और वे भी हो सके तो हर तरह की जम्हूरी कोशिशों में शामिल हों ताकि आगे चलकर वे अपने पाँव पर खड़ी हो सकें। अच्छे-बुरे का ख़ुद फ़ैसला कर सकें और अपने हुक़ूक़ के लिए ख़ुद लड़ सकें।

लेकिन अमीर अली उसकी तमाम कोशिशों पर पानी फेर देता। वह तो यह भी न चाहता था कि लड़कियाँ तालीम हासिल करें। वह तो बस यह चाहता था कि वे घर का कामकाज सीखें। बाहर भी न निकलें और वक़्त आने पर शादी कर लें। इन लड़कियों का जीने का और कोई मक़सद न था। सिर्फ़ यह कि वे मर्द की ख़िदमत करें। चाहे वह मर्द उनका पति हो, भाई हो, बाप हो। उनका अपना कोई वजूद न हो। इस वजह से बाप और बेटे को हमेशा तनाव रहता था।

इसके अलावा, शबनम पर अपने भाई का असर था। वह अपने भाई की चहेती थी। वह उसके लिए हीरो था। उसके लबों पर हमेशा 'मेरे भाईजान' किसी पाक कलमे की तरह रहता। वह सहेलियों को अपने भाई के शेर सुनाती और दाद तलब करती। जावेद की तस्वीर जब-जब उर्दू अख़बारों में छपती तो वह काटकर अपनी कॉपी में चिपकाती। कभी-कभी ज़िद करके जावेद से कोई शेर सुनती। जावेद की ग़ज़लों, नज़्मों को इकट्ठा करके अच्छे ख़त में लिखती और जमा करती।

जावेद अपने घर में किसी अजनबी की तरह दाख़िल होता और अपने टेरेस के अलग कमरे में जा घुसता। कभी-कभी वह रात में देर से आता। कभी-कभी वह महफ़िल में शराब पीता और तक़रीबन बेहोश आता। और जब भी वह अपने कमरे में पीने की कोशिश करता वह अपने बिस्तर पर शबनम को सोए पाता और मेज़ पर खाना रखा होता। शबनम उठती, उसका मुँह धुलाती, उसे खाना खिलाती। उस वक़्त वह नन्ही-सी बच्ची न होकर एक औरत, एक माँ होकर उसका ख़याल रखती। जावेद दारू के नशे में बड़बड़ाता, उसे डाँटता कि उसे इतनी रात उसके लिए इन्तज़ार नहीं करना चाहिए और शबनम ख़ामोशी से सुन लेती। वह उसे खाना खाए बग़ैर नहीं सोने देती। खिलाकर, उसे बिस्तर पर लिटाकर, चादर ओढ़ाकर, दरवाज़ा बन्द करके, बत्ती बुझाती, तब कहीं वह अपने कमरे में सोती।

लेकिन दूसरी सुबह जब जावेद होश में रहता तो उसका बुरा हाल करती। उसकी हूबहू नक़ल करके उसको दिखाती। वह कैसे चलता है, कैसे बोलता है, कैसे गिरता-पड़ता है। एक-एक हरकत कमाल से उसे दिखाती। दरअसल वह अपने भाई का आईना है। जावेद उससे शर्मसार होता। उससे माफ़ी माँगता। आइंदा न पीने या कम पीने का वादा करता। उसके एवज़ वह शबनम की हर बात मानता। उसके नख़रे सहता। उसकी ज़रूरियात पूरी करता। कभी-कभी वह धमकी भी देती कि उसने अगर ज़्यादा शराब पी तो वह वालिद से शिकायत करेगी। हालाँकि यह सिर्फ़ धमकी होती। अपने भाई के ख़िलाफ़ वह किसी की बात न सुन सकती थी।

वह कभी-कभी रात में जब जावेद से उसकी शिकायत करती कि जावेद ने वादा किया था कि वह शराब नहीं पिएगा, तब जावेद उसे रात के पिछले पहर ज़िन्दगी की हक़ीक़त से रोशनाश कराता कि यह ज़िन्दगी कितनी तल्ख़ है। इस ज़िन्दगी पर मातम करना चाहिए। इस ज़िन्दगी पर किसी का इख़्तियार नहीं है। यह ज़िन्दगी इंसान को इंसान नहीं रहने देती। उस पर बेरोज़गारी, नाइंसाफ़ी और करप्शन इतना है कि सारे में धुआँ छाया रहता है। दम घुटता है। शायर की क़िस्मत है कि वह इन सारी बातों को समझे। अपने हस्सास दिल से परखे और अपनी ज़िन्दगी का हिस्सा बनाए। तल्ख़ी को शराब के नशे में पिए। और कभी-कभी वह फ़ेल बदी शेर में कह उठता। नशे की चोट, उसी बेचैनी के आलम में, अपनी सारी तल्ख़ी, एक शेर में उगल देता। शबनम झट आँखें चुराकर वह शेर नोट कर लेती और दूसरी सुबह कहती,

"भाईजान, मैंने कल रात एक शेर कहा है। मुलाहिज़ा हो।"

और वह अपने भाईजान का कहा हुआ शेर सुनाती। जावेद ख़ूब दाद देता। कहता,

"अच्छा शेर है। किसका है?"

तब वह बड़े प्यार से बड़े ग़ुरूर से कहती,

"मेरे भाईजान का है।"

रईसा, शबनम के बिलकुल बरअक्स थी। भाई के मुँह न लगती थी। कभी भाई के कमरे में झाँका भी नहीं। उसको देखकर नाक-भौं भी चढ़ाती थी। उसकी शेरो-शायरी में भी दिलचस्पी न रखती थी। पाँच वक़्त नमाज़ पढ़ती और बाप के हुक्म की पाबन्द थी। सिर झुकाए दुपट्टा ओढ़े, नज़र

नीची किए "जी अब्बा, जी अब्बा," कहती रहती। बाप अपनी इस बेटी से मुतमइन भी था।

रईसा को भाई-बहन की रात की मुलाक़ातों की ख़बर न थी। दिन भर की थकी-हारी वह बेहोश होकर सो रहती। एक दिन कुछ बेचैनी की वजह से जब उसकी आँख खुली तो उसने देखा शबनम ऊपर टेरेस पर जा रही है। वह हैरान रह गई। आहिस्ता से वह ऊपर आई और हैरान रह गई कि जावेद नशे में धुत है। शबनम उसकी नक़ल कर-कर के उससे बात कर रही है। हँस रही है। और जावेद अपनी नन्ही-सी बहन को बहुत लाड़-प्यार से देख रहा है।

दूसरे दिन शबनम की बाप के सामने पेशी हुई। शबनम डरी हुई, सहमी हुई अपने जाबिर बाप के सामने काँप रही थी। ऊपर कमरे में जावेद की आँख खुली तो उसने अपने बाप की गरजती हुई आवाज़ सुनी। वह भागता हुआ नीचे आया। उसकी नज़रों के सामने बाप का एक भरपूर हाथ शबनम के गालों पर पड़ा और वह नीचे ढेर हो गई। उसने शबनम को उठाया। शबनम एक साए की तरह भाई से लिपट गई और जावेद चिल्लाकर बोला,

"अब हाथ उठाओ, हिम्मत है तो आवाज़ ऊँची करो। अपने बाप की औलाद हो तो शबनम को मारकर दिखाओ। चाकू से चीर-फाड़ कर रख दूँगा।"

फिर रईसा की चुटिया पकड़कर कहा,

"अपनी नमाज़ पढ़ो, रोज़े रखो। बाप की नौकरी-चाकरी करो। शादी करो, मर्द की ग़ुलामी करो और मर जाओ। और इस वक़्फ़े में तुमने शबनम पर निगाह डाली तो चुटिया पकड़कर घसीटकर बाहर फेंक दूँगा। शबनम मेरी बहन है। मेरी ज़िम्मेदारी है। उसको पैदा करके उस पर हुकूमत करने नहीं दूँगा। अपने बाप को।"

जावेद का यह रूप किसी ने नहीं देखा था। ख़ुद शबनम ने भी नहीं देखा था। घर में तनाव बढ़ गया था।

लेकिन जावेद अपनी इस ज़ाती बग़ावत के बावजूद घर और समाज के हालात को न बदल सका था। शबनम को एक शख़्सी आज़ादी मिलने पर ज़रा-सी ख़ुदएतिमादी तो आ गई थी। जावेद की शेरो-शायरी की किताबें पढ़ती तो उसके नौउम्र ज़ेहन में ख़्वाब जन्म लेते। पर्दे, दीवारों और बन्द दरवाज़ों में वह झाँकने की कोशिश करती तो उसे वाहिद मर्द फ़ारूक़ नज़र आता।

फ़ारूक़ अमीर अली का असिस्टेंट था। वकालत पास करके किसी रसूख़ की वजह से अमीर अली के साथ प्रैक्टिस करने लगा था। वकालत से ज़्यादा, उसे अमीर अली की दौलत और उनकी दो लड़कियों में दिलचस्पी ज़्यादा थी। वह ख़ुद ग़रीब घराने का लड़का था और घर की सारी ज़िम्मेदारियाँ उस पर आन पड़ी थीं। बहन-भाई काफ़ी तादाद में थे। उसे लगा कि दयानतदारी से वह कुछ न कमा सकेगा। दिन-रात जुटकर भी दो वक़्त की रोटी भी न कमा सकेगा। वह देखने में अच्छा था। बातें भी अच्छी करता था और फिर अमीर अली की ग़ुलामी की हद तक नौकरी करता था। अमीर अली फ़ारूक़ से बेहद ख़ुश था और उसमें वह एक दामाद की तस्वीर पाता था।

शबनम को एक-आध बार देखकर वह बहुत मुतास्सिर हुआ। शबनम की ख़ूबसूरती देखकर वह पतंग उड़ाने के ख़्वाब देखने लगा। किसी तरह यह रिश्ता तय हो जाए। उसने हिम्मत करके एक मुख़्तसर-सा ख़त दरवाज़े के नीचे ढकेल दिया। एक लाइन लिखी थी,

'आप मुझे अच्छी लगती हैं।'

उस एक लाइन ने शबनम की ज़िन्दगी बदल दी थी। पर्दे की वजह से वह पहला मर्द था जिसे वह ताकती, झाँकती थी। वह पहला मर्द था, जिसे चाहते न चाहते, आते-जाते मिली थी। एक कशिश, एक ख़्वाहिश उसके दिलो-दिमाग़ में पैदा होने लगी। उसकी उम्र ही ऐसी थी कि वह सपने देखे। सपनों में वह फ़ारूक़ की तस्वीर देखती। अपनी ख़्वाहिश और ख़याल के मुताबिक़ वह तस्वीर में अपने रंग भरती।

शबनम ने उस ख़त का जवाब दिया और इस तरह खतो-किताबत का एक सिलसिला शुरू हुआ। अमीर अली को फ़ारूक़ प्रभावित कर रहा था और उसके प्लान के मुताबिक़ सब कुछ सही हो रहा था। अमीर अली फ़ारूक़ को दामाद बनाने की सोच रहे थे और शबनम को फ़ारूक़ से प्यार हो रहा था। फ़ारूक़ को इसमें कोई बुराई नज़र नहीं आ रही थी।

फिर इस चारदीवारी में, बन्द कमरों में, पर्दे में क़ैद होकर शबनम कुछ और सोच भी न सकती थी। बतौर प्यार उस पर एक तरह का पागलपन इख़्तियार हो रहा था। उसका बदन बेक़ाबू हो रहा था। उसका ज़ेहन सेक्स की तरफ़ झुक रहा था। फिर शबनम का कोई राज़दार न था। वह यह बुख़ार कहाँ उतारे? किससे यह राज़ की बात कहे? अपनी बड़ी बहन रईसा से उसकी

दोस्ती न थी। यह ख़ज़ाना जो शबनम अपने दिल में छुपाकर बैठी थी, उसके लुटने से वह डरती थी।

दुनिया में एक ही शख़्स उसे प्यारा था और वह उसका भाई जावेद था। फिर जावेद मर्द था। उससे बड़ा भी था। अन्दर से, अपनी नौ-उम्र और पागलपन की वजह से वह शायद यह भी समझती थी कि यह एक तरह का गुनाह भी है। यह भी तालीम की कमी की वजह से था। घर में दबाव के कारण ही वह इस तरह सोच रही थी। यह एक सेहतमंद जज़्बा है, क़ुदरती ज़रूरत है। ये बातें वह सोच भी न सकती थी। मज़हब और रवायत के मुताबिक़ जो उसे एहसास दिलाया गया था उससे वह दबी रहती।

इस तरह वह अपनी दुनिया बसाने लगी। वह छुप-छुपकर फ़ारूक़ से मिलती। कई बार कोई पीरियड मिस करके, उससे बाहर कहीं जा मिलती। वह बहुत अच्छे, ख़ूबसूरत, मासूम ख़त उसे लिखती। अपना सरताज उसे मानती। और एक दिन अमीर अली ने उसे अपने चेंबर में बुलाकर कहा कि वह फ़ारूक़ से बहुत ख़ुश है और चाहते हैं कि वह अपनी बड़ी बेटी रईसा की शादी उससे कर दें। और फ़ारूक़ ने एक लम्हा भी न लिया, हाँ कर दी।

जब यह बात घर में मालूम हुई तो क़यामत शबनम पर टूटी। वह गुमसुम और ख़ामोश रहने लगी। फ़ारूक़ तो उससे आँखें चुराता, ख़ुद शबनम भी उसके सामने न आती। जावेद ने शबनम से इस तब्दीली के बारे में कई बार सवाल भी किए लेकिन शबनम कुछ भी न कह सकी।

फिर इन दिनों ख़ुद जावेद एक ख़ुशगवार दोस्ती में मसरूफ़ था। वह सपने तो न देखता था लेकिन नाहिद का साथ उसे अच्छा लगता था। नाहिद एक बहुत बड़े इंडस्ट्रियलिस्ट की बेटी थी। उनका घराना बहुत मॉडर्न था। जावेद उस घराने में कई बार जा चुका था। पार्टियों में शामिल हो चुका था। नाहिद के अब्बा को तो फ़ुर्सत ही न थी कि वह घर के निजी कामों में वक़्त दे, तवज्जो दे। उनके पास वक़्त ही न था और दूसरा उनकी बेगम किसी नवाब घराने से थीं। हर वक़्त वह ख़ुद में ही खोई रहतीं। नाक पर मक्खी न बैठने देतीं। वह एक जाबिर की तरह घर पर हुकूमत करती थीं। उन्हें अपने ख़ानदान का बहुत मान था। हर वक़्त ठस्से से रहतीं। सारा घर उनसे काँपता था। नाहिद तो अभी बच्ची थी लेकिन वह आज़ाद माहौल में बड़ी हुई थी। कॉलेज जाती थी। कल्चरल शोज़ में हिस्सा लेती। ड्रामों में पार्ट करती। और

इस तरह से जावेद से वह प्रभावित हुई और ख़ास तौर पर वह दुनिया को बदलने का ख़्वाब देखती तो उसे जावेद और जावेद की दोस्ती पर बेहद ग़ुरूर होता। वह चाहती कि वह दोस्त बनकर, साथी बनकर, जावेद का साथ दे, मदद करे और इस तरह नई दुनिया निर्मित करे।

उधर रईसा की शादी की तैयारियाँ शुरू हो गईं। ज़ेवर बनने लगे। घर में चहल-पहल बढ़ने लगी। घर में दर्जी बुलाए जाने लगे और दुल्हन का जोड़ा तैयार होने लगा। आँगन में लड़कियाँ ढोलक पर गीत गाने लगीं। शबनम उसी तरह दिन ब दिन बीमार-सी रहने लगी। बीमार भी हुई। डॉक्टर के पास भी गई। लेकिन उसकी बीमारी का किसी को अन्दाज़ा न लगा। जिसको था, उसे शबनम से ग़रज़ ही न थी।

और इस तरह रईसा और फ़ारूक़ की तमाम रस्मों के साथ शादी हो गई।

अब फ़ारूक़ भी उसी घर में रहने लगा। वक़्तन-फ़वक़्तन अपने घर भी चला जाता। घर में मदद भी करता।

फ़ारूक़ के इस घर में रहने से शबनम पर गहरी बन आई। उसकी मौजूदगी, उसकी आवाज़, उससे बातचीत, खाने-पीने में साथ से शबनम के हलक़ में जैसे कोई गोला फँस गया हो। फ़ारूक़ और रईसा का कमरा भी साथ था। रात में फ़ारूक़ और रईसा की आवाज़ें उसको बहुत डिस्टर्ब करने लगीं। अब वह रात को सो भी नहीं सकती थी। वह ज़िन्दा लाश-सी हो गई। घुट-घुटकर मरने लगी और अब उस पर हिस्टीरिया का दौरा पड़ने लगा।

जावेद अपनी ज़ेहानत और शबनम के घाव की वजह से कुछ-कुछ सँभलने लगा। एक दिन जावेद ने अपने सिर की क़सम दिलाकर शबनम से उस राज़ का पता चला लिया। वे सारे ख़त पढ़े जो फ़ारूक़ ने शबनम को लिखे थे और इस तरह घर में तूफ़ान खड़ा हो गया।

वह ख़त लेकर अमीर अली के पास गया। वह रईसा के पास गया। वह फ़ारूक़ के पास गया। फ़ारूक़ ने कहा कि उसने यह समझौता जानबूझकर किया है। रईसा से वह प्यार नहीं करता। अमीर अली की वह किसी तरह नाराज़गी बर्दाश्त नहीं कर सकता। वह बहुत ग़रीब घराने का लड़का है। ग़रीबी में इश्क़ की कोई गुंजाइश नहीं होती। और आजकल एक मुस्लिम लड़के को नौकरी मिलना कितना मुश्किल है। अपनी प्रैक्टिस करता तो भूखा मरता और वह अब भी इस फ़ैसले से बहुत ख़ुश है। किसी तरह का पछतावा नहीं है उसे।

अमीर अली को डर था कि घर की इज़्ज़त तबाह हो जाएगी। यह बात बाहर न जानी चाहिए। रईसा भी मुतमइन थी। उसे एक नाम का शौहर चाहिए था और अब वह हामिला होने जा रही थी। कहर टूटा तो शबनम पर। दर्द सहा तो जावेद ने। वह अपनी बहन को लेकर कहाँ जाए?

और इस टूटी, बेरब्त ज़िन्दगी को लेकर एक दिन वह सुफ़िया के घर गया तो सुफ़िया की अम्मा से उसकी मुलाक़ात हो गई जो जावेद को पसन्द न करती थी। उसका सुफ़िया से मिलना-जुलना भी पसन्द न था। जावेद महसूस कर रहा था कि यह रिश्ता एक नामुमकिन-सा है। ज़िन्दगी में सिर्फ़ एक रिश्ते के लिए जी-जहान करना, सारी ज़िम्मेदारियों को छोड़कर उस एक ज़द में जी लगाना, और अपने कमेटमेंट के साथ समझौता करना शायद उस जैसे आदमी के लिए मुश्किल होगा। इसके अलावा उसका ज़ेहन घर की सारी तल्ख़ियों, मज़बूरियों, मुश्किलात से दो-चार था। जब तक मुस्लिम की नई पीढ़ी, मौजूदा मेन स्ट्रीम में आकर ज़द्दोजहद नहीं करेगी, अपनी शिनाख़्त के लिए दो-चार नहीं होगी, वह ख़ुद्दारी से नहीं जी सकेगी। फिर शबनम के बारे में वह बेहद परेशान था।

घर पहुँचकर उसे एक चीख़ सुनाई दी। जावेद दौड़ पड़ा। पता चला कि शबनम ने ज़हर खा लिया है। उसने आव देखा न ताव, शबनम को कंधे पर उठाकर सीधा अस्पताल की तरफ़ भागा।

जावेद की हिम्मत, हौसले और मेहनत से शबनम अच्छी हो गई थी। जावेद ने एक छोटा-सा घर किराये पर ले लिया था। इस मुसीबत में, उसके बहुत से दोस्तों ने उसकी मदद की थी, जिनमें बेशुमार हिन्दू लड़के और लड़कियाँ भी थीं। यह एक नौजवानों की नई पीढ़ी थी जो ज़ात-पात फ़िरक़े को मानकर भविष्य के ख़्वाब देख रहे थे।

जिस दिन शबनम इस नए घर में अपने भाईजान के साथ पहुँची तो एक जश्न बरपा था। शबनम ने महसूस किया कि वह अपने एक छोटे से दायरे से निकल कर बड़े समंदर में जा मिली है। उसकी ज़ात एक नुक़्ता होकर भी एक तवील रास्ते की तरफ़ इशारा करती है। दुनिया में फ़ारूक़ जैसा आदमी ही नहीं है, बहुत अच्छे इंसान मौजूद हैं। अपनी ग़रज़ से निकलकर, ज़िन्दगी की बेशुमार ज़िम्मेदारियों को सँभालना है, लड़ना है, जीना है।

अमीर अली बहुत बीमार रहने लगे थे। पर्दे मैले हो गए थे, दीवारें भी सील गई थीं और कोई दस्तक न देता था।

रामलीला का राम

राम की झाँकी निकली तो वह भी दर्शन करने लोगों के साथ सड़क पर निकल आई। राम का रथ पूरी परम्परा के साथ सजाया गया था। घोड़ों के गले में नक़ली चाँदी के हार थे और राम, लक्ष्मण और सीता के साथ पुष्प हार पहने अयोध्या को लौट रहे थे। राम के चेहरे पर बहुत आभा थी। बड़ी-बड़ी कोमल आँखें, ठहरी हुई झीलें, कमलनैन, होंठों पर मुस्कराहट की एक किरण। लम्बी आर्याई नाक, केश पीछे को बँधे हुए। अपनी प्रजा को दर्शन देते हुए वह रथ में आगे बढ़ रहे थे। हर साल की तरह यह बस्ती अयोध्या नगरी बनी हुई थी और उसके वासी अपने प्यारे राम के दर्शन के लिए काम-काज छोड़कर, दोनों तरफ़ क़तार में खड़े थे। बहुत-सी औरतें फूल बरसा रही थीं। बहुत-सी नारियाँ अपनी आस्था के लिए उनके चरण छू रही थीं। एक बूढ़ी औरत तो बिलकुल गद्गद होकर उनके पाँव पर झुक गई। उसकी आँखों में अश्रुधारा फूट पड़ी, जैसे वह साक्षात् राम के दर्शन करके इस मृत्यु लोक से बाहर हो चुकी हो। ऐसा समाँ बँधा था, विश्वास की गंगा बह रही थी। आकाश नारों से गूँज रहा था,

"सिया राम की जय।"

लोग मुग्ध थे अपने राम के दर्शन पाकर और उस वातावरण में खो कर पुष्पा भी आगे बढ़ गई और उसने राम के चरण छू लिए। एक पल के लिए वह भूल गई थी कि वह आदमी जो राम की भूमिका कर रहा हैं, उसका पति है।

इस अनहोनी घटना को चौंककर उसके पति ने भी देख लिया। दोनों की आँखें मिलीं, जो घटा था, दोनों उससे घबरा गए। इस घटना के पीछे कितनी घटनाएँ हैं, इस छोटी-सी बात के पीछे, जो पुष्पा से अनजाने में हो गई थी,

कितनी अनुभूतियाँ हैं, कितने सिलसिले हैं, कितनी कड़ियाँ हैं—दोनों को महसूस हुआ कि कहीं कोई शाख़ टूट गई है, कहीं कोई फाँस अटक गई है।

पुष्पा को पाने के लिए जगदीश ने शिव की कमान राजा जनक के दरबार में नहीं तोड़ी थी। लेकिन ज़िन्दगी के रण में उसे जो संघर्ष करना पड़ा, लड़ाई लड़नी पड़ी, ज़िन्दगी से लोहा लेना पड़ा, अगर ख़ुद राम देखते तो वह उस स्वयंवर के लिए तैयार न होते। इस ज़िन्दगी में जीने के लिए कितना मरना पड़ता है, कितना झेलना पड़ता है, आज कोई देवता उसका अन्दाज़ा नहीं कर सकता। यह इंसान का मुक़द्दर है कि उसे भुगते। यह किसी देवता के बस में नहीं।

विभाजन के बाद ये दिन थे। जगदीश अपनी माँ और दो बहनों के साथ रिफ़्यूजी कैंप के एक बैरक में रहता था। बाप परलोक सिधार चुका था। घर में वही एक मर्द था, माँ को बहुत चाहता था। माँ ही ज़िन्दगी का केन्द्र बन गई थी उसके लिए। जगदीश का जिस्म गठीला था, कद छह फुट ऊँचा। माँ उसको अपने सामने बिठाकर बड़े चाव से उसे खाना खिलाती, जैसे वह अपने पति को खिलाया करती थी। अपनी बेटियों से बचकर, अपने पेट में न डालकर, ख़ुद अक्सर भूखी रहकर, उसको एक-आध प्याला दूध पिला देती। एक-आध कटोरा दही बना देती। और जगदीश जितना माँ को प्यार करता था, उतना ही उससे डरता भी था। उस वक़्त उसका शरीर उसका साथ न देता। गठीला शरीर दुबककर बहुत छोटा हो जाता था। एक बार वह कहीं से दारू पीकर बैरक में चला आया था, तो उसकी माँ ने डंडे से मार-मार कर उसका शरीर लहूलुहान कर दिया था। उसकी दारू उतार दी थी। सारे गली-मोहल्ले ने देखा था कि वह रो रहा है, गिड़गिड़ा रहा है, मार खा रहा है। माँ ने उसे इतना मारा था कि दस दिन ख़ुद अपने हाथ से हल्दी गरम करके उसके बदन पर लगाती रहती थी, ज़ख़्म सेंकती रहती थी। जगदीश ने उसके बाद दारू को हाथ नहीं लगाया था।

जगदीश किसी सर्कस के घोड़े की तरह माँ का काम करता था। कॉलेज से लौटता तो दस-दस, पन्द्रह-पन्द्रह ट्यूशन देकर परिवार के लिए अनाज लाता, अपनी दो बहनों का स्कूल का खर्चा मुहैया करता। कुछ ही दिनों बाद उसकी माँ के दूर के किसी भाई की सिफ़ारिश पर वह एक बैंक में नौकर हो गया। अब वह प्राइवेट कॉलेज में जाने लगा। दिन में नौकरी करता, रात में पढ़ता। फिर कॉलेज के इम्तिहान सिर पर आ जाते तो उनकी तैयारी करता।

एक दिन उसकी माँ हमेशा की तरह चौकी पर बिठाकर उसे खिला रही थी। एक बहन उसे पंखा झल रही थी। माँ उसे निहारते-निहारते बेइख़्तियार रो पड़ी। जगदीश ने हाथ रोक लिया। उससे रोने की वजह पूछने लगा। उसके पूछने पर माँ धाड़ें मारकर, बावेला मचाकर रोने लगी। किसी शर्म, किसी लिहाज़ के बग़ैर रोने लगी, छाती पीटने लगी। जगदीश पूछता और वह रोती। जगदीश ने खाने की प्लेट उठाकर तोड़ दी। मिट्‌टी का घड़ा फोड़ दिया और अपना सिर दीवार से मारने लगा। भीड़ जमा हो गई, तब उसकी माँ हिचकियाँ भरते हुए बोली,

"मेरे बेटे का सोने जैसा शरीर मिट्‌टी हो गया है। हाय, जिसे मैंने इतने चाव से, अपना हड्‌डी-मांस काटकर एक राजकुमार बनाया था, दुनिया ने उसकी शक्ल बिगाड़ दी।"

उस दिन के बाद जगदीश अपने बारे में सोचने लगा। उस घड़ी के बाद उसे अपने वजूद का ख़याल आया। माँ के रोने के बाद वह बहुत रोया। माँ के उस वाक्य पर ग़ौर करता रहा। उसके ख़ून में, लहू की एक-एक बूँद में वह फ़िक़रा दौड़ता रहा। चिंघाड़ता रहा। चिल्लाता रहा। उसके एक फ़िक़रे ने उसकी ज़िन्दगी बदल दी। ख़ुद माँ से इस फ़िक़रे के कारण उसने रिश्ता तोड़ लिया। अब वह लाड़ से माँ की गोद में सिर नहीं रखता था। अब वह हँसकर माँ को गले नहीं लगाता था। अब वह माँ से हँसी-मज़ाक़ नहीं करता था। उसने अपने चेहरे को आईने में देखा। वह उस चेहरे से मानूस होने की कोशिश करने लगा। यह अजनबी चेहरा जो उसके कंधे पर रख दिया गया था, उसके बदलते हुए नक्श-निगार देखता रहा। कनपटियों पर आए हुए सफ़ेद बाल गिनता रहा। आँखों के नीचे काली-काली लकीरों को घूरता रहा। उसे अपने आप से नफ़रत हो गई, काम के इस चक्कर से नफ़रत हो गई, काम से नफ़रत हो गई, सूरज से नफ़रत हो गई, जो रोज़ उसके सिरहाने आकर खड़ा हो जाता है, उसे जगाता है। रात से नफ़रत हो गई, जिसने उसे तन्हाई बख़्शी है, उसकी नींद छीन ली है। दिन से नफ़रत हो गई, जो रोज़ नए-नए तक़ाज़े लेकर आता है, उसे नए समझौतों पर मजबूर करता है। तब उसकी ज़िन्दगी में पुष्पा दाख़िल हो गई।

पुष्पा खाते-पीते घर में पली थी। रिफ़्यूजी तो वह भी थी, लेकिन उसके माँ-बाप ज़ेवर-पैसा लाए थे। उन दिनों वर का मिलना कठिन था। कोई आदमी

बोझ लेने को तैयार नहीं था। नफ़्सा-नफ़्सी का आलम था। लेकिन पुष्पा ख़ूबसूरत थी, हँसमुख थी, काम-काज में होशियार, सहेलियों में राजहंस की तरह चलती, गली-मोहल्ले में हिरन की तरह भागती। उसके घर वालों ने काफ़ी दहेज-पैसा देकर, एक छोटा-सा फ़्लैट दिलाकर पुष्पा को ब्याह दिया। पुष्पा को देखकर, उससे विवाह करके जगदीश को एहसास हुआ कि उसे ज़िन्दगी गुज़ारने का एक बहाना मिल गया है, जीने का एक कारण पैदा हो गया है। शायद इसी सहारे वह अपनी बेमतलब ज़िन्दगी काट सके। वह पुष्पा पर मोहित हो गया था। उसने तय कर लिया कि वह उसे ख़ुश रखेगा, चाहे उसके लिए उसे शिव जी की कमान का चिल्ला ही क्यों न चढ़ाना पड़े।

वह अब बैंक के डिपार्टमेंटल इम्तिहानों में मसरूफ़ हो गया। एक के बाद एक मंज़िल सर करता गया। दिन में दफ़्तर का काम, रात को इम्तिहानों के लिए बत्ती जलाकर पढ़ना। अब उसकी कनपटियों के बाल बिलकुल सफ़ेद हो गए थे। आँखों के नीचे के हिस्से हल्के और गहरे और बड़े हो गए थे।

उसको पता न चला कि धीरे-धीरे ज़िन्दगी में धुंध छाने लगी है। आदमी ठीक से पहचाना नहीं जाता—किसी बात का कुछ मतलब नहीं होता। मतलब होता है तो वह बेमानी होता है। चीज़ें बिखरती जा रही हैं, ताल्लुक़ टूटता जा रहा है। ज़ेहन में कुछ रेशमी धागे हैं, टूट रहे हैं, लेकिन उनके टूटने की आवाज़ें उसे आ रही हैं, जैसे बम फूट रहे हैं। यह क्या बात है कि जिस कुर्सी पर वह बैठा है, उसका उससे कोई सम्बन्ध नहीं है। आईने में जिस शक्ल को वह देख रहा है, वह उसकी नहीं है। आख़िर यह दिन-रात की मेहनत किसलिए की उसने? अपनी एक बहन की शादी, फिर दूसरी की—और इस तरह नट की तरह मदारी की रस्सी पर चलकर वह चकरा गया। पुष्पा को ख़ुश रखने की बजाय वह उसके और अपने बीच एक दरार पैदा कर बैठा, एक अनपाट ख़लीज़—और जिस दिन वह डिपार्टमेंट का इंचार्ज बनाया गया। उसे काम से वृत्ति हो गई, ख़ुद ज़िन्दगी से बैराग हो गया।

फिर उसने राम की भूमिका अदा की। कनपटियों को काला किया, आँखों में काजल लगाकर उन्हें बड़ा किया। होंठों पर हल्की-सी सुर्ख़ी—और जब वह कमान लेकर रथ पर बैठा तो बस्ती वालों को लगा कि ख़ुद राम साक्षात् रूप में प्रकट हुए हैं। आँखों में बैराग तो पहले ही छाया था, ज़िन्दगी से रिक्ति तो पहले ही हो गई थी, आधे चाँद की मुस्कराहट ख़ुद-ब-ख़ुद किसी पंछी की

तरह उसके होंठों पर बैठ गई थी। अब राम की तस्वीर में रंग भरा जा चुका था। अब जगदीश ने बाहरी दुनिया से नाता तोड़कर अन्दरूनी ज़िन्दगी से सम्बन्ध जोड़ लिया था। हक़ीक़ी ज़िन्दगी से उकताकर बनावटी ज़िन्दगी को अपना लिया था। नाटक की जादू भरी दुनिया उसके लिए ज़्यादा मानी रखती थी।

हर साल राम की झाँकी निकलती। हर साल भीड़ उसके पाँव छूती। हर साल आकाश गूँजता। अब जगदीश सड़क पर चलता तो उसकी नज़र लोगों के चेहरे से बाहर निकल जाती। कई बार आदतन लोग नमस्कार करने उठ जाते। बूढ़ी औरतें तो गद्‌गद होकर उससे मिलतीं और आशीर्वाद भी देतीं। जगदीश ने अपने चेहरे के गिर्द एक हाला बना लिया था, जिसे अब कोई नहीं तोड़ सकता था।

जब वह मेकअप उतारकर, काजल पोंछकर, मुँह धोकर, अपने कपड़े पहनकर घर पहुँचा तो हैरान रह गया कि घर का दरवाज़ा खुला है और उसकी माँ कौशल्या की तरह पृथ्वी पर पछाड़ खाकर रो रही है, चिल्ला रही है,

"राम, तेरी सीता का अपहरण हो गया है, कोई रावण उसे उठाकर ले गया है।"

लोगों की आँखों में अश्रुधारा थी। गली-मोहल्ले सुनसान थे। माँएँ घरों से बाहर आ गई थीं। बूढ़ी औरतें उसे ऐसे देख रही थीं जैसे उनका राम वनवास पर जा रहा है। और वह तो कब से बस्ती में रहकर वनवास काट रहा था।

वह राम नहीं था।

उसकी पत्नी सीता नहीं थी।

वह आदमी रावण नहीं था।

और उसके सामने कोई लंका नहीं थी, जिसे वह जीत सके। सिर्फ़ बेमानी, बेमतलब की ज़िन्दगी थी, जिसका अन्त नहीं था।

हर्षद मेहता का सूटकेस

लोकनाथ दारू के हर घूँट के साथ मुँह बना रहा था। मेरा सर तो पहले ही चकरा रहा था। महानगर में मैंने फ़सादात के बारे में एक लेख लिखा था। लिखते समय एक ख़ास क़िस्म का जोश था मुझमें। एक तरह की गरमी मेरी रगों में दौड़ रही थी। छपने से पहले मैं अपने आप को एक शहीद के रूप में देख रहा था कि लेख छपने के बाद मुझे गोली मार दी गई है और मेरे जनाज़े के साथ शहर के हज़ारों नागरिक चल रहे हैं। इस जोश व खरोश में लेख कुछ अच्छा लिखा गया था। छपने के बाद कुछ तारीफ़ भी हुई थी। हालाँकि उतनी नहीं जितनी मुझे उम्मीद थी। फिर भी मैं ख़ुश था लेकिन दूसरे ही दिन सियासी पार्टी के किसी सदस्य ने मुझे धमकी दी कि मेरी टाँगें तोड़ दी जाएँगी। मैंने जर्नलिस्ट कोटे से पहली गाड़ी ली और दिल्ली आकर लोकनाथ के साथ नक़ली दारू पी रहा था, जो मैं बंबई से चलते वक़्त किसी दुकान से ख़रीद लाया था। उसका सर दारू से घूम रहा था और मेरा डर के मारे। दोनों की हालत एक जैसी थी, इसलिए मैं अब आसानी से सवाल कर सकता था।

"तुम्हारे उस लोन का क्या बना?"

"अरे यार कुछ नहीं।"

"क्यों, पिछली बार जब हम मिले थे तो तुमने कहा था कि बैंक मैनेजर मान गया है, पन्द्रह परसेंट तय भी हो गया है। और ज़िन्दगी के उन दिनों में तुम मुस्कराने भी लगे थे, जो आजकल के दिनों में बहुत मुश्किल हो गया है।

लोकनाथ ने रिटायर होने के बाद रेडीमेड कपड़ों की एक फ़ैक्ट्री डाली थी। ख़ुशक़िस्मती से उसका काम भी चल निकला था। मैं जो इस वक़्त उसके सामने बैठा नक़ली दारू पी रहा था और हमदर्दी की रस्म निभा रहा था, अब

भी उसी की दी हुई क़मीज़ पहने था। इससे पहले वह सेल्स डिपार्टमेंट में अच्छी पोस्ट पर था। लोग जितनी रिश्वत ख़ुशी से देते थे, वह क़बूल कर लेता था। रिश्वत के लिए वह किसी को परेशान नहीं करता था, इसलिए धंधे वाले लोग उसे बेहतर अफ़सर समझते थे। फिर उसमें यह ख़ूबी भी थी कि रिश्वत लेने के बाद काम भी कर देता था। कई बार ऐसा भी हुआ कि उसने काम पहले कर दिया और रिश्वत बाद में ली। कारोबारी इन ख़ूबियों के कारण उसे चाहते भी थे। वह किसी को तंग भी नहीं करता था। ठीक से, ढंग से, दुकानदार से बात करता, कई अच्छे सेठों के साथ तो उसके जाती सम्बन्ध थे। वह शादी-विवाहों में भी बुलाया जाता और अकसर वह बेटा और बेटी की शादी पर उपहार भी लेकर जाता। यानी दूसरे अफ़सरों की तरह वह लेना ही नहीं देना भी जानता था और सेठों के बच्चे उसे लोकनाथ अंकल कहते थे। वह बेटा कहकर उनसे मुख़ातिब होता था।

हम लोगों ने लोकनाथ की नौकरी के दिनों में बड़ी मौज की थी। दारू से मस्त होकर हमारा चार-पाँच-छह आदमियों का टोला खाना खाने के लिए निकलता। जिस होटल में खाना खाने बैठते तो वहाँ का मालिक लोकनाथ को वीआईपी की तरह ट्रीट करता और हम बारातियों की तरह डटकर खाते, स्वीट डिश तक खाकर डकार मारकर निकलते। हम सब जानते थे और अन्दर से अच्छी तरह महसूस करते थे कि हममें से कोई भी इस तरह के होटल में, इस तरह के खाने का ख़्वाब भी नहीं देख सकता और यही कारण होता कि बाहर निकलते वक़्त एक बार तो जिस्म काँप उठता, यह सोचते हुए कि अगर आज होटल का मालिक बिल माँग बैठे तो!...लेकिन अपने भारतवर्ष में कभी ऐसा होता नहीं है कि सेठ सेल्स टैक्स के अफ़सर से पैसा माँगे। हम सबका जिस्म तक़रीबन हराम के अनाज से पला था। इसके अलावा मुझे अगर कोई चीज़ ख़रीदनी भी होती तो लोकनाथ के साथ बाज़ार निकलता, मनपसन्द चीज़ पर हाथ रखता। लोकनाथ उससे क़ीमत पूछता, तो मालिक मुस्कराना शुरू कर देता। लोकनाथ ज़िद करता, टैग पढ़ता और अगर वह चीज़ साढ़े सात सौ की हो तो वह मुझे तीन सौ रुपए अदा करने को कहता। इसके बावजूद हमारे लिए कोल्ड ड्रिंक आती और जब हम निकलते तो दुकानदार हाथ जोड़कर हमें विदा करता और मेरे मन से प्रार्थना निकलती कि भगवान भारत देश में यह व्यवस्था बनाए रखे।

अब लोकनाथ रिटायर हो गया था। माक़ूल-सी रक़म बचाकर घर बना लिया था, जिसे दिल्ली की ज़बान में कोठी कहते हैं और रेडीमेड कपड़ों की एक फ़ैक्ट्री डाल ली थी। उसकी शक्ल उन राजाओं की-सी हो गई थी, जो अपना राज-पाट खो चुके हैं। शक्ल के ज़ाविए टेढ़े-मेढ़े हो चुके हैं। आवाज़ में एक चीख़ सुनाई देती है, जैसे आवाज़ में अब अक़ीदा न रहा हो, बातों में एक खीज भी आ गई थी, लेकिन हम दोनों दोस्ती की एक रस्म निभा रहे थे। उसने बड़ी तल्खी के साथ रोना रोया।

"यार समझ में नहीं आता वह साला चाहता क्या है? जब भी मिलो हँसकर बात करता है। उसका एजेंट कई बार फ़ैक्ट्री में आया है। अपनी पुरानी क़मीज़ प्लास्टिक की थैली में डालता है, नई पहन लेता है, कोल्ड ड्रिंक पीकर वादा करता है कि काम इस हफ़्ते हो जाएगा और कभी-कभी सौ-पचास ले भी जाता है। कई बार तो जी करता है कि साले के दो जमाऊँ, लेकिन डर लगा रहता है कि बना-बनाया काम बिगड़ जाएगा, इसलिए ग़ुस्सा पी जाता हूँ और घुटन की वजह से ब्लड प्रेशर भी बढ़ गया है।"

"कहीं उसे लड़कियों का शौक़ तो नहीं?"

"तुम मुझे क्या दल्ला समझते हो? मैं भी एक अफ़सर रहा हूँ। मैंने कभी ज़िन्दगी में बेजा बात नहीं की।"

"नहीं, मैं ऐसे ही सोच रहा हूँ। दूरदर्शन में मेरा लिखा हुआ सीरियल मेरे एक परिचित ने डाला था। पैसे तो तय हो गए थे। उन साहब को कैबरे देखने का बहुत शौक़ था। कैबरे देखते हुए उनकी हालत अजीब-सी हो जाती थी। कुर्सी पर बैठे-बैठे ऐंठता रहता, जैसे उस लड़की के साथ ज़िना कर रहा हो। एक दिन उसका फ़ोन आया, इत्तेफ़ाक़ से मैं भी वहीं बैठा था, 'लड़की का बन्दोबस्त कर सकते हो?' मेरे परिचित ने भी यही कहा, जो तुम कह रहे हो, 'आप मुझे दल्ला समझते हैं?' और उसका सीरियल पास नहीं हुआ।"

"भाड़ में जाए वह, लोन मिलता है तो ठीक, नहीं मिलता तो मैं क्या करूँ? सर पीट लूँ? मेरा बिज़नेस सामने है, बिज़नेस चल रहा है, और दो लाख का लोन माँग रहा हूँ। पन्द्रह परसेंट की बात हुई थी। वह भी मैंने हाँ कर दी, इसके आगे मैं कुछ नहीं कर सकता।"

और वह बची हुई शराब एक घूँट में पी गया।

मैंने एक और तब्दीली लोकनाथ में देखी। अब शराब उस पर सवार होने लगी है और शराब का मज़ा भी नहीं ले पा रहा। एक तो शराब नकली, उस पर उसका मूड ख़राब। अब वह शायद बेहोश होने के लिए दारू पीता है।

"मुझे लगता है लोकनाथ, तुम इस मामले को ठीक से हैंडल नहीं कर पा रहे हो। तुम्हारे चेहरे पर एक अजीब सी खीज नज़र आती है, शायद बैंक मैनेजर को तुम्हारी शक्ल पसन्द नहीं आ रही है।"

"तो क्या अब मैं उसके लिए अपनी शक्ल बदल लूँ? प्लास्टिक सर्जरी करवा लूँ? यार तुम भी कमाल की बात कर रहे हो।"

"तुम मेरी बात समझे नहीं हो। तुम्हें रिश्वत लेने की आदत है, देने की नहीं। जब तुम उसे रिश्वत देने जाते हो तो तुम्हारी मजबूरी न चाहकर भी तुम्हारे चेहरे पर आ जाती है। बैंक मैनेजर शायद घबरा जाता है। दूसरे लफ़्ज़ों में तुम्हारा पूरी तरह भारतीयकरण नहीं हुआ।"

"मेरा भारतीयकरण नहीं हुआ। यार विद्यार्थी तुम घास खाकर आए हो। मेरी हालत वैसे ही बहुत ख़राब है।"

"ज़रा समझने की कोशिश करो और ख़ुदा के लिए मुझे टोको नहीं। मेरी रचनात्मक प्रक्रिया शुरू हो रही है। तुम टोकोगे तो फ़ौरन बन्द हो जाएगी। ग़ौर से सुनो, बारात में रिश्वत लेना-देना जीवन का ढंग बन गया है। इस पर कोई चौंकता नहीं। कोई शिकायत नहीं करता। देने वाला चढ़ावा चढ़ाता है और लेने वाला प्रसाद समझकर ले लेता है। तुम रिश्वत देकर ख़ुश नहीं होते हो, इसलिए मैं कहता हूँ तुम्हारा भारतीयकरण नहीं हुआ।"

अब वह हँसने लगा,

"तो भाई मेरा भारतीयकरण कर दो।"

"चिन्ता मत करो, विद्यार्थी पैदा ही इसलिए हुआ है कि तुम्हारा भारतीयकरण करे। इसके अलावा मैं तुम्हारा देनदार भी हूँ। इस राजनगरी में तुमने मुझे ढेरों दारू पिलाई है, खाना खिलाया है। मुझे मुफ़्त के खाने की ऐसी आदत हो गई है कि अब मेरा हाथ जेब तक जाता ही नहीं। अकसर वेटर इन्तज़ार करता रहता है कि साहब बिल चुकाएँगे, और मैं इन्तज़ार करता रहता हूँ कि अभी कोई आदमी आएगा और मेरा बिल चुका देगा। बिल चुकाने के बाद खाना भी बदमज़ा हो जाता है।"

थोड़ी देर के लिए तो मैं भूल गया था कि मैं क्या कहने जा रहा था। अपने बातों की रवानी मुझे अच्छी लगती है। इस डर के मारे कि मैं अपनी बात भूल जाऊँ, मैंने ज़रा रुककर कहा,

"तुम हर्षद मेहता के सूटकेस में रक़म लेकर जाओ तो बैंक मैनेजर ना नहीं करेगा।"

लोकनाथ फटी आँखों से मुझे देख रहा था।

मैंने उसे मतलब समझाया,

"आदमी सब एक-से होते हैं, लेकिन सूटकेस, सूटकेस में फ़र्क़ होता है। उस सूटकेस में बरकत है, जादू-टोना किया हुआ है उस पर, उसमें पैसे डालकर आप कहीं भी जा सकते हैं। कोई चेकिंग नहीं होती, कोई पूछता ही नहीं उसके बारे में, और आम आदमी यानी पुलिस और सिक्योरिटी ऑफ़िसर को तो वह नज़र ही नहीं आता। और लेने वाला उस सूटकेस को देखकर न भी नहीं कर सकता।"

लोकनाथ मुसलसल मुझे देख रहा था, बिना पलक झपके, टकटकी बाँधे, जैसे वह मुझे पहली बार देख रहा है, या मैं किसी और दुनिया का रहने वाला हूँ।

अचानक वह फट पड़ा,

"बन्धु! बहुत पीछे रह गए हो तुम, जर्नलिस्ट ठेंगे के हो। अरे मियाँ हम भी अख़बार पढ़ते हैं। थोड़ी-सी सियासी सूझ-बूझ रखते हैं। तुम्हें नहीं मालूम उस सूटकेस को लेकर कितनी बहस हो रही है। सेमिनार हो रहे हैं। यहाँ का अंडरवर्ल्ड उस सूटकेस को हथियाना चाहता है और अमेरिका का माफ़िया भी उसमें दिलचस्पी दिखा रहा है। तुम जानते हो दुनिया में क्या चल रहा है, इसलिए उस सूटकेस की अहमियत बढ़ती जा रही है, मेरी बिसात क्या है कि मैं वह सूटकेस हासिल करूँ।"

लोकनाथ ने मुझे कच्चा कर दिया था। मेरे प्रोफ़ेशन पर भी लात जमा दी थी। अब वह नक़ली दारू भी उतर गई थी। मैंने एक बड़ा-सा पैग बनाया, आधा डकार गया, भूल गया कि नक़ली रस पीने से आदमी अंधा हो सकता है। अब मुझे अपनी रही-सही इज़्ज़त बचानी थी। एक सिगरेट सुलगाई, धुआँ लोकनाथ के मुँह पर मारा। लोकनाथ सिगरेट नहीं पीता था। सिगरेट के धुएँ से उसे चिढ़ थी, और मैं चाहता भी यही था।

"अच्छा ऐसा करो, एक डुप्लीकेट बनवा लो।"

अब वह मेरी तरफ़ देखने लगा।

"डुप्लीकेट से काम चल जाएगा।"

मुझे एक आइडिया सूझा था तो मैं उसे हाथ से जाने नहीं दे रहा था।

"देखो, यह तो तुम मानते हो कि हम भारतवासी परम्परा को बहुत मानते हैं। दुनिया की सारी तबाहियाँ रोज़ गुज़रती हैं। यानी औरतों पर अत्याचार होते हैं, छात्र ख़ुदकुशियाँ करते हैं, बाढ़ से लोग बेघर हो जाते हैं और मर जाते हैं। फ़साद होते हैं, बम फटते हैं, लेकिन हम अपनी परम्परा को हाथ से जाने नहीं देते, और हमारी ताक़त है सहनशीलता, बर्दाश्त करने का माद्दा, इसीलिए हमारा देश महान है।"

"विद्यार्थी जी! आपको दारू चढ़ गई है, आप बहक गए हैं।"

"बिलकुल नहीं, आप ग़ौर से सुनिए।"

अब मैं फार्म में आ रहा था,

"देखिए, हम भारतवासियों को नक़ली चीज़ें खाने की आदत है। दारू नक़ली पीते हैं, आइसक्रीम में ब्लॉटिंग पेपर खाते हैं। दवाएँ नक़ली लेते हैं। दूध में पाउडर मिला होता है। घी अगर आप असली खा लें तो आपको दस्त लग जाएँगे, यानी हम नक़ली ज़िन्दगी जीते हैं, और इसी को असली मानते हैं। और ऐलान के साथ अपनी परम्परा का बखान करते हैं। तुम हर्षद मेहता का सूटकेस अपनी गली के कारीगर से बनवाओ, बैंक का मैनेजर उसको असली समझेगा और तुम्हारा दो लाख का लोन फ़ौरन स्वीकृत हो जाएगा।"

मेरी भविष्यवाणी आकाशवाणी साबित हुई जब लोकनाथ पन्द्रह परसेंट की रक़म लेकर बैंक में दाख़िल हुआ तो सारे कर्मचारी दर्शनों को आए। उन्होंने सर झुकाकर, हाथ जोड़कर सूटकेस को प्रणाम किया। कुछ लोगों ने नमस्कार करते हुए सिक्के भी चढ़ाए, जो बाद में लोकनाथ के बहुत काम आए।

और लोकनाथ मैनेजर के कमरे में दाख़िल हुआ तो वहाँ मैनेजर एक नई शक्ल लेकर बैठा हुआ था। कुशल-क्षेम पूछने के बाद नए मैनेजर ने बताया कि पिछले मैनेजर का हाथ बैंक घोटाले में था। पूरा हाथ नहीं था। समझिए उँगली ही थी, क्योंकि घपला सिर्फ़ दो करोड़ का था। लेकिन वह रुपया जो आप लोगों की अमानत थी, उसमें ख़यानत पड़ चुकी है। उसने एक क़ागज़ उठाया और पढ़ने लगा। उसकी आवाज़ बारीक हो गई। गला भर आया। लिस्ट में बहुत सी लोन एप्लिकेशंस थीं। एक बेवा को सिलाई मशीन की ज़रूरत थी।

एक सरदार जी टैक्सी डालना चाहते थे। एक आदमी के झोंपड़े में आग लगा दी गई थी। एक विद्यार्थी पढ़ाई के लिए विदेश जाना चाहता था। ग़रज़ कि इस तरह छोटी-छोटी रक़में क़र्ज़ के लिए माँगी गई थीं और सारी रक़म कहीं और पहुँच गई थी। बैंक की तिजोरी अब ख़ाली हो गई थी। अगर लोकनाथ अपने पन्द्रह परसेंट जमा करा दें तो नए सिरे से बैंक का कारोबार चल सकता है।

लोकनाथ जब मुझे स्टेशन पर छोड़ने आया, तो वह बहुत ख़ुश था। आख़िर उसका भारतीयकरण हो गया था। उसने यह राज़ पा लिया था कि इस महान देश में कोई दयानतदारी का काम नहीं हो सकता है। 1947 से हमारी परम्परा यही रही है कि धोखे से किया हुआ काम ही रास आ सकता है। नक़ली ज़िन्दगी ही सही ज़िन्दगी है। अब उसने रेडीमेड कपड़े बनाने की फ़ैक्ट्री बन्द कर दी है और हर्षद मेहता सूटकेस की फ़ैक्ट्री शुरू कर दी है। उसका विश्वास है कि जब तक यह सरकार रहेगी इस सूटकेस की खपत रहेगी। मैंने उसे इस निर्णय की बधाई दी और गाड़ी में बैठकर उस महानगर की तरफ़ चल पड़ा जहाँ सियासी पार्टी राज करती है।

गोविंदा आला रे...

गोविंदा के बिना इनका चलना भी न था। बाज़ार से छोटी-मोटी कोई चीज़ मँगवाना हो तो औरतें उसे आवाज़ देकर बुला लेतीं। बेकार मर्दों के मज़ाक़ का निशाना भी यही था। बच्चों का पत्थर मारने का दिल चाहता तो भी वह यहाँ-वहाँ हाज़िर रहता। हाँ, जब-जब ख़ून निकलता या उसका कोई अंग कट जाता तो थोड़ी देर हंगामा ज़रूर मच उठता। लेकिन यह भी तो वक़्त काटने का एक बहाना हुआ। औरतें ख़ूब चिल्ला-चिल्ला कर बातें करतीं। वे तो यहाँ तक कहतीं कि उन्होंने जानबूझकर उसका नाम गोविंदा रखा है। गोविंदा भगवान कृष्ण का नाम है, उसके उच्चारण से उनका मन पवित्र हो जाता है।

फिर वह इतना भोला-भाला है। इतना मासूम कि न बोलता है, न चिल्लाता है। कई लोग तो कहते हैं कि बिलकुल गूँगा है। हाँ, बहरा नहीं है। छोटी से छोटी आवाज़ सुनता है, देखता है, अजीब तरह से देखता है। पता नहीं कैसे किसी का मन होता होगा इसको पत्थर मारने का। फिर वह कितना काम करता है हर किसी का, पर न रोटी माँगता है और न सोने के लिए जगह। न और कोई माँग करता है। बारिश में बीमार हो जाता है तो बारिश के बाद ठीक भी हो जाता है। सर्दियों में ठिठुरता है तो गर्मियों में सर्दी से छुटकारा भी पा लेता है। गर्मियों में लू खाता है तो बारिश की पहली फुहार भी इसी पर पड़ती है।

एक दिन की बात है जब दोपहर टलने का नाम नहीं ले रही थी। बेकार मर्द अपनी बेकारी से उकता चुके थे। जबकि ऐसा बहुत कम होता था। जिनके पास घर थे उन्होंने घर के दरवाज़े और खिड़कियाँ खोल दी थीं। गर्मी से बचने के लिए बाहर बालकनियों में आ खड़े हुए थे। बाक़ी लोगों ने भी ऐसा ही किया। बिलकुल अखाड़े का सा समाँ बँध गया। जैसा बहुत

पहले रोम में हुआ करता था। ग़ुलाम एक-दूसरे का ख़ून करते थे और लोग बैठे तमाशा देखा करते थे।

उस शाम किसी ने सुझाव भी दिया कि गोविंदा का नाम ग़ुलाम रख दो। उसका रिश्ता दूसरे देशों में बसे हुए आदमियों से जुड़ जाएगा। इस तमाशे में बच्चों ने ख़ूब बढ़-चढ़कर हिस्सा लिया। बच्चे जानते थे कि गोविंदा को हर सुबह और शाम भूख लगती है, न चाहते हुए भी। यह उसके बस की बात नहीं थी। जिस मर्द और औरत को दूसरी दुनिया सँवारनी होती वह गोविंदा की झोली में रोटी डाल देता। या फिर कभी-कभी किसी को किया हुआ पाप परेशान करता तो गोविंदा की अच्छी-ख़ासी दावत भी हो जाती। लेकिन उस शाम को तो अखाड़ा सज चुका था। सूरज चलने का नाम नहीं लेता था और हवा ज़िद पर आ गई थी। न चलती थी, न चलेगी और लोग सब बाहर इन्तज़ार करने लगे थे। कुछ तो होना था वक़्त कैसे गुज़रेगा? शाम का संकट कैसे टलेगा? बच्चों ने मिठाई ख़रीदी और उसमें ढेर सारी लाल मिर्चें डाल दीं। यह काम बड़ी गम्भीरता के साथ किया गया जैसे पुजारी आरती से पहले सामग्री सजाते हैं।

गोविंदा को पुकारकर बुलाया गया और आहिस्ता-आहिस्ता उसको सारी मिठाई खिला दी गई। गोविंदा भूखा था, वह खाता गया। कई लोगों ने सोचा कि गोविंदा छुएगा ही नहीं। औरतों ने कहा पहले निवाले के बाद उसको पता चल ही जाएगा। फिर तो खाने का सवाल ही नहीं। बेकार मर्दों ने शर्त लगाई कि पहला निवाला खाते ही हंगामा मचाना शुरू कर देगा। लेकिन इस ऐतिहासिक शाम को सबकी हार हुई। गोविंदा खाता चला गया, खाता चला गया, बिलकुल ऐसे जैसे वह सूखी और बासी रोटी खाता था। या कभी-कभी दावत खाता था। उसकी गाय जैसी आँखों में कोई असर न था। मैली-मैली गँदली आँखें जैसे बोतल के दो ढक्कन। बच्चे हैरान थे। औरतें एक-दूसरे की तरफ़ देखने लगीं। बेकार मर्द जो शर्त हार चुके थे उन्होंने भी गोविंदा को जी भरकर गालियाँ दीं। थोड़ी देर में जब हवा का झोंका चला तो हरकत हुई। इसके साथ ही गोविंदा की गाय जैसी आँखों से पानी बहने लगा और बहता गया। कई लोगों ने तो यह तक कहा कि आँसू बह रहे हैं। बेकार मर्दों ने इस पर भी शर्त लगाई। बोल तो वह सकता नहीं था, मजबूर था और लोग जो कहते थे कि वह गूँगा है। गोविंदा ने अपने चारों तरफ़ देखना शुरू किया।

क्योंकि यह ऐतिहासिक घटना थी इसलिए हर बात का होना निश्चित था। बिलकुल ऐसे ही जैसे कैमरा घूमता है वह घूमता चला गया। देखता चला गया। बच्चों को, बेकार मर्दों को, बालकनियों में खड़ी हुई औरतों को। रास्ते में चलते हुए लोगों को जो तमाशा देखने के लिए रुक गए थे। फिर गोविंदा ने हँसना शुरू किया। जब वह हँसने लगा तो लोगों की जान में जान आई। कई उसे अब देखकर मुस्कराने लगे। जब वह ज़मीन पर लोटने लगा। मिट्टी में सन गया। हाथ, पैर, टाँगें, सिर पटकने लगा तो शाम का संकट टल गया। लोगों का भारी मन हल्का हो गया। वे हँसने लगे और ख़ुशी-ख़ुशी रवाना हो गए। घरों में दाख़िल हो गए। दरवाज़े, खिड़कियाँ बन्द हो गईं।

नाटक के दूसरे अंक के लिए गोविंदा को रंगमंच पर लाया गया। तमाशा देखने वालों ने अपनी वेशभूषा बदली। कई ड्राइंगरूम से चलकर आए। उनके कानों में अब भी रेडियो और टेपरिकॉर्डर बज रहे थे। कई नेताओं को न्योता दिया गया। इनकी बड़ी-बड़ी गाड़ियाँ बाहर आने-जाने वालों को देख रही थीं। एक नेता तो इंद्रप्रस्थ से विमान से पधारे। उनके साथ बहुत से कर्मचारी भी आए, सैनिक भी, पुलिस के कार्यकर्ता भी। फिर दरवाज़े बन्द हो गए। हवा को ढक्कन से बन्द कर दिया गया। सबकी साँस गई।

नाटक का यह अंक हर आदमी के लिए बहुत ज़रूरी था। ख़ासकर इंद्रप्रस्थ से आए हुए नेता के लिए। कल यही समाचार-पत्रों में छपेगा, तस्वीरें भी होंगी।

सबकी आँखें इंद्रप्रस्थ से आए हुए नेता पर जमी थीं। उनकी दृष्टि घड़ी पर थी। उन्होंने किसी नट की तरह रंगमंच की ओर देखा। पर्दा हटा। गोविंदा जापान से आए हुए काले बाज़ार में बिके हुए वस्त्र धारण किए हुए था। सबने ख़ूब मिलकर तालियाँ बजाईं। वस्त्रों की, कारीगरों की, जापान की क़ीमत की प्रशंसा की गई। क्योंकि सबके घरों में यही वस्त्र पहने जाते थे। इंद्रप्रस्थ से आए हुए नेता के घरों में तो रोज़ समंदरी जहाज़ों में ऐसे कपड़े आते थे।

नेता को ताली बजाते देखकर सब कर्मचारियों ने साँस ली। सब कुछ ऐसा हो रहा था जैसे छापे में छपाया गया था। दरवाज़ों पर खड़े हुए पुलिस के अधिकारी भी प्रसन्न नज़र आ रहे थे। कोई आ नहीं सकता, अब कोई जा नहीं सकता। फिर नेता ने अपनी बाईं तरफ़ बैठे हुए कर्मचारी को देखा, कर्मचारी ने दूर खड़े हुए कर्मचारी की ओर देखा, खड़े हुए कर्मचारी ने बैठे हुए तमाशा देखने वालों को देखा। आवाज़ें आनी शुरू हो गईं। नारे लगाए गए। मुट्ठियाँ

भिंच गईं, दाँत कटकटाए गए। आँखों में क्रोध लाया गया। गोविंदा देश का दुश्मन है। गोविंदा काला बाज़ार चलाता है। गोविंदा देशद्रोही है।

फिर तमाशा देखने वालों में से दस-दस, बारह-बारह साल के लड़के उठे और रंगमंच की तरफ़ भागे। हर लड़के के पास एक-एक विदेशी ब्लेड था। ये विदेशी ब्लेड कर्मचारियों ने तमाशा शुरू होने से पहले ही इन लड़कों में बाँटे थे। देखते-देखते इन लड़कों ने विदेशी ब्लेडों से विदेशी वस्त्र तार-तार कर दिए।

गोविंदा तार-तार वस्त्रों में खड़ा था। उसके अंग के कई हिस्सों पर ब्लेड लग गए थे और उनमें से रक्त बह रहा था। धीरे-धीरे, बहुत आहिस्ता। अभी किसी को रक्त के बहने की सूचना नहीं मिली थी। सब चुपचाप बैठे अपनी विदेशी घड़ियों में समय देख रहे थे। कर्मचारी फिर साँस रोके खड़े थे। छापे में छपे हुए प्रोग्राम के अनुसार कार्यक्रम चल रहा है या नहीं, उन्हें यही चिन्ता थी। पुलिस वाले चाहते थे कि कार्यक्रम जल्दी समाप्त हो जाए। अचानक बच्चे चिल्लाए। सबने गहरी साँस ली। अब बहता हुआ रक्त दिखाई देने लगा और गोविंदा ने बिलकुल वैसा ही किया। उसकी गाय जैसी आँखों से पानी बहने लगा। फिर वह रंगमंच पर लोटने लगा। सबने तालियाँ बजाईं। तस्वीरें उतारी गईं। समाचार-पत्रों में छपने के लिए भेज दी गईं।

कई दिनों से गोविंदा ग़ायब था। सबसे पहले इसका पता बच्चों को चला। जब उनका पत्थर मारने का दिल चाहा तो वे हाथों में पत्थर लिए गोविंदा की तलाश में निकले। लेकिन वह उन्हें कहीं नहीं मिला। न नाके पर, न कूड़े के ढेर के पास, न किसी दरवाज़े की दहलीज़ पर और न फुटपाथ पर। बड़ी देर तक उन्होंने छोटे-छोटे पत्थर सँभालकर जेब में रखे लेकिन गोविंदा को न मिलना था न मिला। उन्होंने भारी मन से पत्थर नाली में फेंक दिए। अब उनको दुख भी होने लगा कि वह बेचारे पर पत्थर मारा करते थे। औरतों ने तो रोना शुरू कर दिया। बेचारा मासूम न जाने कहाँ भूखा-प्यासा पड़ा होगा। बेकार मर्दों ने शर्त लगाई कि वह मर गया है, या मारा गया है, या फिर आत्महत्या कर ली है। वे रोज़ छापे में पढ़ते। कई नाम मिलते लेकिन गोविंदा का कहीं पता नहीं था।

अचानक लोगों को गोविंदा की ज़रूरत महसूस हुई। उसके बिना कैसे चलेगा? वह तो धागे का एक छेड़ा है। वह तो आरम्भ है, पहली कड़ी है। शासन डाँवाँडोल हो जाएगा। वक़्त किसके कंधे पर अपना बोझ ढोएगा? समाज किसको अपना शिकार बनाएगा? जुल्म के लिए कोई तो चाहिए। मनु का

फ़लसफ़ा ग़लत हो जाएगा। गंदी बस्तियों में कौन रहेगा? नंगा कौन घूमेगा, भूखा कौन रहेगा? हाहाकार मच जाएगा।

उसको ढूँढ़ने के लिए नागरिकों की एक कमेटी बनाई गई। पुलिस थानों से पूछताछ की गई। बड़े-बड़े अधिकारियों से मिला गया। इंद्रप्रस्थ तक तार जोड़े गए। नागरिक हैरान थे। कोई जवाब नहीं देता था। सब ख़ामोश हैं। चुप्पी साध ली है। वह है या नहीं है, ज़िन्दा है या मर गया, कोई जवाब नहीं देता था। एक राज़ उनकी आँखों में झाँकता है। जब पता चला कि यह इस नाटक का अन्तिम अंक है तो सबने सुख की साँस ली। ख़ुद तलाश करने वाले भी इस नाटक के पात्र हैं और इंद्रप्रस्थ का नेता सूत्रधार है। पुलिस के अधिकारी, सरकार के कर्मचारी, सैनिक, टैंक, विमान, बारूद सब रंगमंच की सामग्री हैं। अन्तिम अंक की शुभ समाप्ति पर सबने सोमरस पिया। मद्य के प्याले चढ़ाए गए। इंद्रप्रस्थ में बहुत पहले निश्चित हो गया था, देश की हालत दिन-ब-दिन बिगड़ती जा रही है। दूसरे देशों को ख़तरा है कि कहीं वे हमारे मेहमान देश पर हमला न करें। कुछ एक लोग सरकार से नाराज़ हैं, जब इंद्रप्रस्थ के नेता हँसते हैं तो साथ में हँसते नहीं। यह कम अपराध नहीं है, फिर शासन बदलने का नारा लगाते हैं। ऐसा कभी हुआ है, यहाँ की जनता ने दुख सहने, भूखे-नंगे रहने, बेघर रहने के लिए सारी दुनिया में मेडल जीते हैं। इतने लोकप्रिय नेता हैं हमारे। कहाँ देश था हमारा, कहाँ आ गया है। आप ऐलोरा अजन्ता का उल्लेख भी कर सकते हैं। अपनी हज़ारों साल पुरानी सभ्यता, फिर शासन बदलने का नारा। अविश्वास फैलना। इसको तो रोकना ही चाहिए। कोई भी हथियार हो। कोई भी नियम बनाना पड़े। गढ़ना पड़े। हालाँकि इसकी भी ज़रूरत नहीं है लेकिन डेमोक्रेसी को भी बनाए रखना है। इस क़ानून का जन्म बहुत ज़रूरी है। इसका नाम मीसा रख लीजिए और ऐसे लोगों को जेलों में, जंगलों में, शहर की किसी गली में ले जाकर गोली मार देनी चाहिए। इस ख़तरे को हमेशा-हमेशा के लिए ख़त्म कर देना चाहिए।

और फिर ऐसे ख़तरनाक लोग जो इस देश में काला बाज़ार चलाते हैं, इस ग़रीब देश में सोना-चाँदी खाते हैं, वे देशद्रोही हैं, जनता के दुश्मन हैं। यह बात ख़ुद काला बाज़ार चलाने वालों ने इंद्रप्रस्थ से आए हुए नेता से कही। नेता इस दूरदृष्टि पर मुस्कराए। लेकिन उनको अपने साथियों से बिछड़ना मंजूर न था। वह कैसे सहन करेंगे? जेल में जाने के लिए कई आदमी तैयार हैं।

इस महान देश पर क़ुर्बान होने के लिए हज़ारों-लाखों आदमी मौजूद हैं। फिर गिने-चुने आदमी क्यों जाएँ। इनके जाने से सारी व्यवस्था गड़बड़ हो सकती है। इकोनॉमी ऊपर-नीचे हो सकती है। इकोनॉमिक पॉलिसी कौन तय करेगा। फिर कल इलेक्शन आएँगे। डेमोक्रेसी में इलेक्शन तो आते ही रहते हैं। उनको जीतना भी ज़रूरी है। और इस जीत के लिए इन तीरों का होना भी बहुत ज़रूरी है। लेकिन नेता की लोकप्रियता क़ायम रहनी चाहिए। अगर दोस्त ही क़ुर्बानी नहीं देंगे, साथी ही साथ छोड़ देंगे तो फिर दुनिया में बचेगा ही क्या।

नेता आँखों में नीर भर लाए। फिर भारी मन से उनकी बुराई की। काला बाज़ार करने वाले जेल यात्रा के लिए पधारे। परन्तु उनके जाने से इंद्रप्रस्थ में जैसे अँधेरा छा गया। दीप बुझ गए, हँसी-ख़ुशी कूच कर गई। नगर में ज़िन्दगी ग़ायब हो गई। न मद्यपान, न होटल, न कैबरे, न विमान की उड़ान। लड़कियों ने मेकअप करना बन्द कर दिया। नेता सारी रात सोच-विचार में जागते रहे। कर्मचारियों को बुलाया गया। तार जोड़े गए। नियम भी ढूँढ़े गए। इसके इस्तेमाल के तरीक़े परखे गए। ऐसी बारीक़ियाँ जोड़ दी गईं, जिससे बहुत जल्द ही वे सारे लोग हँसी-ख़ुशी बाहर आ गए।

गठजोड़ कामयाब रहा। राजनीति का झंडा ऊँचा रहा। फिर नाटक का अन्तिम अंक रचा गया। गोविंदा को बुलाया गया। उसके हाथ में जापान के सुन्दर वस्त्र थमा दिए गए। फिर उसकी तस्वीरें खींची गईं। ये तस्वीरें देश के महान कवियों, लेखकों, कलाकारों और कॉफ़ी पीते हुए नौजवानों को दिखाई गईं। मीसा को फिर से ठीक-ठाक किया गया। नापा-तोला गया और इसका जाल इस महान देश पर फैला दिया गया। पूरब से पश्चिम तक और उत्तर से दक्षिण तक।

गोविंदा ग़ायब हो गया। गोविंदा को ढूँढ़ो। कमेटी चीख़ती रही। पुलिस स्टेशन, हर गली में पुलिस स्टेशन। जेल, कई जेलें। सारे देश की जेलें। फिर टैंक, सैनिक, तोपें।

पुलिस, बारूद की सामग्री और एक गोविंदा। दीवार और इससे ऊँची दीवार। दफ़्तर, कर्मचारी और इनके टाइप राइटर। तारें, भारतवर्ष में फैली तारें। होंठों पर ख़ामोशी। मोहर, सहनशक्ति, भूख हड़ताल। साँय-साँय करते जंगल। जंगल में मरी हुई उनकी लाशें, जो शासन बदलना चाहती थीं और एक गोविंदा। परन्तु गोविंदा, धागे का एक छेड़ा, आरम्भ, एक कड़ी—कैसे

चलेगा? लोग हैरान-परेशान एक-दूसरे की तरफ़ देखते हैं। गोविंदा, उसके शरीर से बहता हुआ ख़ून—लौट रहा है। मैली आँखों में पानी—गोविंदा आला रे! ढोल, नगाड़े, रंग, धूप, वर्षा, लय, संगीत—गोविंदा आला रे!

जब-जब पाप सीमा से बढ़ जाएगा मैं जन्म लूँगा। अवतार बनकर आऊँगा। कंस का ख़ात्मा होगा। बहुत पहले से निश्चित है। लोग चिल्लाते हैं—गोविंदा आला रे! एक-दूसरे की तरफ़ देखते हैं। कभी किसी की आँखों में गोविंदा की छवि नज़र आती है। कभी होंठ एक जैसे लगते हैं। केश, वस्त्र, ख़ामोशी, बेज़बानी—गोविंदा बीच में है। तुममें है, मुझमें है। आवाज़ ऊँची करो। लौ को जाने न दो। कम से कम ग़म खाओ। कम से कम आँसू बहाओ। कम से कम महसूस करो। कम से कम सोचो। कम से कम कहो। लौ को सीने से मत जाने दो। दिल की धड़कन के साथ गाओ। ख़ूब नाचो। बार-बार अपने साथी की तरफ़ देखो। छवि निहारो, नक्श उभारो और गाओ—

गोविंदा आला रे!!!

इंसानियत का रिश्ता

आज फिर मैंने अख़बार छान मारा है और आज भी जीत की ख़बर नहीं छपी। मैं पिछले कई दिनों बल्कि महीनों से अख़बार देख रहा हूँ और जहेज़-दहन की सारी ख़बरें पढ़ रहा हूँ।

दिल्ली, अहमदाबाद, मुम्बई, कलकत्ता, भिवंडी में जहाँ-जहाँ दुल्हनों को मारा गया है, तेल छिड़ककर जलाया गया है, मैंने सब ख़बरें काटकर जमा कर ली हैं।

रोज़ एक-एक कतरन को देखता हूँ, छूता हूँ, पढ़ता हूँ।

हर कतरन को कई बार पढ़ चुका हूँ। अख़बार की एक-एक कतरन दरअस्ल[1] एक औरत है। अपने माँ-बाप की बेटी है जिन्होंने उसका ब्याह रचाया है, जहेज़ दिया है, बहुत अरमानों से ससुराल भेजा है।

और आज वह लड़की, वह औरत इस दुनिया में नहीं है। मार दी गई है। जला दी गई है। ये ख़बरें पढ़कर ही मैंने उसके बारे में सोचना शुरू किया है। इससे पहले मुझे जीत का कभी ख़याल नहीं आया। उसकी शादी हुई। वह चली गई।

यह कोई गैरमामूली[2] बात नहीं है। ऐसा होता ही रहता है। इसके बारे में सोचने की ज़रूरत ही नहीं।

आजकल हर रोज़ अख़बार में औरतों को जलाने के बारे में पढ़ता हूँ। मुझे एक फ़िक्र पैदा हो गई है।

यह कोई मामूली फ़िक्र[3] नहीं है। इसमें मेरी सोच शामिल है। यह फ़िक्र मलेरिया की तरह मुझ पर तारी है। मैं हर वक़्त बुख़ार में जल रहा हूँ।

---

1. वास्तव में, 2. असाधारण, 3. चिन्ता

एक लड़की हँसती-बोलती-गाती अब इस नगरी में है या नहीं है। ज़िन्दा है या मर चुकी है? यह सानिहा कोई मामूली नहीं है। ज्यों-ज्यों इस बारे में सोचता हूँ, बात और गम्भीर हो जाती है—फिर औरत की जान लेने के लिए एक जहेज़ का बहाना ही नहीं चाहिए इस देस में, कोई भी बहाना हो सकता है। ज़मीन का, जायदाद का। फिर मर्द औरत की वफ़ादारी पर शक भी तो कर सकता है। मर्द में ख़ुद मर्द होने की कमी का एहसास—कोई भी बहाना औरत के क़त्ल की वजह बन सकता है।

और जब मैं ये बातें सोचता हूँ तो लगता है कि यह मुल्क एक क़त्लगाह है जहाँ औरतों को आए दिन क़त्ल किया जाता है।

फ़ज़ा[1] में धुआँ-सा भर गया है, गोश्त जलने की बू, मिट्टी के तेल की बू, कपड़े जलने की बू।

और कुछ आवाज़ें भी शामिल हैं इस फ़ज़ा में। हल्की-हल्की चीख़ें। दबी-दबी सुबकियाँ, सिसकियाँ।

लफ़्ज़[2]—"बचाओ!"—रात के सन्नाटे में उभरता है, दिन के उजाले में आग के शोले की तरह लपकता है।

यह सोच-सोचकर मैं उदास हो जाता हूँ। और जीत मेरी बीवी भी नहीं है। बहन भी नहीं। दोस्त भी शायद नहीं। बस ज़रा-सा इंसानियत का रिश्ता था और इस रिश्ते को कौन मानता है।

उन दिनों जीत का किसी मर्द से कोई तअल्लुक़[3] न था। और मैं तनहा था। लड़की का बिना किसी तअल्लुक़ के रहना हमारे समाज में बहुत मुश्किल है। वह सबकी मिल्कीयत[4] समझी जाती है। और मेरे लिए तनहाई एक अज़ीयतनाक[5] हालत है।

"मिलती हो?" मैंने उससे पूछा था।

वह इन दो लफ़्ज़ों का मतलब समझती थी। इन लफ़्ज़ों में प्यार शामिल न था। बिना प्यार के कोई आदमी लड़की से ये अल्फ़ाज़ कहे, यह बहुत दर्दनाक[6] बात है। एक तरह से यह उस लड़की की बेइज़्ज़ती है।

उसने मेरी तरफ़ देखा, फिर भी कोई जवाब नहीं दिया, उसने हाँ न की।

उस मर्द की हालत का अन्दाज़ा लगाना बहुत मुश्किल है जो किसी

1. वातावरण, 2. शब्द, 3. सम्बन्ध, 4. सम्पत्ति, 5. यातनाजनक, 6. कष्टजनक

लड़की से कहे, "मिलती हो?" और वह लड़की हाँ न करे, उसे रिजेक्ट कर दे। शर्मिन्दगी[1] का एहसास होता है और फिर उदासी छा जाती है।

उन दिनों जीत हर जगह पाई जाती—थिएटर में, नाटक के शो में, किसी रिहर्सल में, कभी किसी पार्टी में भी।

वह ख़ूब चहकती रहती जैसे दुनिया को जताना चाहती हो कि वह बहुत ख़ुश है। किसी तरह की परीशानी उसे नहीं है। इसलिए वह हमेशा लोगों में घिरी रहती।

वह एक फ़ैमिली के साथ पेइंग गैस्ट के तौर पर रहती थी। वह अकेली थी इसलिए उसे बहुत फ़ोन आते थे। हर मर्द कुछ-न-कुछ ऑफ़र करता। इस तरह वह दो-एक ड्रामों की रिहर्सल भी कर रही थी। इस तरह दो-एक फ़िल्मी कॉन्ट्रैक्ट भी साइन कर चुकी थी। क्योंकि अभी तक उसका तअल्लुक़ किसी मर्द के साथ न हुआ था, वह किसी नाम के साथ जुड़ी न थी इसलिए हर मर्द की यह कोशिश थी कि वह उसके हाथ लग जाए।

मैं भी उस भीड़ में शामिल था।

जिस घर में वह रहती थी वहाँ ज़्यादा लोग न थे। पति एक आम-सा आदमी था, छोटा-मोटा बिज़नेस करता था। पत्नी शक्ल की अच्छी थी, एक बच्चा था और लड़के की माँ—अब जीत भी घर का एक फ़र्द समझी जाती थी। अक्सर वह माँ के साथ किचन में रहती। बहू घर का काम-काज कम ही करती।

जीत जब मेकअप के लिए आईने के सामने बैठती तो बहू उसे देखती रहती।

बहू जीत के मेकअप बॉक्स की छानबीन करती। कभी कोई चीज़ ज़बरदस्ती माँग कर लेती और कभी चोरी कर लेती। पूछने पर मुकर जाती। वह जीत को किसी फ़ोन का मैसेज नहीं देती। जब जीत फ़ोन पर बात करती तो बहू उसके पास आ बैठती और उठने का नाम न लेती। जीत जब रात को घर लौटती तो देर तक दरवाज़ा खटखटाने और घंटी बजाने के बाद दरवाज़ा खोलती।

बहू ज़ाहिरी तौर[2] पर उसकी ज़िन्दगी से नफ़रत करती थी कि वह आज़ाद है, उसे कोई रोक-टोक नहीं। आज़ाद होने का मतलब औरतों की डिक्शनरी में गाली होता है। कम-अज़-कम एक बुआय फ्रैंड होना चाहिए। यहाँ तो किसी

---

1. पछतावा, 2. दिखावे के लिए

के भी फ़ोन आते थे। मगर अन्दर से वह जीत से रश्क[1] करती थी। वह उसकी तरह मनमर्ज़ी नहीं कर सकती। कहीं आ-जा नहीं सकती। उसे कोई फ़ोन नहीं करता। सब्ज़ी ख़रीदने के लिए सास से इजाज़त लेनी पड़ती है। उसका पति था बस। पति भी पति जैसा। कोई ख़ास बात नहीं थी उसमें। उस पर एक बच्चा उसका पल्लू पकड़कर घूमता रहता।

फिर एक दिन अचानक मुझे जीत का फ़ोन आया—ऐसा बहुत दिनों बाद हुआ था। वह इस तरह हँसकर बातें कर रही थी जैसे कुछ हुआ ही न हो। लेकिन मैं वह बात न भूला था, मैंने कहा : "खंडाला चलती हो?"

उसने पूछा : "कब?"

ज़िन्दगी में पहली बार लड़की के हाँ करने पर मैं ख़ुश नहीं हुआ था। मैं और वह साथ एक गाड़ी में जाएँगे। मैं उससे कौन-सी नई बातें करूँगा जो पहले किसी से नहीं की हैं? वही अनगिनत बार दुहराए हुए फ़िक़रे। हमारी साँसें टकराएँगी, जिस्म एक-दूसरे को छुएँगे। हमें एक-दूसरे से प्यार भी नहीं। महब्बत के बिना यह बड़ा अलमनाक[2] सफ़र है। दोनों की ज़ात की नफ़ी[3] है। इसके अलावा हमने ज़्यादा वक़्त साथ भी नहीं गुज़ारा था कि एक-दूसरे की आदत हो, ज़रा-सी पहचान हो। हैलो और गुडबाई का ही तअल्लुक़ था हममें। फिर उसका इस तरह रज़ामन्द हो जाना हैरानी की बात थी।

वह किस क़दर तन्हा होगी। इस तरह की फ़ोन-कॉल्ज़ के बाद वह हँस-हँसकर कितनी बार रो दी होगी। घर में बहू के हाथों तंग और बाहर गुमनाम मर्दों का हुजूम जो चील-कौओं की तरह उसके गिर्द मँडलाते रहते हैं। माँ-बाप, भाई-बहन का सहारा भी नहीं। कोई सखी-सहेली भी पास नहीं जिससे वह दिल की बात कर सके। मर्दों की इस दुनिया में वह अकेली कैसे रह सकती है। कोई चारा नहीं। उसे किसी एक मर्द को चुनना है, लॉटरी के टिकट की तरह। राम निकल आए या रावण, उसे इस इम्तिहान[4] से गुज़रना है।

स्वयंवर की रस्म भी तो मर्दों की बनाई हुई है। स्वयंवर में तो कोई शर्त ज़रूरी थी, कोई कारनामा लाज़िमी[5] था। अब तो इसकी भी ज़रूरत नहीं है। हाँ, सीने पर एक प्राइस टैग लगा होना चाहिए। वह भी कितना सच हो, किसे मालूम।

---

1. ईर्ष्या, 2. दुखप्रद, 3. स्वयं का अस्वीकार, 4. परीक्षा, 5. अनिवार्य

वह मुझे मुम्बई सैंट्रल स्टेशन पर छोड़ने आई थी। कॉटन की एक ढीली-ढाली मैक्सी पहने, वह ख़ानाबदोश लग रही थी, पाँव में मामूली-सी चप्पल थी।

"जीत, तुम भी चलो मेरे साथ दिल्ली।"

"मज़ाक़ करते हो?"

"नहीं।"

"सच कह रहे हो?"

"हाँ, सच कह रहा हूँ।"

"लेकिन मैं ऐसे कैसे जा सकती हूँ, इन पहने हुए कपड़ों के साथ?"

"वहाँ दो जोड़े ख़रीद लेना। दो-चार रोज़ में वापस आ जाएँगे।"

"वाक़ई सच कह रहे हो?"

"वाक़ई सच कह रहा हूँ।"

"लेकिन घर में भी तो मैंने कुछ नहीं कहा।"

"कौन-सा घर है तुम्हारा—फ़ोन करके बता दो तुम्हारी शूटिंग है या घरवालों ने बुलाया है, मँगनी हो रही है या सीधे शादी का बोल दो।"

"वापस आऊँगी तो क्या जवाब दूँगी?"

"कह देना, डाइवोर्स हो गया। या लड़के ने तुम्हें रिजेक्ट कर दिया, ख़ूबसूरत लड़की देखकर घबरा गया।"

उसने अपनी मैक्सी की जेब में हाथ डाला। रेज़गारी के साथ दस-बारह रुपए थे। उसने नीम-मुस्कराहट के साथ सारी पूँजी मुझे दिखाई। मैंने कहा, "इतने पैसों में तो वर्ल्ड-टूर कर सकते हैं।"

प्लेटफ़ॉर्म पर एक सीनिअर टी.टी. फ़र्स्ट क्लास के टिकट कन्फ़र्म कर रहा था—मैं सीधा उसके पास गया।

"एक्सक्यूज़ मी, यह मेरी गर्ल फ्रैंड है। मुझे स्टेशन छोड़ने आई है—मैं चाहता हूँ, मेरे साथ दिल्ली चले।"

पहले वह हम दोनों को हक्का-बक्का देखता रहा। फिर पूछा, "आपका सीट नम्बर?"

मैंने अपना टिकट दिखाया। उसने कहा, "आप जाइए, मैं वहीं आकर टिकट बना दूँगा।"

मैंने जीत से कहा, "चलो दिल्ली।"

वह अब तक मज़ाक़ समझ रही थी। लेकिन जब उसे एहसास हुआ कि वह वाक़ई मेरे साथ जा रही है, तो उसने सबके सामने लोगों के हुजूम[1] में मुझे गले लगाया, मेरा गाल चूमा—यू आर डार्लिंग—कहा और छलाँग लगाती हुई फ़ोन के पास गई। बात फ़ोन पर कर रही थी, देख मेरी तरफ़ रही थी। एक मिनट में वापस आ गई। एक लफ़्ज़ कहा, "डन!"

और इस तरह वह ख़ानाबदोश लड़की कॉटन की एक मैक्सी पहने, कोल्हापुरी पुरानी चप्पल डाले, मेरे साथ दिल्ली रवाना हो गई।

जब टी.टी. टिकट बनाने के लिए हमारे कम्पार्टमेंट में आया, तो बहुत देर तक हँस-हँसकर उसके साथ बातें करती रही। उसको चाय पिलाई। मैं सोच रहा था कि यह लड़की जहाँ जाती है, ख़ुशी बाँटती रहती है। टी.टी. बहुत देर तक ड्यूटी छोड़कर उसके साथ गप्पें मारता रहा।

"आप हमारे साथ दिल्ली जा रहे हैं ना?"

"नहीं, मेरी ड्यूटी नहीं।"

"हाउ सैड—बड़ा मज़ा आता।"

जब टी.टी. उसको 'बाय' कहकर उतरा तो मुझे लगा कि दो दोस्त अलग हो रहे हैं। पूरे सफ़र में वह चहकती रही।

आई कान्ट बिलीव इट!

यू आर डार्लिंग!

यू आर हनी!

यू आर स्वीट!

पता नहीं कितने फ़िक़रों से उसने मुझे नवाज़ा[2]।

अक्तूबर का महीना था। दिल्ली में ज़रा-ज़रा सर्दी शुरू हो गई थी। शाम को तो खुनकी[3] बढ़ जाती थी। मैं अपने दो-चार दोस्तों के साथ कनॉट प्लेस पर गप्पें मार रहा था। अचानक जीत ने झुरझुरी ली। वह सर्दी से काँप रही थी। मैं चिल्लाया, "उल्लू की पट्ठी, क्या हिल-हिलकर कथकली कर रही हो!"

वह अपनी मख़्सूस[4] हँसी के साथ सबके सामने बोली, "मैं क्या करूँ, मैक्सी के नीचे कुछ भी नहीं ना, ठंड लग रही है।"

1. भीड़, 2. कृपा की, 3. ठंड, 4. विशेष

और मैं उस पर बरस पड़ा कि वह अपना ख़याल नहीं रखती। बीमार हो गई तो मुसीबत आ जाएगी। मैंने अपना पर्स दिया और वह तेज़ी के साथ भागती हुई पर्स लिए निकल गई और डेढ़-दो सौ के ख़ानाबदोशों के-से कपड़े फुटपाथ से ख़रीदकर वापस आ गई। मेरा पर्स मेरी पिछली जेब में डाल दिया। मैं कपड़े देखकर हैरान रह गया। यह लड़की कितनी सादा है, कितनी बेग़रज़[1] है। ज़िन्दगी इसके साथ क्या करेगी!

मैंने इस तरह की बेग़रज़ लड़की अपनी ज़िन्दगी में नहीं देखी। हमेशा आपका ख़याल रखे। आपकी हर बात माने। आपका जी बहलाती रहे और हर हालत में ख़ुश रहे। उसकी कोई माँग नहीं। फिर वह बहुत सेहतमन्द[2] थी। हर वक़्त घूमना-फिरना, पैदल चलना, सफ़र करना। हर बात के लिए हर वक़्त तैयार—कई बार वह कमरे का किराया न दे पाती और इसका ज़िक्र[3] तक न करती। कभी इत्तिफ़ाक़[4] से ज़िक्र निकल आता तो हँसी में उड़ा देती जैसे यह बेहद ग़ैरज़रूरी बात है, तवज्जुह[5] देने की ज़रूरत ही नहीं।

हम दोनों कार की पिछली सीट पर बैठे थे। मेरा हाथ सीट की पुश्त[6] पर फैला था। उसका सिर मेरे बाज़ू पर था। वह मुझे देख रही थी। संजीदा[7] नज़र आ रही थी। इस तरह की बातें वह बहुत कम करती थी। ज़्यादा वक़्त हँसी-मज़ाक़ में गुज़ार देती।

"मैं अपनी ज़िन्दगी से बहुत ख़ुश हूँ आजकल। मैं इसी तरह की ज़िन्दगी गुज़ारना चाहती हूँ। मैं कभी शादी नहीं करूँगी। आप मुझे कहाँ मिल गए—पहले क्यों न मिले—मैं आपके साथ इसी तरह रहना चाहती हूँ।"

उसने सीट से मेरा बाज़ू लिया। फिर मेरे हाथ को अपनी हथेलियों में समेटा। आँखों से छुआ, गालों से मस किया[8], फिर होंठों से लगाया।

और वह ख़ामोश हो गई।

आदमी इसके बाद क्या कह सकता है—रोज़मर्रा के जीने में ऐसा वाक़िआ[9] कहाँ होता है। इस तरह के फ़िक़रे कौन बोलता है आजकल।

हम दोनों की ज़िन्दगी नफ़ी से शुरू हुई थी। मुलाक़ात पर दो जीरो थे। दोनों ज़िन्दगी से नाख़ुश, कशमकश में मुब्तला[10], अकेले, तन्हा, मरे हुए इस्तेमाल-शुदा[11] आदमी के ख़ाके[12], पूरे आदमी भी न थे।

---

1. नि:स्वार्थ, 2. स्वस्थ, 3. उल्लेख, 4. संयोग, 5. ध्यान, 6. पृष्ठ भाग, 7. गम्भीर, 8. छुआ, 9. घटना, 10. दुविधाग्रस्त, 11. व्यर्थ 12. आकार

उसके हाँ करने के बाद मैं बहुत ख़ौफ़ज़दा था। एक और रिश्ते की ज़िम्मेदारी, एक और तअल्लुक़ का बोझ। मुझमें अब इतनी हिम्मत न थी कि नए आदमी से राहो-रस्म करूँ। यह जीत की ख़ूबसूरती थी कि उसने मुझे इस सिचुएशन से नजात[1] दिलाई।

हम दोनों बहुत क़रीब थे। एक-दूसरे की साँसें अपने चेहरों पर महसूस कर रहे थे। मैंने उससे कहा, "जीत, तुम क्या सोचकर मेरे पास आई थीं, मुझमें क्या ख़ास बात तुम्हें नज़र आई?"

वह बहुत देर ख़ामोश रही—फिर बोली, "समझना-समझाना बहुत मुश्किल है। आप मुझे अच्छे तो लगते थे लेकिन मैंने आपके बारे में इस तरह का रिश्ता नहीं सोचा था। लेकिन जब मैं आपके साथ खंडाला गई तो आपने जिस तरह मेरा ख़याल रखा, बस मैं पिघल गई। मेरे सिर के नीचे आपका हाथ, बाहर निकलने के लिए कार का दरवाज़ा खोलना, ज़मीन से उठने के लिए हाथ बढ़ाना, उठकर पानी का गिलास पेश करना। अकेली, तन्हा, कटी हुई लड़की के लिए ये तमाम फ़ुज़ूल, छोटी, बेमानी-सी बातें, उसे मार देती हैं, ग़ुलाम बना देती हैं।

बस यह पहली और आख़िरी संजीदा बातचीत हम दोनों के बीच में हुई।

और अचानक वह ग़ायब हो गई। जैसे किसी ने उसे सत्हे-ज़मीन[2] से उठा लिया हो, जैसे उसका क़त्ल हो गया हो, जैसे दीवारें खड़ी करके उसे क़ैद कर लिया गया हो।

बहुत दिनों के बाद ज़िन्दगी अच्छी लगने लगी थी—पहली बार मुस्तक़बिल[3] के ख़्वाब देखने लगा था—हर काम में दिलचस्पी बढ़ गई थी—बहुत लगन और चाव से अपना काम अंजाम दे रहा था—ज़िन्दगी की ज़द्दोजेहद[4], रोजमर्रा की मुसीबतों, मायूसियों[5] से दो-चार होना, अब बहुत मा़मूली-सी बात नज़र आती। हम रोज़ सुबह एक-दूसरे को फ़ोन कर देते। एक-दूसरे की मसरूफ़ियत[6] से आगाह हो जाते[7]। फ़ुरसत होती तो मिल लेते। न होती तो दूसरे दिन पर मुल्तवी कर देते।

मेरे कहने पर उसने अपना ख़याल रखना शुरू कर दिया था। खाने-पीने में एहतियात बरतने लगी थी, वर्जिश करने लगी थी। धीरे-धीरे उसके जिस्म की चर्बी कम होने लगी थी, उसके नुक़ूश[8] तीखे होने लगे थे। कपड़ों के

1. मुक्ति, 2. धरातल, 3. भविष्य, 4. संघर्ष, 5. निराशाओं, 6. व्यस्तता, 7. जान जाते, 8. नैन-नक्श

बारे में भी वह अब मुहतात[1] हो गई। मेरा ख़याल था कि वह अपने प्रोफ़ेशन में कामयाब हो जाएगी। दियानतदारी, मेहनत और लगन से वह अपने लिए छोटी-मोटी जगह बना लेगी।

वह मेरे साथ देखी जाने लगी थी, इसलिए मर्दों के फ़ोन कम होने लगे थे।

मैं उससे मिलने कई बार उसके घर गया। बहू से बातें भी कीं, थोड़ी-सी तारीफ़[2] कर दी उसकी, दो-एक बार अपने साथ उसे हम खाना खिलाने भी ले गए। मैंने जीत और अपने रिश्ते के बारे में बहू से कुछ न कहा लेकिन वह समझ गई कि जीत अब अकेली नहीं है। मैं उसका ख़याल रख सकता हूँ। अगर उसने जीत से बदसुलूकी की तो मुझमें हिम्मत है कि दूसरी जगह का बन्दोबस्त कर लूँ।

मैंने बहू से फ़ोन पर जीत के बारे में पूछा। उसने कहा, "वह तो चली गई है।" कहने का अन्दाज़ ऐसा था जैसे कोई ख़ुशख़बरी सुना रही हो।

"चली गई है, मानी—?"

"चली गई है मानी चली गई है, सारा सामान उठाकर। अब वह यहाँ नहीं रहती।"

"कुछ कहकर गई है?"

"नहीं।"

"कहाँ गई है?"

"मुझे क्या मालूम!"

मेरे पास सवालों का अम्बार था—मैं उससे बहुत कुछ पूछना चाहता था; जानना चाहता था, लेकिन उसने फ़ोन रख दिया।

और मुझे जीत का एक लफ़्ज़ याद आ गया। फ़ोन पर जब हमारी बात ख़त्म होती तो वह कहती, "रख दूँ?"

यह कोई मौक़ा था कि उसका बोला हुआ लफ़्ज़ याद आए!

अब पहली बार मुझे एहसास हुआ कि मैं जीत के बारे में कुछ ज़्यादा नहीं जानता। दोनों ने इसकी ज़रूरत ही महसूस नहीं की। एक रिश्ता मान लिया था और दोनों मुतमइन[3] थे। वह कहाँ से आई है, उसके माँ-बाप कौन हैं, कहाँ रहते हैं, क्या करते हैं, उसके बारे में क्या सोचते हैं, उससे कैसा सुलूक करते हैं—कुछ भी तो मालूम नहीं।

---

1. सावधान, 2. प्रशंसा, 3. सन्तुष्ट

और मुझे जैसे चुप लग गई—मशीन की तरह सब काम करता, खाना खाता, शराब पीता, गाड़ी में बैठता, अख़बार पढ़ता, ड्राइवर को हिदायत देता। सब कुछ वैसे ही चल रहा था। कुछ भी तो नहीं बदला था।

सिर्फ मैंने जीत को खो दिया था।

एक बात का मैंने ख़याल रखा। घर से ऑफ़िस और ऑफ़िस से घर—इसके आलावा मैंने आना-जाना बन्द कर दिया था—न जाने कब उसका फ़ोन आ जाए, कहीं दस्तक सुनाई दे, कोई ख़त, कोई ख़बर।

एक दिन किसी ने बहुत ज़ोर से दरवाज़ा खटखटाया और जीत बहू के साथ अन्दर आई। बहू का चेहरा मुरझाया हुआ था। शायद वह जीत की हालत देखकर रोई होगी।

जीत ने मुझसे कुछ न कहा—बस रोती रही।

देर तक रोने के बाद उसने कहा, "मेरे भाई अचानक आधी रात को कमरे में दाख़िल हुए, मेरा सामान उठाया। मुझे ढकेलकर गाड़ी में बिठाया। किसी के घर ले गए और कहा, मेरी शादी तय हो गई है। मेरा बाहर निकलना बन्द कर दिया। बातचीत भी नहीं कर सकती थी। टेलीफ़ोन के पास जाती तो मेरी होनेवाली नन्द साथ रहती। बाथरूम में भी वह तक़रीबन मेरे पास रहती। भाई घर में पहरा देते रहे कई दिन तक। और जब मैंने कोई एहतिजाज[1] नहीं किया तो वे अपने साथ मुझे बाहर ले जाने लगे।

"आज महीनों के बाद मुझे मौक़ा मिला है। मैं बहाना करके आई हूँ कि मेरी कुछ ज़रूरी चीज़ें भाभी के पास रह गई हैं—भाई मुझे इनके यहाँ छोड़ गए और इनको हिदायत[2] दे गए हैं कि मेरी निगहबानी करें, मुझे अकेला न छोड़ें।

"मेरे पास वक़्त नहीं है। मैं माफ़ी माँगने आई हूँ। मैंने आपको डेज़र्ट किया है, धोखा दिया है। मुझे माफ़ कर दीजिए।"

और वह बेइख़्तियार[3] रो पड़ी। बहू कुछ दूर बैठी थी। उसकी आँखें भी नम थीं।

और मुझे एहसास हुआ कि जीत एक औरत है। सदियों[4] से मर्दों की ग़ुलाम। भाई-बहन, माँ-बाप, रिवायत[5], रस्मो-रिवाज के हाथों क़ैदी। वह आज़ादी, हँसकर बातें करना, घूमना-फिरना, सब झूठ था। उसका ज़ेह्न आज़ाद

1. विरोध, 2. आदेश, 3. सहसा, 4. शताब्दियों, 5. परम्परा

न था—उसकी अपनी कोई मर्ज़ी न थी, कोई ज़िन्दगी न थी, कोई सोच न थी क्योंकि वह औरत थी।

मैं खिड़की खोलकर देखता हूँ। आसमान पर बादल छाए हैं, उमस है, घुटन है, पानी बरसा नहीं अभी तक।

मैं रोज़ अख़बार पढ़ता हूँ। सारी ख़बरें देखता हूँ। बर्निंग ब्राइड्स की कोई ख़बर नहीं छोड़ता। बहुत दिन, बहुत महीने, शायद बरस गुज़र गए हैं। जीत सत्हे-ज़मीन से उठा ली गई है, ज़मीन ने उसे निगल लिया है।

मैं अख़बार की जमा की हुई एक-एक कतरन देखता हूँ, छूता हूँ, पढ़ता हूँ। हर कतरन एक लड़की है, एक औरत है।

एक लड़की हँसती-बोलती, गाती-घूमती अब इस नगरी में है या नहीं? ज़िन्दा है या मार दी गई है?

और यह मुल्क एक क़त्लगाह है।

यहाँ औरत को क़त्ल किया जाता है।

जलाया जाता है।

और जीत मेरी बीवी भी नहीं।

बहन भी नहीं।

दोस्त भी शायद नहीं।

बस ज़रा-सा इंसानियत का रिश्ता है—

और इस रिश्ते को कौन मानता है!!!

समझौता

वे ख़ुद अनपढ़ थे, और अगर किसी चीज़ से उन्हें दहशत[1] होती तो लफ़्ज़ों[2] से। सुबह अख़बार पढ़ने से पहले उन्हें दौरा-सा पड़ जाता। बड़ी देर तक अख़बार पढ़ना टालते रहते, जैसे अख़बार में छपे, लफ़्ज़, लफ़्ज़ न हों, च्यूँटियाँ हों, जो देखते ही चलना शुरू कर देंगी—सँपोलिए हों जो रेंगना शुरू कर देंगे। कोई जगह उनसे ख़ाली नहीं रहेगी।

मुख्यमंत्री बनते ही उन्होंने ठान ली कि लफ़्ज़ों को किसी तरह मार भगाएँगे। इसके दो रास्ते थे। उनके या तो मानी[3] बदल दिए जाएँ या सिरे से उन्हें बेमानी[4] कर दिया जाए। वे सिर्फ़ उर्दू जानते थे—इक़बाल[5] के बहुत दिलदादा[6] थे। फ़ारसी के बहुत-से शेर याद थे उन्हें। पुराने वक़्तों के पुराने आदमी थे जिन पर मौजूदा ज़माने की पूरी रियासत का बोझ पड़ गया था। उर्दू-फ़ारसी तो अब तारीख़[7] का हिस्सा बनती जा रही थीं। जलसे, जुलूस, तक़रीरें और मुशायरे तक ही रह गई थी उर्दू—इनआम-इक्राम[8] से ही ज़िम्मेदारी पूरी हो जाती थी। सरकार हर साल-छह महीने में शायरों और अदीबों[9] में इनआम बाँट देती थी। काम चल रहा था और सरकार की नज़रे-करम[10] से उर्दू के अल्फ़ाज़ बेजान हो रहे थे। बेज़रर[11], मौजूदा तक़ाज़ों से बेख़बर—वे सँपोलिए नहीं थे। मुख्यमंत्री को डस नहीं सकते थे। कारोबार चल रहा था उनका, उनके प्रान्त का। हर तरफ़ कुशल मंगल था।

---

1. भय, 2. शब्दों, 3. अर्थ, 4. निरर्थक, 5. प्रसिद्ध कवि डॉ. इक़बाल, 6. आसक्त, 7. इतिहास, 8. पुरस्कार-सम्मान, 9. साहित्यकारों, 10. कृपा-दृष्टि, 11. जिससे कोई हानि न हो

मुख्यमंत्री चूँकि पुराने वक़्तों के पुराने आदमी थे इसलिए बहुत सयाने थे। दूर की सोचते थे। पेड़ लगाते थे कि बाद में फल खाते रहें। ख़ुद ही नहीं बल्कि आनेवाली नस्लें[1] भी, पीढ़ी-दर-पीढ़ी—आज का सियासतदाँ[2] दूररस[3] नहीं होता। न पाँसे फेंकना जानता है न दाँव-पेंच, हथकंडों से वाक़िफ़[4] है। चाँद की तरह आस्मान पर नुमूदार[5] होता है और दुमदार सितारा बनकर बदशुगूनी[6] छोड़ते हुए ग़ाइब हो जाता है—मुख्यमंत्री उनसे अलग थे। वे गोटियाँ खेलते थे, चालें चलते थे। उन्होंने एक नई नस्ल तैयार करने की सोची। उनके दिमाग़ों में सोते-जागते कुछ बेज़रर, बेमानी लफ़्ज़ों की भरमार कर दी कि वे नए लफ़्ज़ न सोच सकें, न घड़ सकें। उनके ज़ेह्न[7] मफ़लूज[8] हो जाएँ और नए लफ़्ज़ों की ज़रूरत न रहे।

वे जब भी इन्द्रप्रस्थ तशरीफ़ ले जाते थे तो दो-तीन स्कूल बन्द हो जाते थे। छोटे-छोटे बच्चे-बच्चियाँ तिरंगी झंडियाँ लिए, वर्दियाँ पहने एअरपोर्ट पहुँचाये जाते थे। उनकी बाक़ाइदा रिहर्सल होती थी। घंटों सबक़ पढ़ाए जाते थे। क़तार[9] में खड़े रहने की रिहर्सल, और बुलन्द[10] आवाज़ में नारे लगाने की रिहर्सल; मुख्यमंत्री ज़िन्दाबाद, भारत माता की जय, इन्दिरा गाँधी ज़िन्दाबाद... कच्ची उम्र के इन नौउम्र बच्चों के ज़ेह्नों में भरे हुए ये अलफ़ाज़, गर्मी-सर्दी में मुख्यमंत्री के इन्तिज़ार में स्वागत के लिए खड़े ये बच्चे, कुछ नारे बार-बार कहे हुए, उच्चारण किए हुए ये नाम—एक नई नस्ल तैयार हो रही थी। इनको भविष्य में कभी लफ़्ज़ों से मतलब न होगा। सिर झुकाए हुए, फ़रमाँबरदारी[11] से, मरते दम तक ये स्वागत करते रहेंगे। हर बात इनके लिए सत्यवचन होगी। इनसे कोई ख़तरा न होगा। वफ़ादार ग़ुलामों की तरबीयत[12] पाकर ये आदर्श नागरिक बनेंगे इस आजाद देश के—मुख्यमंत्री ने फ़र्मान जारी किया कि जब भी वे प्रान्त से बाहर जाएँ और प्रान्त में लौटें, बच्चे अपनी वर्दियों में, अपने टीचरों के साथ, पुलिस की टुकड़ियों में महफ़ूज़[13], क़तार-दर-क़तार, हमेशा एअरपोर्ट पर हाज़िर रहें। दिन-रात, सुबह-दोपहर, गर्मी-जाड़ा बेमानी अल्फ़ाज़ हैं। हुक्म जारी कर दिया गया है, आज्ञा का पालन होना चाहिए। और हो रहा था, होता रहेगा।

---

1. पीढ़ियाँ, 2. राजनीतिज्ञ, 3. दूरदर्शी, 4. परिचित, 5. प्रकट, 6. अपशकुन, 7. बुद्धि, 8. अपंग 9. पंक्ति, 10. ऊँची, 11. आज्ञापालन, 12. प्रशिक्षण, 13. सुरक्षित

इस दफ़ा जब वे इन्द्रप्रस्थ से लौटे तो बहुत ख़ुश नज़र आ रहे थे। उन्हें पूरी आशा थी बल्कि विश्वास था कि उन्हें सबसे ऊँचे पद के लिए इन्द्रप्रस्थ में जल्द ही बुला लिया जाएगा। एअरपोर्ट पर संसद के सारे सदस्य, लोकसभा के सब मेम्बर फूलों के हार लिए मौजूद थे। बच्चे तिरंगी झंडियाँ लिए नारे लगा रहे थे। पुलिस तैनात थी। शहर में दंगे हों, फ़साद हों, क़त्ल की लूटमार की वारिदातें हों, मुख्यमंत्री की आज्ञा थी कि उनके स्वागत के लिए उच्चाधिकारी एअरपोर्ट पर सलामी देने हाज़िर रहें। मुख्यमंत्री ख़ुशी-ख़ुशी सबसे मिले, मज़ाक़ भी करते रहे। सब कुशल-मंगल था। इन्द्रप्रस्थ में कारोबार ठीक-ठाक चल रहा था।

रात को जश्न मनाने के लिए दारू का इन्तिज़ाम था। यूनिवर्सिटी हॉस्टल से एक लड़की बुला ली गई, या उठाकर लाई गई। कुछ अपनी मर्ज़ी से, कुछ ख़ौफ़ज़दा[1] होकर लड़की भारत के शानदार भविष्य में शामिल होने को आई। यूनिवर्सिटी हॉस्टल मंत्रालय के क़रीब था, क़रीब होता जा रहा था। मंत्रियों की ज़िन्दगी में लड़कियों का हॉस्टल बहुत अहमियत[2] रखता था—यूनिवर्सिटी की लड़की ग्लैमर था।

मुख्यमंत्री पुराने आदमी थे, दूररस थे, चालें चलते थे। यूनिवर्सिटी के दस-बीस विद्यार्थी जो हाथापाई, मार-ठुकाई में होशियार थे, उन्हें पाल रखा था। विद्यार्थी किसी संस्था की दाग़बेल डालते, संस्था का नामकरण किया जाता। किसी कल्चरल ऑर्गनाइजेशन की नीव डाली जाती तो मुख्यमंत्री उद्‌घाटन के लिए आते। संस्था के सेक्रेटरी, प्रधान, कैशियर उनके अपने बरखुरदार[3] होते। एक-एक का नाम लेकर पुकारते, उनकी तारीफ़ें करते, विद्यार्थी गद्‌गद हो जाते। जानते कि नाम लेने का एक ख़ास कारण है—सबको पता चल जाता कि फ़ुलाँ-फ़ुलाँ[4] और फ़ुलाँ अब मुख्यमंत्री के ख़ास आदमी हैं। उनको जाइज़-नाजाइज़[5] इख़्तियार[6] हासिल[7] हैं। बस इसके बाद ये मुट्‌ठी-भर विद्यार्थी गरजते-बरसते रहते—हॉस्टेल में दारू पी जाती, लड़कियाँ उठा लाई जातीं और कोई आवाज़ नहीं उठा सकता था—उन विद्यार्थियों की हर मंत्री तक पहुँच थी। किसी भी वक़्त दिन में, रात में उनसे मिल सकते थे। वे अक्सर उन मंत्रियों का जी बहलाने के लिए उन्हें हॉस्टल में ले जाते। हॉस्टल और

---

1. भयभीत, 2. महत्ता, 3. पुत्र, आज्ञाकारी, 4. अमुक-अमुक, 5. उचित-अनुचित, 6. अधिकार, 7. प्राप्त

होटल में तमीज़ मिटती जाती थी। और जब किसी मंत्री को यूनिवर्सिटी की कोई लड़की पसन्द आ जाती, उन्हें मिल जाती—ख़ूब चर्चे होते जैसे किसी मशहूर फ़िल्म स्टार से उनका याराना हो।

बस मुख्यमंत्री को अपने प्रान्त में अगर किसी से डर था तो लफ़्ज़ों से—सुबह जब बहुत-से अख़बार उनके सामने पड़े होते तो वे बड़ी देर तक टालते रहते। दो-चार कप चाय पीकर, भगवान का नाम लेकर, हिम्मत बाँधकर वे अख़बार पढ़ना शुरू कर देते।

और लफ़्ज़ च्यूँटियाँ हैं, अख़बार से निकलकर रेंगने लगती हैं, लफ़्ज़ बिच्छू हैं, डंक मारते हैं; सँपोलिए हैं, डसते हैं। लफ़्ज़ जासूसी करते हैं। लफ़्ज़ दिमाग़ में भरे रहते हैं। लफ़्ज़ मेज़ की दराज़ में पड़े रहते हैं। लफ़्ज़ फ़ोन की घंटी में सुनाई देते हैं। लफ़्ज़ सफ़र करते हैं, दूर तक जाते हैं। इन्द्रप्रस्थ की तरफ़ परवाज़[1] कर सकते हैं। लफ़्ज़ बहुत नुक़सान पहुँचा सकते हैं और ख़ासतौर से इस समय जब मुख्यमंत्री इन्द्रप्रस्थ के सबसे बड़े पद के लिए बुलाए जानेवाले हैं।

रात की वारिदात का पूरा ब्योरा साफ़-साफ़ लिखा था। यूनिवर्सिटी की लड़की का ज़िक्र, था। झील के किनारेवाले कॉलेज का ज़िक्र था। शराब का ज़िक्र था। हॉस्टल होटल में बदल रहा है, इसका बयान था...मुख्यमंत्री की दूसरी माशूक़ा का ज़िक्र था। अच्छे लफ़्ज़ों में मज़े ले-लेकर, तफ़्सीलात[2] में सारी बातें छपी हुई थीं। रिपोर्टर का नाम नया-सा था, पहले कभी देखा-सुना नहीं था। सारे अख़बारों के रिपोर्टर मुख्यमंत्री के दोस्त-यार थे; जब बुलाया जाता आ जाते, दारू पीते, मुख्यमंत्री ने इसके लिए बहुत-सा पैसा अलग खाते में छोड़ रखा था। नगर के दो-चार चोटी के जर्नलिस्टों को पूरी-पूरी इजाज़त थी कि वे उस रुपए का इस्तेमाल अपनी मर्ज़ी से करें और यह नया नाम और अनजाने अलफ़ाज़, बोलते, चीख़ते, झंझोड़ते हुए ये अल्फ़ाज़ कहाँ से धावा बोल रहे थे। मुख्यमंत्री को तो प्रान्त में ख़ामोशी चाहिए थी।

---

1. उड़ान, 2. विस्तार

जुगल बाबू को सोते में उठाया गया था, उनसे कहा गया कि उनके एक जर्नलिस्ट दोस्त के यहाँ महफ़िल है, मुशायरा भी होगा...जुगल बाबू अपने आपको शायर मानते थे। उनकी इस कमज़ोरी से यार लोग ख़ूब फ़ायदा उठाते थे। कोई नई ग़ज़ल कहते तो यारों को फ़ोन करते; चौराहे, दफ़्तर, घर जाकर मिलते और उन्हें अपने यहाँ आने की दावत देते। शराब हाज़िर है, खाना हाज़िर है, ग़ज़ल सुनते जाओ—शहर में कोई मुशायरा होता तो बेदावत[1] भी पहुँच जाते।

जुगल बाबू सीधे-सादे आदमी थे। छोटा क़द, काला रंग, आँखों पर मोटा चश्मा। उनकी बीवी उन्हीं का अक्स[2] थीं। ज़िन्दगी का पूरा कारोबार तक़रीबन साथ-साथ करते, भाजी-तरकारी ख़रीदना हो, मास-मछली लेनी हो, शॉपिंग करनी हो, जुगल बाबू के चार बच्चे और एक अदद बीवी उनके साथ रहते... सिनेमा साथ देखते, ब्याह-शादी में साथ जाते, ऐसा प्यार, ऐसी रफ़ाक़त[3] किसी ने काहे को देखी होगी—जब नई गज़ल कहते तो पहले घर में सेलिब्रेट करते। कई दिन तक एक फ़िक़रा[4] सरकारी सिक्के की तरह बाज़ार में चलता रहता... "मैंने परसों एक ताज़ा ग़ज़ल कही है..." वे कहते... "इन्होंने परसों एक ताज़ा ग़ज़ल कही है"...बीवी मिस्रा लगाती[5] ..."पापा ने परसों एक ताज़ा ग़ज़ल कही है..." छोटी लड़की दोहराती—यार लोग जब तक इस ग़ज़ल का नाम संस्करण दारू पीकर, खाना खाके न कर लेते, यह एक फ़िक़रा चलता रहता।

जुगल बाबू जितने बुरे शायर थे, उतने ही अच्छे जर्नलिस्ट थे। बहुत भोले-भाले, सादा, बेवकूफ़ी की हद तक दयानतदार[6], नेक मानस थे। शहर की छोटी-मोटी घटना को आँखों से देखकर, सोच-समझकर, अपनी पुरानी किताबी अंग्रेज़ी में कॉलम लिखते, बोरियत का सारा काम—एडिटर उनको सौंप देता और बेफ़िक्र[7] हो जाता कि काम जुगल बाबू के सिपुर्द है, बस हो गया समझो। जुगल बाबू दूसरे जर्नलिस्टों से कुछ अलग थे। वे शराब की पार्टियों में, डिनर में नहीं जाते जहाँ मशहूर नामों से उनकी मुलाक़ात हो। दिन-भर ऑफ़िस के काम से मारे-मारे फिरते थे। चार बजे अपनी मेज़ पर पहुँचकर अपना आर्टिकल लिखते। साढ़े पाँच बजे अपनी बीवी और बच्चों के पास पहुँच जाते थे—नेक इतने थे

1. बिना निमन्त्रण, 2. प्रतिबिम्ब, 3. सहचरता, 4. वाक्य, 5. गिरह लगाना, 6. सत्यनिष्ठ, 7. निश्चिंत

कि हर आदमी उनसे क़र्ज़ लेता था। उनका टिफ़िन घर से आता तो ऑफ़िस का कोई-न-कोई आदमी रोज़ खाने पर हाथ मारता—दोस्त-यार उनका मज़ाक़ उड़ाते और वे ख़ुद भी उनकी हँसी में शामिल हो जाते।

जब जुगल बाबू ने कपड़े बदलकर अपना मोटा चश्मा चढ़ाया तो समझ गए कि दाल में कुछ काला है। यूनिवर्सिटी के चार-पाँच हट्टे-कट्टे, पले नौजवान उनकी तरफ़ बढ़े। उनका माथा ठनका...वे सोचने लगे कि उनसे ग़लती कहाँ हुई है। मगर इतने सादालौह[1] थे कि तय नहीं कर पाए। फिर उन लड़कों ने उन्हें वक़्त ही नहीं दिया—हँसते-खेलते, धकेलते कार में ले गए और उनको दबाकर बैठ गए—एक लड़का ड्राइवर की सीट पर पहले ही से बैठा हुआ था। अब उन्हें पता चला कि सब के सब पिए हुए हैं। अब उन्हें यक़ीन हो गया कि,आज एक ऐसा मौक़ा आया है जो शायद उनकी ज़िन्दगी बदल दे। उनको घुटन-सी होने लगी—गाड़ी उनके दोस्त के घर नहीं जा रही थी जहाँ मुशायरा था बल्कि रास्ते से हटकर कहीं और जा रही थी। लड़के हँस रहे थे, आपस में मज़ाक़ कर रहे थे, गालियाँ दे रहे थे। कार में उन्होंने फिर पीनी शुरू कर दी थी।

कार एक जगह रुकी। उन्हें घसीटकर बाहर निकाला गया—सर्दियाँ शुरू हो चुकी थीं। बिलकुल सन्नाटा था, हवा साएँ-साएँ कर रही थी। दरख़्त ख़ौफ़ से काँप रहे थे, वावैला मचा रहे थे। यह कोई खेल का मैदान था। लड़के जुगल बाबू को फुटबाल समझकर देर तक खेलते रहे, गन्दी गालियाँ देते रहे। जुगल बाबू ने चुप साध ली, उफ़ न की, मार भी खाते रहे।

जुगल बाबू को फिर गाड़ी में ठूँसा गया। अब उनको बैठने के लिए ज़्यादा जगह की ज़रूरत न थी। जगह-जगह से दर्द की टीसें उठ रही थीं। वे मार खाए हुए कुत्ते के पिल्ले की मानिन्द दुबके बैठे थे। दिल बुरी तरह धड़क रहा था। ज़ेहन में एक ही सवाल साँय-साँय कर रहा था, कहाँ ग़लती हुई है—आँखों के सामने अँधेरा था।

फिर उन्हें मुख्यमंत्री के हुज़ूर[2] में पेश किया गया—मुख्यमंत्री आलथी-पालथी मारे बैठे थे। शराब पी रहे थे। उन्होंने इस जर्नलिस्ट को बहुत ग़ौर से देखा,

---

1. भोला-भाला, 2. सामने

पहले कभी नहीं देखा था, न किसी पार्टी में, न किसी जश्न में, न किसी सरकारी फ़ंक्शन में, न किसी उद्घाटन में, न जर्नलिस्टों के साथ जिनको वे अपने घर बुलाकर शराब पिलाया करते थे। बेहद मामूली, आम, रगड़े हुए जुगल बाबू जो सर्दी के मारे कम और डर से ज़्यादा काँप रहे थे—मुख्यमंत्री को एक बात पर क्रोध था कि यह जर्नलिस्ट उनको जानता ही नहीं। यह नहीं जानता कि लफ़्ज़ों से उनको बैर है। उन्होंने विद्यार्थियों से पूछा... बरख़ुरदार, इनकी ख़ातिर की है या नहीं...थोड़ी-सी की है...थोड़ी से काम कैसे चलेगा? ये पढ़े-लिखे आदमी हैं, कभी इनसे मुलाक़ात नहीं हुई, आज ही तो मौक़ा मिला है, इनकी अच्छी तरह सेवा करो।

अब जुगल बाबू को झील पर ले जाया गया। पहले उनकी ख़ूब धुलाई की गई। फिर झील के ठंडे पानी में उनको ग़ोते दिए गए। जब उन लोगों को यक़ीन हो गया कि जुगल बाबू को निमोनिया हो सकता है और उससे पहले वे मर सकते हैं तो उनको चारों ने इस तरह पकड़ा जैसे किसी मरे हुए जानवर को उठाते हैं। चारों ने उन्हें एक-एक बाज़ू, एक-एक टाँग से पकड़कर उठाया—लादकर मुख्यमंत्री के पास लाए। जुगल बाबू का चश्मा झील की नज़्र[1] हो चुका था।

जुगल बाबू ने अपनी धुँधलाई आँखों से मुख्यमंत्री की तरफ़ देखा तो उन्हें यक़ीन हो गया कि यह वे महान आदमी हैं जिनकी साख इन्द्रप्रस्थ में बहुत अच्छी है। फिर उन पर कँपकँपाहट तारी हो गई। जिस्म चूर-चूर था। मौत आँखों के सामने थी। एक लफ़्ज़, एक हुक्म की ज़रूरत थी और कोई कुछ नहीं कर सकता था। उनके अपने अख़बार में उनकी मौत की ख़बर छप सकती थी—जुगल बाबू दहाड़ें मार-मारकर रो पड़े। वे मुख्यमंत्री के क़दमों में जा गिरे और उनसे मुआफ़ी[2] की भीख माँगने लगे।

मुख्यमंत्री ने मुस्कराकर उनकी तरफ़ देखा और आज की सच्चाई के बारे में बोलने लगे। अब वे पूरी बोतल ख़त्म कर चुके थे। उन्होंने कहा कि सिर्फ़ उन शब्दों का इस्तेमाल किया जाए जो मानी खो चुके हैं। अपनी गरजदार आवाज़ में बोले कि वह लिखा जाए जो सब लिखते हैं भारतवर्ष में कितनी

---

1. भेंट, 2. क्षमा

समस्याएँ हैं। ग़रीबी है, करप्शन है, जात-पात का भेदभाव है, आदिवासियों का झगड़ा है। हरिजनों के बारे में लिखा जाना चाहिए। कोई समस्या हल नहीं हुई है। ऐसा लिखने में बुराई नहीं है। आप अपना कर्तव्य भी निभा रहे हैं। हमारी आलोचना भी कर रहे हैं। यह सरकार के लिए भी अच्छा है और आपके लिए भी। सरकार ने प्रेस को आज़ादी दे रखी है। 1947 से यह गठजोड़ चल रहा है। यह मिलाप है। लेकिन यह छोटी-सी घटना कि दरिया के किनारे कॉटेज में यूनिवर्सिटी की एक लड़की थी, कितनी नीची बात है। सब जानते हैं, यूनिवर्सिटी की लड़कियाँ ख़ुद आती हैं। वे अपना भविष्य बना रही हैं। इस बात से किसी को क्या लेना-देना।

फिर मुख्यमंत्री को पता चल गया कि जुगल बाबू शायर हैं, ग़ज़लें लिखते हैं, बुरे शायर हैं इसलिए सरकार के बहुत काम आ सकते हैं। वे जल्दी एक किताब छपवा लें, मुख्यमंत्री उसका उद्घाटन करेंगे। सरकारी मुशायरों में उन्हें बुलाया जाएगा। ख़ूब ख़ातिर होगी उनकी, ऐसी नहीं जो अभी हुई है। दारू, पैसा और गाड़ी उनको मिलेगी, लड़की का बन्दोबस्त वे ख़ुद कर लें, सरकार• ने यह काम अभी शुरू नहीं किया है।

जुगल बाबू ने मुख्यमंत्री के पाँव छुए, माथा टेका। लड़कों के सामने हाथ जोड़े। उन्होंने सौ बार मुख्यमंत्री से अपने किए पर मुआफ़ी माँगी। फिर मुख्यमंत्री का ख़ास ड्राइवर उन्हें घर पहुँचाने गया।

जुगल बाबू की किताब छप गई। मुख्यमंत्री ने उसका उद्घाटन किया। किताब सरकारी पैसों से छपी थी। जुगल बाबू सरकारी मुशायरों में बुलाए जाने लगे, स्कॉच मिलने लगी पीने को—फिर उन्होंने कभी पहले की तरह लिखने की ग़लती नहीं की। अब उनके घर पर मुशायरा नहीं होता था। अब वे किसी को दावत नहीं देते थे। अब कोई उनका मज़ाक़ नहीं उड़ाता था। अब वे ख़ुद अपने-आप पर नहीं हँसते थे। टिफ़िन आता तो अकेले खाते। दयानतदारी, पर्सनल कमिटमेंट, सच्चाई जैसे अल्फ़ाज़ उनकी ज़ुबान पर नहीं आते थे। अब वे सिर्फ़ उन अल्फ़ाज़ को इस्तेमाल करते जो सरकारी डिक्शनरी में दिए हुए थे।

अब की दफ़ा जब मुख्यमंत्री अच्छी ख़बर लेकर इन्द्रप्रस्थ से लौटे तो एअरपोर्ट पर बच्चे, टीचर, पुलिस और विधान सभा के मेम्बरों के गॉर्ड ऑफ ऑनर का निरीक्षण किया। तभी तो उन्होंने देखा कि उस भीड़ में जुगल बाबू भी हाथ जोड़े खड़े थे।

तीसरा आदमी

दिन रोज़ ज़ात[1] से कुछ चुरा लेता है। फिर टुकड़ों में बाँट देता है। दिन शुरू करने से पहले रोज़ तीन-चार कप चाय पीकर बँटे हुए टुकड़ों को जोड़ना पड़ता है। सालों-साल बीत गए हैं, यूँ ही, इस तरह ही और कभी-कभी अन्देशा[2] होता है कि बेध्यानी में जिस्म का कोई टुकड़ा जोड़ना भूल तो नहीं गया?

ऐसा नहीं है कि मेरी बीवी यह रोल नहीं कर सकती। वह कर सकती है और मैं करवा सकता हूँ। मन्दा एक घरेलू लड़की थी। पहले तीन बरसों में उसने कुछ ऐसे किरदार[3] भी स्टेज पर किए हैं जिनमें जिस्म की नुमाइश[4] थी। फुटपाथ छाप डायलॉग भी थे। धन्धेवाली का रोल भी उसने बहुत अच्छी तरह किया था। फिर क्या बात है कि दो-तीन दिनों से मैं फ़ैसला नहीं कर पा रहा।

स्टेज की बहुत-सी नई-पुरानी हीरोइनें हमेशा मुझे और कभी-कभी मन्दा को ताने देती रहती हैं। मुझसे कहती हैं, "यह क्या, हर बार अपनी घरवाली को हीरोइन लेते हो।" मन्दा को कहती हैं, "बेचारे घरवाले को चांस क्यों नहीं देतीं, हमेशा साथ चिपकी रहती हो।" और मन्दा भी अक्सर मुझसे कहती है, "बेचारा घरवाला रे! हमेशा मेरे साथ ही काम चलाना पड़ता है इसको। कितना कंटाल गया है रे देवा।"

मेयर की पार्टी में रेखा ने एक नई सूरत पैदा कर दी थी। सबके सामने हाथ में दारू का गिलास लेकर, मेरे पास आकर चिपककर बैठ गई थी। मन्दा से फट से बोल उठी थी कि अगले नाटक में वह मेरे साथ काम कर रही है। रोल के लिए जिस बॉडी की ज़रूरत है, वह उसके पास है, मन्दा के पास नहीं। और यह भी कहा था सबके सामने कि वह मुझे कुछ दिनों के

---

1. अस्तित्व, 2. शंका, 3. पात्र, 4. प्रदर्शन

लिए मन्दा से उधार लेगी कुछ दिनों के लिए—घबराना नहीं, हमेशा के लिए उसको ज़रूरत भी नहीं। मन्दा कुछ झेंप-सी गई थी। आख़िर वह भी ऐक्ट्रेस है, हँसकर बोली, इसमें बुरा क्या है। मुझको भी कुछ दिनों का चांस मिलेगा। इसमें कितनी सच्चाई थी, कितना अभिनय था, बताना मुश्किल था। हमारी स्टेज की बिरादरी में बस एक ही मार है; कौन किस वक़्त ऐक्टिंग करता है, किस वक़्त सच बोलता है, पता नहीं चलता, गड्ड-मड्ड हो जाता है—बस उस दिन-से मन्दा मुझसे कुछ खिंची-खिंची रहने लगी।

अब मुझमें इतनी ताक़त नहीं कि मैं रोज़ बैठकर अपने इरादों का तज्जिया[1] करूँ। अच्छे-बुरे की तमीज़[2] भी मुश्किल थी—अपनी किसी ख़ास ज़रूरत के लिए कब आसानी से समझौता हो जाता है, पता भी नहीं चलता।

आजकल रामायण, महाभारत या ग्रीक माइथॉलॉजी के पात्र दिखाई नहीं देते। एक ही धुन, एक ही ख़याल लिए, चट्टान की तरह खड़े, आँधी, तूफ़ान, बारिश का मुक़ाबला करते हुए, थपेड़ों को सहते हुए, संगतराश[3] के बुतों की तरह जमे हुए, वक़्त का सामना करते हुए लोग आज कहाँ दिखाई देते हैं। आजकल तो आदमी काग़ज़ के बने हुए हैं—ऐसा लगता है कि इनका मौलिद[4], खाका[5], क़द-काठ, बोलना-चालना—सब दिल्ली में ढाला जाता है—दिल्ली में सरकार अपनी मरज़ी के आदमी बनाती है, बिगाड़ती है, फ़ैक्ट्री से निकले हुए, एक ख़याल के आदमी सिर झुकाए अपना काम करते चले जाते हैं।

इसी उधेड़बुन में मुझसे ऐक्सिडेंट हो गया।

ऐसा नहीं कि उस ऐक्सिडेंट में पूरे का पूरा क़ुसूर मेरा हो-मैं ड्राइवर बुरा नहीं हूँ, ठीक-ठाक ही हूँ। और ड्राइवर बुरा होता तो आदमी मारा भी जा सकता था।

मेरे राइट से एक टैम्पो ने सिगनल क्रॉस कर दिया था। मुझे जब सिगनल मिला तो मैंने गाड़ी गियर में डाल दी। ट्रैफिक पुलिस के हवलदार ने टैम्पो को रुकने का इशारा किया। मुझे लगा कि टैम्पो मेरे लेफ़्ट पर रुकने जा रहा है और हवलदार उसकी तरफ़ बढ़ रहा है। मैंने गाड़ी ज़रा राइट की तरफ़ कर ली। इतने में पता नहीं टैम्पोवाले को क्या सूझी कि जैसे ही हवलदार टैम्पो की

1. विश्लेषण, 2. पहचान, 3. मूर्तिकार, 4. जन्मभूमि, 5. ढाँचा

तरफ़ पहुँचा, ड्राइवर टैम्पो को भगाकर ले गया और ठीक मुझे क्रॉस करता हुआ, मेरे राइट से निकल गया। हवलदार को इसकी उम्मीद न थी। अचानक क़ुसूरवार[1] ड्राइवर को इस तरह भागता देखकर बौखला-सा गया और ग़ुस्से में उसकी तरफ़ लपका। मैंने टैम्पो को बचाने के लिए गाड़ी लेफ़्ट की तरफ़ की तो हवलदार गाड़ी की जद में आ गया। हवलदार भी जानता था कि मेरा क़ुसूर नहीं, मैं भी जानता था मेरा क़ुसूर नहीं। लेकिन ऐक्सिडेंट हो चुका था और जिसको चोट आई थी, वह पुलिस का सिपाही था।

मैं फ़ौरन गाड़ी से उतरकर सिपाही के पास पहुँचा। मैंने पूछा...चोट तो नहीं आई? उसने कहा...ख़ास नहीं। इतने में मुझे तीसरी आवाज़ सुनाई दी... आई है जी, बहुत ज़ोर की चोट आई है। मैंने आँख उठाकर देखा। एक और सिपाही जिसने यह हादसा[2] देखा था, मौक़ा-ए-वारदात पर आ पहुँचा...आप कैसे कह सकते हैं कि चोट नहीं आई। बाहर दिखाई नहीं देती तो यह आपकी आँख का क़ुसूर है, हो सकता है कि चोट अन्दरूनी हो। जिसका दर्द आज नहीं तो अगले महीने की ग्यारह तारीख़ को शुरू हो। या चोट आज न मालूम हो तो अगले हफ़्ते इसका एहसास हो सकता है। फिर चोट का क्या है, चोट तो मैं भी लगा सकता हूँ। इसलिए आपको पुलिस चौकी चलना पड़ेगा। यह एक तीसरा आदमी अपनी एक शख़्सियत[3] लिए मेरी ज़िन्दगी में आया था। इसका रंग-रूप, नैन-नक़्श, क़द-काठ, चलना-फिरना, बातें करना बिलकुल नया-सा था। मैं इसका हिस्टरी-जुगराफ़िया समझ नहीं पा रहा था। लेकिन लगता था कि यह तीसरा आदमी मुल्क में पैदा हो चुका है और धीरे-धीरे ग्रो कर रहा है, बढ़ रहा है—और यह भी एहसास हुआ कि इस तरह के आदमियों की तादाद[4] भी बढ़ती जाएगी और आहिस्ता-आहिस्ता ये आम आदमी को, नागरिक को घेरते रहेंगे। इस आदमी को देखकर मुझे पता नहीं क्या लगा—ज़रा-सा डर, कुछ लिजलिजापन और चिड़चिड़ाहट—ऐसा कुछ मिला-जुला असर छोड़ा इसने मुझ पर। जैसे मैंने एक गिलास समन्दर का खारा पानी पी लिया हो। मैंने हलके से कहा—पहले मैं इसे अस्पताल ले जाऊँगा, फिर चाहो तो पुलिस चौकी भी चल सकता हूँ। जिस सिपाही को चोट लगी थी, उसने जवाब दिया कि—अस्पताल जाने की ज़रूरत नहीं है और पुलिस चौकी चलने का सवाल

---

1. दोषी, 2. दुर्घटना, 3. व्यक्तित्व, 4. संख्या

ही नहीं उठता, क्योंकि इन साहब का क़ुसूर नहीं है, बल्कि क़ुसूर मेरा है कि मैं बेध्यानी में टैम्पो के पीछे भागा। अगर इनकी गाड़ी कंट्रोल में न होती तो मैं बुरी तरह ज़ख़्मी होता। हो सकता है कि मैं मर भी जाता। ऐसा वह बरोबर बोला। वह सिपाही, जो तीसरे आदमी का रोल अदा कर रहा था, बोलता चला गया—पुलिस चौकी तो जानाज पड़ेगा। फिर मैं गवाह है। मैंने ऐक्सिडेंट अपनी आँखों से देखा है। मैंने क्या देखा है, आपको क्या मालोम! मैं उधर क्या बोलेगा, क्या गवाही देगा, मेरे को भी नहीं मालोम! इसलिए बोलता है पुलिस चौकी तो चलना हीज पड़ेंगा—मैंने कहा, पहले अस्पताल चलते हैं। तीसरे आदमी ने कहा, पुलिस चौकी—मैंने डाँट कर कहा, अस्पताल—उसने चिड़कर कहा, पुलिस चौकी।

अस्पताल ले जाने का मेरा एक मक़सद भी था। मैं अपने-आपको महफ़ूज़[1] करना चाहता था। जो चोट आज नहीं लगी, कल लग सकती थी, जो चोट आज कम है, वह कल बढ़ सकती थी। जो चोट आज नहीं है, कल गहरी हो सकती थी। फिर वारदात का वर्जन भी बदल सकता था। टैम्पो ठीक-ठाक चल रहा था, मैंने सिगनल तोड़ा है। मैंने सुबह-सुबह दारू पी रखी थी क्योंकि मेरे मुँह से बास आ रही थी। अस्पताल जाकर एक प्रोफेशनल गवाह मुझे मिल सकता है। एक डॉक्टर की रिपोर्ट मेरी बेगुनाही का सुबूत बन सकती है।

इतने हरबे[2], इतनी चालाकी मैं कहाँ से सीख गया, कहना बहुत मुश्किल है। उस वक़्त ये बातें कैसे सूझ रही थीं, मैं बता नहीं सकता। शायद जिस समाज में हम रहते हैं, जिन हालात का रोज़ सामना करना पड़ रहा है, उनमें जीने के लिये हरबे ज़रूरी हो गए हैं।

अस्पताल में डॉक्टर मुझे पहचान गया-वह मेरे नाटक देख चुका था। टी.वी. पर मेरा इंटरव्यू भी उसने देखा था। पट्टी बाँधते हुए वह मेरे बारे में बातें करता रहा। मेरे इनकार के बावजूद, उसने ज़बरदस्ती मुझे चाय पिलाई। चोट के बारे में उसने अपनी ऐक्सपर्ट राय दी कि ज़रा-सी ख़राश[3] है—बस!

लेकिन पुलिस इंस्पेक्टर महाराष्ट्रियन नहीं था—उसने मेरे नाटक नहीं देखे थे। वह मेरे बारे में कुछ नहीं जानता था—मुझे अपने बारे में बात करते हुए

1. सुरक्षित, 2. स्वांग, 3. खरोंच

बहुत उलझन हो रही थी लेकिन मुझे बताना पड़ा कि मैं एक मशहूर आदमी हूँ, मिनिस्टर साहब को जानता हूँ, वे भी मुझे जानते हैं। पेपरवालों से मेरा सम्बन्ध बहुत अच्छा है। जब मैं अपना भाषण पूरा कर चुका तो वह बोला—केस-वेस क्या होता है, कुछ भी नहीं होता। लॉकअप एक ऐसी जगह होती है, जो हर पुलिस स्टेशन में पाई जाती है। जुर्म काग़ज़ पे लिखी हुई तहरीर[1] को कहते हैं। वक़्त बेचारा कैदी है, पुलिस स्टेशन के बाहर जा ही नहीं सकता—ज़मानत तो करानी ही पड़ेगी, इसके लिए ज़मानतवाला चाहिए। मैं उस तीसरे आदमी को देख रहा था, फिर इंस्पेक्टर फ़रनांडेस को देख रहा था। दोनों जुड़वाँ भाई लग रहे थे। तीसरे आदमी की तादाद बढ़ती जा रही थी। एक जमा एक की शुरुआत हो चुकी थी।

और उस घड़ी मैंने समझौता करना शुरू कर दिया था। सुबह घर से काम के लिए निकला था और पुलिस स्टेशन में बैठा था। ज़मानत के लिए किसी को फ़ोन कर सकता था। जो बातें मैंने अपने बारे में बताई थीं, वे सब सच्ची थीं। मिनिस्टर को भी फ़ोन कर सकता था। लेकिन आसानी के लिए उस दर्दे-सिर से बचने के लिए में वह सब कुछ करने को तैयार हो गया था, जो वे मुझसे उम्मीद करते थे—मैंने जेब में हाथ डाला तो वह चिल्ला उठा...यह क्या कर रहे हैं आप-हर बात का एक सिस्टम है। मैं हूँ, मेरे नीचे कुछ सिपाही, मेरे ऊपर कुछ आफ़िसर्स—हर आदमी अपना-अपना काम ठीक करता है। यह माचिस है; इससे कई काम लिए जा सकते हैं, आग लगाने के अलावा—आप बाथरूम जा सकते हैं। पेशाब करना लाज़िमी[2] हो गया है। साहब को बाथरूम दिखाओ। मैं वह माचिस की डिबिया लिए बाथरूम में गया। उसमें सौ रुपए का एक नोट तह करके डाला। वापस उसी कुरसी पर आकर बैठ गया। माचिस की मेज़ पर रखा और कैरम की गोटी की तरह निशाना लगाकर माचिस इंस्पेक्टर की तरफ़ बढ़ाई—मैं स्कूल के दिनों में कैरम खेलता रहा हूँ, मेरी कैरम काफ़ी अच्छी है। माचिस की डिबिया सीधी दूसरे किनारे पर इंस्पेक्टर के हाथ के पास जाकर रुकी। इंस्पेक्टर ने माचिस को पहले नहीं छुआ। अपनी मेज़ की ऊपर ही दराज़ से सिगरेट का पैकेट निकाला। उसमें से सिगरेट निकालकर होंठों में

1. लेख, 2. अनिवार्य

दबाई। फिर उसने मेरी फेंकी हुई माचिस को इस तरह खोला जैसे दियासलाई निकालकर सिगरेट जलानेवाला हो। उसने नोट की शिनाख़्त की और जैसे उसे कोई बात याद आ गई हो, उसने वह माचिस उसी दराज़ में डाल दी और उठ खड़ा हुआ। मुझसे ऐसे हाथ मिलाने लगा जैसे मैं उसका साला हूँ और वह मेरा बहनोई है—और वह तीसरा आदमी मेरी बहन का छोटा भाई है—यह रिश्ता क़ायम करके मैं पुलिस चौकी से बाहर आया।

फिर मेरी पेशी हुई। जिस टैम्पोवाले ने जुर्म किया था, उसका कहीं पता नहीं था। मैं कटहरे में खड़ा था। मेरी बीवी सफ़ेद साड़ी मौक़े की मुनासिब[1] से पहनकर आई थी लेकिन ब्लाउज़ का कट बहुत लो था। लिपस्टिक भी ज़रा शोख़[2] थी। ब्लाउज़ पूरी आस्तीन की थी, लेकिन पीठ और सीना नंगा होने के कारण एक दोगलेपन का एहसास हो रहा था—यह जानते हुए भी कि मैं बेक़सूर हूँ, थोड़ा-सा नर्वस था—कोशिश थी कि उसका इज़हार न हो, लेकिन पसीना मेरे जिस्म के हर हिस्से से बह रहा था। लगता था कि कीड़े-मकोड़े जिस्म पर रेंग रहे हैं।

जज साहब आए। उन्होंने मेरी तरफ़ देखा, फिर केस-पेपर की तरफ़, फिर हाज़िरीन[3] की तरफ़। वे मुझे बुज़ुर्ग-से लगे, कुछ भोदूँ से—चाचा, ताया, बाप की सूरत लिए, मोटा-सा चश्मा पहने, अपनी उल्लू की-सी आँखों से देखने लगे जैसे कहना चाहते हों ...समझौता बीसवीं सदी की बहुत बड़ी ज़रूरत है। आदर्श, क़द्रें[4] और इस तरह के दूसरे अल्फ़ाज़ अपने मानी खो चुके हैं। मैं तो कहूँगा कि समझौते को धर्म का स्थान देना चाहिए कि किसी तरह का झगड़ा खड़ा ही न हो—आदमी हर बात पर समझौता करे, यही आसान रास्ता है—मैंने अपनी बीवी और उसके आशिक़ के साथ समझौता कर लिया है। बस उसी दिन से घर में चैन है। बच्चों ने भी समझौता कर लिया है। वे अपनी माँ के प्रेमी को अंकल कहने लगे हैं। इस तरह हमारा घर तबाही से बच गया है और घर के बहुत से ख़र्चे, जो मैं अपनी ज़लील[5] तख्वाह की वजह से नहीं उठा सकता, बच्चों के अंकल के ज़िम्मे आ गए हैं।

जज ने अपना चश्मा उतारा, बोले, मंडवाली कर लेनी चाहिए—कोर्ट-कचहरी अच्छी बात नहीं है। मैं मंडवाली ऐक्सपर्ट हूँ। फिर गाँधीजी के इस

1. अनुकूल, 2. गहरी, 3. उपस्थित गण, 4. मूल्य, 5. बहुत कम

देश में झगड़ा वैसे भी अच्छी बात नहीं है। टाइम खोटी होता है, पैसा फ़ालतू में जाता है।

मैंने कहा, मैं राज़ी हूँ। सिपाही बोला, मैं राज़ी हूँ। जज ने फ़ैसला सुनाया, मैं राज़ी हूँ। मेरी बीवी मुस्कराती रही। और इस सारी कार्रवाई से वह तीसरा आदमी बहुत ख़ुश था।

मैं सिपाही के साथ बाहर आया। मैंने कहा—ढाई सौ रुपया काफ़ी है? सिपाही ग़रीब आदमी था, बोला—साब जो मरज़ी हो आपकी। मैं उसकी शराफ़त से बहुत मुतास्सिर[1] हुआ और सौ-सौ के पाँच नोट उसके हाथ में थमा दिए। इतने सारे नोट देखकर उसके हाथ काँपने लगे। बोला, साब अच्छा होता कि ऐक्सिडेंट में मेरी टाँग टूट जाती, या हाथ चला जाता, आप मुझे पाँच-दस हज़ार रुपए देते। मैं अस्पताल में पड़ा रहता—न अफ़सर लोगों की डाँट-डपट, न यह ज़लील नौकरी। मैं सीधा-सादा मानस हूँ। रिश्वत माँगना आता नहीं है। हाथ में चवन्नी, अठन्नी, ज़्यादा-से-ज़्यादा एक रुपया डालकर लोग चले जाते हैं। आगे जाकर गन्दी गाली देते हैं।

मैं हँसते हुए बोला—दूसरी गाड़ी के नीचे आने की कोशिश नहीं करना, जान से जाओगे। पैसा मिलेगा तुम्हारे अफ़सरों को—तुम तो इस दुनिया में नहीं रहोगे, बच्चे यतीम[2] हो जाएँगे और बीवी तुम्हारी उनका पेट पालने के लिए धन्धे पर बैठ जाएगी। तुम जीने का फ़न नहीं जानते। इसके लिए जो 'टेढ़', जो हरामीपन चाहिए, वह तुम में नहीं है।

और उस छोटे से आदमी ने—जिसकी कोई पहचान नहीं थी, बस सरकार ने एक नम्बर दे दिया था उसको—बहुत गम्भीरता से भविष्यवाणी सुनाई...साब, कितने दिन जिएँगा हम, यह तो होके रहेगा इस देस में।

हम दोनों साथ कोर्ट में दाख़िल हुए। जज उसी तरह बाप, चाचा, ताया की सूरत लिए मुस्कराया। अच्छा हो गया, बहुत अच्छा हो गया।

मैं उस माहौल से भागना चाहता था। जी चाहता था समन्दर के किनारे जाकर तनहा खड़ा रहूँ। जितनी जल्दी हो सके, इस कोर्ट से बाहर निकलूँ। जैसे ही मैं अपनी बीवी के साथ बाहर आया, जज का क्लर्क पीछे से बुलाने

1. प्रभावित, 2. अनाथ

लगा—साहब सलाम बोलते हैं। मैंने सलाम की वज़ाहत[1] चाही। उसने कहा पेपर पर कुछ न लिखने की क़ीमत होती है। यह हो सकता है कि वे केस पेपर पर लिख दें कि फलाँ[2] केस में मंडवाली हो गई है, तो यह भी शरीफ़ आदमी के लिए एक तरह का जुर्म ही है। और मैं चाहूँ तो इस केस पर कुछ नहीं लिखा जाएगा और रिकॉर्ड साफ़ रहेगा। जज साहब मंडवाली, समझौते के ऐक्सपर्ट हैं। मुझे लगा, मंडवाली पर एक कविता लिखी जानी चाहिए। मैंने पेपर पर कुछ 'न लिखने की' फ़ीस सौ रुपए अदा की। फिर क्लर्क ने अपनी बख़्शीश माँगी, उसको दस रुपए दिए। फिर चपरासी को पाँच रुपए दिए। एक हवलदार खड़ा था, उसने सलाम किया, उसको अठन्नी दी, दो-एक कोर्ट के मुलाज़िम मुझे घेरनेवाले थे, मेरी बीवी ने मुझे घसीटा और मुझे बाहर ले आई।

जब बाहर निकला, तो अजीब-सा लिजलिजापन महसूस हो रहा था। कुछ घिन-सी महसूस हो रही थी। मैं चला था कुछ आदर्श लेकर। कुछ क़द्रों को मानता था। जो नाटक मैं खेलता था, उनमें कुछ मानी होते थे। बस कुछ दिनों से तन-आसानी[3] से काम ले रहा था। अजीब-सा ख़राब ज़ायका[4] ज़बान पर लेकर घूम रहा था। जिस्म भी कुछ-कुछ मेरे क़ाबू से निकल रहा था। मैंने बीवी से कहा, मैं टाउन में आ गया हूँ, दो-चार काम देख लेता हूँ। यह बात भी नई-सी थी। मैं भी जानता था, मन्दा भी जानती थी। टाउन में बहुत कम आना होता है हम लोगों का। और जब एक-आध बार आते हैं, तो दोनों कोई फ़िल्म देखते हैं। खाना भी बाहर खाते हैं—दोनों का चेंज-सा हो जाता।

मेरी बात सुनकर मेरी बीवी रुक गई। ज़रा-सी देर के लिए वह अपना रंग खो बैठी—समझिए बस एक क्लोज-अप था, जो फ्रीज़ हो गया था। वह महसूस कर चुकी थी, और मैं भी महसूस कर रहा था कि इस एक फ़िक़रे से, इस ज़रा-सी देर में कहीं कुछ बदल गया है, शीशे में बाल आ गया है और हम एक-दूसरे से अलग हो रहे हैं, एक-दूसरे को खो रहे हैं। यह सिलसिला शुरू हो गया है। जैसे दरिया अपने किनारे से धीरे-धीरे, पता भी नहीं चलता, मिट्टी बहाकर ले जाता है और आख़िर किनारे तोड़ देता है—पोर्ट्रेट गैलरी में, हवलदार, जो तीसरे आदमी का रोल अदा कर रहा था, इंस्पेक्टर फ़र्नाडेस,

---

1. स्पष्टीकरण, 2. अमुक, 3. आलस, 4. स्वाद

जज साहब और मेरी भी तस्वीर लग चुकी थी—गिनती बाक़ायदा बढ़ती जा रही थी और पूरा यक़ीन है, आगे और बढ़ती रहेगी।

मेरी बीवी ने जल्दी से एक टैक्सी रोकी, और बिना पीछे देखे घर की तरफ़ चल दी। मैंने चार क़दम चलकर रेखा को फ़ोन किया। उसने कहा, घर आ जाओ, घर में कोई नहीं है। आते हुए एक बोतल लाइम कॉर्डियल लेते आना, जिन मेरे पास है।

हमने चार-चार पैग जिन के लिए। वह ख़ूब चहकती रही। अन्दर-बाहर, बाहर-अन्दर आती-जाती रही। किचन, बाथरूम, बेडरूम में घूमती रही। बीच-बीच में फ़ोन करती रही, फ़ोन सुनती रही। अपने बदन से एक-एक लिबास उतारती रही। मैं उसके बिस्तर पर लेटा-लेटा एक ठहराव-सा महसूस करने लगा। कुछ समझ में नहीं आ रहा था। वह औरत अपने जिस्म के साथ वल्गर भी लग रही थी। मुझमें हिम्मत नहीं थी कि अपने जिस्म को उठाकर बाहर चला जाऊँ—कोर्ट का बोझल और घिनावना माहौल अब भी मुझ पर तारी था। एक कड़वाहट, कसैलापन ज़बान की नोक से हलक़[1] की तरफ़ रिस रहा था। चौथा पैग पी चुका था। पता नहीं किस वक़्त, कब रेखा मेरे पास बिस्तर पर आ गई।

1. गला

ऐक्सीडेंट

दारू तो वे रोज़ पीते थे, लेकिन ऐक्सिडेंट कभी न किया था।

एक बार उनको बुख़ार हो गया। बड़े डॉक्टर को बुलाया गया। लेकिन बुख़ार उतरने का नाम ही न लेता था। घरवाले परेशान हो गए। उनकी धर्मपत्नी पूजा-पाठ में लग गईं। इस बार तो वे भी घबरा गए। मरना तो किसी प्रोग्राम में शामिल न था। उनके काम तो वैसे सारे अधूरे थे लेकिन शुरुआत तो करते थे। फिर उनका जी भी न चाह रहा था। अभी मरने को। इतनी जायदाद के मालिक थे, कैसे छोड़ सकते थे।

ठीक नौ बजे पिंकी का फ़ोन ज़रूर आता था :

आज कैसी तबीयत है? बुख़ार कितना है? उतर क्यों नहीं रहा? किसी दूसरे डॉक्टर को दिखाइए!

पिंकी उनकी मिस्ट्रेस थी। सारा घर जानता था। इस बात का बुरा भी कोई न मानता था। बड़े आदमी हैं, बिना मिस्ट्रेस के कैसे रह सकते हैं। घरवाले भी जानते थे

और दोस्त भी ज़िक्र करते थे कि विनोद शाह का टेस्ट बहुत अच्छा है। यानी उनकी मिस्ट्रेस मिस इंडिया, कोई मॉडल या अपकमिंग ऐक्ट्रैस ही होती है। फिर उनका इश्क़ दो रोज़ा नहीं होता; जब तक करंट इश्क़ टूट नहीं जाता, वे किसी दूसरी लड़की को आँख उठाकर भी नहीं देखते। इतनी वफ़ादारी के वे क़ाइल[1] थे और उनका इश्क़ भी कम-अज़-कम[2] चार-पाँच साल तो ज़रूर चलता; जब तक उनकी दोस्त अलग न हो जाए, शादी न कर ले या शहर न छोड़ दे, वे दोस्ती बरक़रार[3] रखते थे। फिर उनकी दोस्त को वे सारे इख़्तियारात[4]

1. माननेवाला, 2. कम-से-कम, 3. दृढ़, 4. अधिकार

हासिल होते थे जो उनकी बीवी को, यानी उसके सारे इख़राजात[1] वे ही बर्दाश्त करते। लड़की के घर की प्रॉब्लम्स में भी शामिल होते, मदद करते। अपने रुसूख़[2] और अपने पैसे से हर समस्या को हल करते। मिस्ट्रेस उनके ज़ाती मुआमलात[3] में दख़्ल रखती थी, जबकि यह इख़्तियार बीवी को हासिल न था।

अब वे बीमार थे तो पिंकी का फ़ोन बाकाइदगी[4] से आता था और उस वक़्त मौक़े का लिहाज़ करते हुए सब लोग बाहर निकल जाते और उनकी पत्नी भी, ताकि वे खुलकर बात कर सकें। तब पिंकी ने कहा, आप अपने उस फ़ैमिली डॉक्टर मिस्टर घोंचू को क्यों नहीं दिखाते। जब से आप इस देश में नंगे पधारे हैं; वे आपको जानते हैं, वे आपकी सारी बुराइयाँ जानते हैं, अच्छाई तो आप में कोई है ही नहीं। एक बार दिखाने में तो हरज[5] नहीं।

डॉक्टर घोंचू बुलाए गए। वे अपने पच्चीस साल पुराने कोट में नुमूदार[6] हुए और सामने की कुर्सी पर बिराजमान हो गए। उन्होंने नब्ज़ भी नहीं देखी। घर के सारे आदमी बारी-बारी उनके बुख़ार के बारे में चर्चा कर रहे थे। विनोद शाह का ख़याल था कि डॉक्टर घोंचू बिलकुल नहीं सुन रहे। उनके शरीर के किसी हिस्से में खुजली हो रही थी, इसलिए वे कुर्सी पर ठीक से नहीं बैठ पा रहे थे। खुजली कहाँ हो रही है, शायद वे तय नहीं कर पाए थे, नहीं तो उस हिस्से को खुजला देते। या कोई खटमल उनके शरीर पर सैर करने निकला था। अचानक डॉक्टर घोंचू बोले, विनोद को एक छोटा व्हिस्की पिला दो।

बहुत शोर-शराबा हुआ कि घोंचू तो घोंचू हैं, पागल भी हो गए हैं। उन्होंने कहा, आप दवाइयों पर पैसे ज़ाए[7] कर रहे हैं, एंटी बायोटिक खिला-खिलाकर इनका मेदा[8] और पेट भी ख़राब कर रहे हैं। इनका जिस्म शराब का आदी है। एक छोटा पिला दीजिए, बुख़ार कम हो जाएगा।

बस एक छोटा पिला दिया गया और बुख़ार कुछ कम हो गया।

दूसरे दिन पिंकी का फ़ोन आया तो विनोद ने चमत्कार का ज़िक्र किया।

डॉक्टर घोंचू दूसरे दिन फिर तशरीफ़ लाए और कहा, आज बड़ा पैग दीजिए।

तीसरे दिन विनोद उठकर बैठ गए। पिंकी उनसे मिलने घर आई। घर का माहौल ही बदल गया। चहल-पहल हो गई, जश्न होने लगे जैसे कोई त्योहार हो। एक बहुत बड़े परिवार का करोड़पति बेटा सेहतयाब[9] हुआ था। बहुत-सी

---

1. व्यय, 2. मेल-जोल, 3. निजी समस्याओं, 4. नियमितता, 5. हानि, 6. प्रकट, 7. नष्ट, 8. आमाशय, 9. स्वस्थ

बाद में दो-एक दिन उनकी चर्चा रहती। विनोद पिंकी की बातें सुन रहे थे। अचानक टॉपिक बदलकर पिंकी ने कहा कि उसने डेट मिस कर दी है। विनोद चौंके और उसी दौरान गाड़ी के सामने एक कुत्ता आ गया। कुत्ते को बचाने की कोशिश की तो दूसरी तरफ़ एक बच्चा गाड़ी की ज़द[1] में आ गया। ब्रेक लगने के साथ ही लोग जमा होना शुरू हो गए और कुछ ही देर में बच्चे के माँ-बाप रोते-चिल्लाते आन पहुँचे। पता चला कि बड़ी-बड़ी बिल्डिंगों के साथ हरिजनों, चमारों और सफाई कर्मचारियों की एक छोटी-सी बस्ती है और यह बच्चा एक चमार फ़ैमिली का है। विनोद बौखलाए हुए थे। ज़िन्दगी में यह पहला वाक़िआ[2] था। ऊँच-नीच से उनका कुछ लेना-देना न था। मनु ने अगर जात-पात बनाई थी तो विनोद से क़त्अन[3] मशवरा[4] न लिया था, इसीलिए उनकी कोई ज़िम्मेदारी न थी। उनकी कोठी में बहुत से चूड़े, चमार, भंगी, नाई, धोबी काम करते थे और वेतन पाते थे। बड़े दिन या त्योहार के दिन वे सलाम करने आते तो इन्आमो-इकराम[5] भी पाते। उन्हें फ़िक्र थी कि पिंकी साथ है, कहाँ घसीटकर ले जाएँगे उसको। वे कम-अज़-कम यह ज़रूर चाहते थे कि अगर बच्चे को चोट लगी है तो वे उसे अस्पताल ले जाएँ।

इतने में एक सिपाही आया। उसने कहा, साहब, आप जाइए, जल्दी निकल जाइए, मैं देख लूँगा। विनोद समझ न पाए कि वह फ़रिश्ता कहाँ से आ गया। वे कुछ हिचकिचा रहे थे। सिपाही ने कहा, जल्दी कीजिए, इससे पहले कि कुछ और लोग जमा हो जाएँ। सिपाही ने पिंकी की तरफ़ देखा और कहा, मेम साब, साहब को जल्दी से ले जाइए। पिंकी ने विनोद का बाज़ू पकड़ा और कहा, सुन नहीं रहे, हवलदार साहब क्या कह रहे हैं। लोग इस इन्तिज़ार में थे कि सिपाही उनको गिरफ़्तार करेगा। आनन-फ़ानन[6] गाड़ी निकल गई और सिपाही ने अपने एक साथी की मदद से भीड़ को तितर-बितर कर दिया।

दूसरे दिन जब उनकी आँख खुली तो हैंग ओवर की वजह से उनका सिर दर्द कर रहा था। उनको जुर्म का भी जरा-सा एहसास था। रातवाला वाक़िआ उनके तह्तश्शुऊर[7] में सारी रात एक बुरे ख़्वाब की तरह छाया रहा। फिर उन्हें इस बात का भी ख़याल था कि कहीं बच्चे को ज़्यादा चोट न आई हो। उन्होंने आज तक किसी का बुरा न चाहा था। अगर वे करोड़पति हैं तो यह उनके

1. सामने, 2. घटना, 3. नितान्त, 4. परामर्श, 5. मान-दान, 6. तुरन्त, 7. अवचेतन

आपने सर मुझे नहीं पहचाना?

मुझे आपको पहचानना चाहिए?

आपने वाक़ई मुझे नहीं पहचाना?

अरे भई कह तो रहा हूँ, पहली बार शक्ल देख रहा हूँ।

दूसरी बार।

क्या मतलब?

आप मुझसे एक बार मिल चुके हैं सर।

और फिर वह हँसने लगा। उसके हँसने का राज़ विनोद समझ न सके। हँसी भी बड़ी अजीब थी, कुछ बेशर्मी शामिल थी। एक तरह से वह वाक़िफ़ीयत[1] जता रहा था। उनका सिर दर्द करने लगा।

हँसने की कोई ज़रूरत नहीं है। नाम बताओ और अपना काम...?

सर, मैं वही सिपाही हूँ, जिसकी ड्यूटी पार्लीमेंट स्ट्रीट पर लगी थी।

अच्छा तो आप हैं! बहुत कमीने आदमी हैं आप, घटिया भी। उन आदमियों को घर में जाकर मारने की क्या ज़रूरत थी। एक तो बच्चा ज़ख़्मी हो गया है उनका, उस पर पिटाई भी कर दी बेचारों की।

सिपाही उसी तरह हाथ बाँधे खड़ा रहा। मुस्कराहट ज़रा कम हो गई थी लेकिन ग़ायब न हो सकी। उसने जवाब भी कुछ न दिया।

अब यहाँ किसलिए आए हो?

मज़दूरी लेने आया हूँ। आपका काम किया है, मज़दूरी चाहिए। आप बड़े आदमी हैं, कुछ इन्आम-इकराम...एक वी.सी.आर. दे दें। बच्चे बहुत तंग करते हैं।

विनोद ग़ुस्से के मारे बोल भी न सके। फिर चिल्लाकर बोले, गेट आउट, निकल जाओ, मैं तुम्हारी सूरत भी नहीं देखना चाहता।

पिंकी को उन्होंने फ़ोन पर सारा सीन लफ़्ज़-ब-लफ़्ज़[2] सुना दिया। पिंकी ने जवाब भी न दिया। फिर उनको अचानक याद आ गया कि पिंकी डेट मिस कर चुकी है।

कुछ किया?

ऊँ हूँ।

तो क्या इरादा है?

---

1. परिचय, 2. अक्षरशः

लेकिन मज़ा किरकिरा हो गया था। मुँह का स्वाद बदल गया था। एयर कंडीशंड कमरे में भी उनको पसीना आ रहा था।

अचानक वे उठे, गाड़ी निकाली और सीधे थाना इंचार्ज के कमरे में चले गए। जब उन्होंने सारी बात बताई तो थाना इंचार्ज ने उनके पैकेट से एक सिगरेट निकाली। धुआँ छोड़ा और कहा, आप क्या चाहते हैं?

मैं समझा नहीं।

सिपाही के पास दो ही रास्ते थे। एक तो यह कि आपको थाने ले आता और आपके ख़िलाफ़ रिपोर्ट भी लिखता। सारी रात आपको थाने में रोककर रखता। दूसरा रास्ता यह भी था कि आपको कुछ देर उस क्राउड से पिटते देखता—और अगर वह आपको गिरफ़्तार करता तो आप सिफ़ारिश लेकर मेरे पास आते, मैं न मानता तो आप कमिश्नर के पास जाते। आप मिनिस्टर के पास भी जा सकते थे लेकिन होता क्या—घूम-फिरकर फिर वापस आना पड़ता। आपका वक़्त बर्बाद होता, हमारा भी और रिश्वत बढ़ती जाती। सिपाही कम माँग रहा है, मैं अपनी हैसियत से ही रिश्वत माँगूँगा। कमिश्नर तो पचास हज़ार से कम लेते ही नहीं और मिनिस्टर सीधा कहते, एक लाख इलेक्शन फंड में जमा करा दीजिए।

विनोद बड़ी देर थाना इंचार्ज को देखते रहे। ग़ुस्से के मारे एक लफ़्ज़ भी न बोल सके। थाना इंचार्ज समझ गया कि वे समझ गए हैं। ज़रा और समझाते हुए कहा, जनता राज माई फ़ुट। आप लोग हमारे राजा हैं और हम आपकी सेवा करते हैं...

विनोद तेज़ी से उठकर आ गए।

बीयर पीते हुए अपने फ़्लैट में, जो इसी मक़सद से उन्होंने ख़रीद रखा था, पिंकी को एक-एक बात सुनाई। उनका ग़ुस्सा अभी तक उतरा नहीं था। आख़िर में उन्होंने कहा, कैसा मुल्क है। यह फ़िक़रा उन्होंने अंग्रेज़ी में कहा, व्हाट ए कंट्री!

अब पिंकी की बारी थी। उसने कहा, आप समझते हैं कि आपका केस ख़त्म हो गया है? कल वह लड़का मर गया तो आप पर मैन-स्लॉटर का मुक़दमा भी चल सकता है। लड़ते रहिए केस चार-पाँच साल। चक्कर लगाइए पुलिस के, कोर्ट के और मिनिस्टरों के पास—लाखों ख़र्च करेंगे तो होश आएगा। पैसा बहुत है आपके पास, डर किस बात का है! और उन दिनों मैं भी ख़ूब मसरूफ़

रहूँगी। काफ़ी बोरिंग लाइफ़ हो गई है। आपके साथ वकीलों से मिलूँगी, कोर्ट में जाऊँगी। आपको थर्मस से पानी और कॉफ़ी पिलाऊँगी। और अगर मेरी क़िस्मत अच्छी हुई तो आपको जेल भी हो सकती है, वहाँ मैं आपसे मिलने आऊँगी। हो सकता है कि अख़बारों में हमारी तस्वीर भी छपे। हाँ, सज़ा ज़्यादा हुई तो क्या पता बोर होकर मैं किसी दूसरे से इश्क़ कर बैठूँ। आप जानते हैं, आपका एक दोस्त मुझ पर कब से लाइन मार रहा है।

विनोद ने मुस्कराकर पूछा, बच्चे का क्या करोगी?

कौन-सा बच्चा? पागल हूँ क्या—एक ही गोली से काम हो गया था।

दूसरे दिन जब भूरे लाल सिपाही उनके घर पधारे तो उन्हें सीधा बेडरूम में ले जाया गया। साहब के साथ उन्होंने चाय पी, मिठाई खाई। दोनों हँसते रहे। मालामाल कर दिया भूरे लाल को, वी.सी.आर. भी मिल गया। थाना इंचार्ज के पास मिठाई का डिब्बा, नज़राना और फूलों का गुलदस्ता लेकर वे और पिंकी गए। इत्तिफ़ाक़ से भूरे लाल भी वहीं मौजूद था। विनोद ने जब पूछा, पता चला उस बच्चे का, क्या हुआ?

भूरे लाल ने हँसते हुए कहा, मेरा ख़याल है, मर गया है!

✪✪✪